中央宣传部2020年主题出版重点出版物

贵州省决战决胜脱贫攻坚重点主题出版物

本书获2020年贵州省出版传媒事业发展专项资金资助

苍山如海：东西部扶贫协作丛书

从苏州到铜仁

《从苏州到铜仁》编写组　编著

贵州人民出版社　江苏人民出版社

图书在版编目（CIP）数据

从苏州到铜仁／《从苏州到铜仁》编写组编著． -- 贵阳：贵州人民出版社，2021.1
（苍山如海：东西部扶贫协作丛书）
ISBN 978-7-221-15497-2

Ⅰ.①从… Ⅱ.①从… Ⅲ.①报告文学－中国－当代 Ⅳ.①I25

中国版本图书馆CIP数据核字(2020)第248991号

从苏州到铜仁
CONG SUZHOU DAO TONGREN

《从苏州到铜仁》编写组　编著

出 版 人：	王　旭
责任编辑：	唐　博　洪　扬　赵帅红　卞清波
封面设计：	源画设计
版式设计：	唐锡璋　陈　晨
封底摄影：	冯雁军
出版发行：	贵州人民出版社　江苏人民出版社
地　　址：	贵州省贵阳市观山湖区会展东路SOHO办公区A座
邮　　编：	550081
印　　刷：	贵州新华印务有限责任公司
开　　本：	787mm×1092mm　1/16
印　　张：	17.25
字　　数：	238千字
版　　次：	2021年1月第1版
印　　次：	2021年1月第1次印刷
书　　号：	ISBN 978-7-221-15497-2
定　　价：	70.00元

苍山如海：东西部扶贫协作丛书
编 委 会
（按姓氏笔画排列）

主　　任：卢雍政

副 主 任：王楚宏　刘卫翔　孙立杰　李　军　李亚平
　　　　　陈昌旭　邵玉英　姚　海　徐　炯　徐少达
　　　　　戚哮虎　梁　健　焦建俊　谢　念　靳国卫

成　　员：王　旭　王为松　王会军　王保顶　韦　浩
　　　　　尹昌龙　邓国超　古咏梅　叶国斌　冉　斌
　　　　　刘　强　刘兴吉　刘明辉　孙雁鹰　李卫红
　　　　　李海涛　杨　钊　肖风华　肖延兵　何国强
　　　　　张化新　张田收　张绪华　陈少荣　郑　斌
　　　　　钟永宁　骆浪萍　聂雄前　贾正宁　高　嵘
　　　　　黄　强　黄定承　梁　勇　梁玉林　蒋泽选
　　　　　鲍洪俊　窦宗君　蔡光辉　阚宁辉　颜　岭

统　　稿：张　兴　程　立

苍山如海：东西部扶贫协作丛书
编 辑 部
（按姓氏笔画排列）

主　　任：王　旭　王为松　王保顶　叶国斌　刘明辉
　　　　　肖凤华　张化新　胡治豪　钟永宁　聂雄前
副 主 任：尹长东　代剑萍　刘　咏　何元龙　张　斌
　　　　　张绪华　陈继光　洪　晓　夏　昆　倪腊松
　　　　　蒋卫国　程　立　谢丹华　谢亚鹏
成　　员：丁谨之　马文博　卞清波　卢　锋　卢雪华
　　　　　刘　焱　李　莹　卓挺亚　尚　杰　唐运锋
　　　　　黄会腾　黄蕙心　谢　芳　熊　捷

《从苏州到铜仁》
编委会
（按姓氏笔画排列）

主　　编：李亚平　谢　念

副主编：王　飚　王　翔　王　飚　王开禄　孙含欣
　　　　肖　洪　张　明　金　洁　周　伟　孟　麟
　　　　查颖冬　黄定承　梁　勇　蒋来清　蔡光辉

编　　委：王　旭　王保顶　王晓东　龙群跃　田　芳
　　　　田运栋　朱建荣　孙道寻　李向上　杨　云
　　　　杨　亮　杨红军　杨德振　肖贵勇　吴　琦
　　　　何支刚　谷易华　沈健民　张　剑　张　皋
　　　　张吉刚　张建雄　张浩然　陈世海　陈兴南
　　　　陈其弟　罗洪祥　赵启亮　胡志勇　姜　超
　　　　祝　郡　姚　山　秦智坤　钱　刚　钱　宇
　　　　徐华东　凌　鸣　席龙海　黄洪州　黄继荣

组　　稿：丁　瑾　尹长东　叶祖豪　齐　慎　金凯帆
　　　　傅　强　潘振亮

统　　筹：朱　邪　陈其弟

审　　校：江苏省对口帮扶贵州省铜仁市工作队

用心用情深刻记录呈现"千年之变"

当历史来到21世纪的第20个年头,贵州在以习近平同志为核心的党中央坚强领导下,在全省各族干部群众艰苦努力下,如期高质量打赢脱贫攻坚战,实现了全省66个贫困县整体脱贫,历史性地撕掉了千百年来绝对贫困的标签,正以深深镌刻在17.6万平方千米大地上的"千年之变",与全国一道,昂首跨入全面小康,踏上社会主义现代化建设新征程。

习近平总书记指出,我们党是用马克思主义武装起来的政党,始终把为中国人民谋幸福、为中华民族谋复兴作为自己的初心和使命,并一以贯之体现到党的全部奋斗之中。贵州是全国脱贫攻坚的主战场。贵州省委、省政府团结带领各族群众摆脱贫困,始终牢记习近平总书记、党中央对我们的殷殷嘱托,始终坚守矢志不渝的初心、孜孜以求的梦想。党的十八大以来,全省上下牢记嘱托、感恩奋进,大力弘扬"团结奋进、拼搏创新、苦干实干、后发赶超"的新时代贵州精神,强力实施大扶贫、大数据、大生态三大战略行动,不仅夺取了脱贫攻坚战的全面胜利和新冠肺炎疫情防控阻击战的重大胜利,更创造了经济增速在全国连续领先的"黄金十年",在大战大考中交出了一份党中央放心、人民满意的优异答卷。贵州翻天覆地的历史巨变,鼓舞人心,催人奋进,被习近平总书记赞誉为"党的十八大以来党和国家事业大踏步前进的一个缩影"。

看似寻常最奇崛，成如容易却艰辛。在打赢脱贫攻坚战的伟大征程中，为了光荣与梦想，许多同志牺牲在了脱贫攻坚一线。贵州全省上下尽锐出战，以不怕牺牲、排除万难的精神状态，实现923万贫困人口脱贫，从曾经是贫困人口最多的省份变为减贫人口最多的省份；全面完成192万人（含恒大集团援建毕节搬迁4万人）易地扶贫搬迁任务，搬迁力度之大、人数之多、影响之深、成效之大，前所未有，世所罕见；纵深推进农村产业革命，连续三年农业增加值位居全国前列；在完成村村通硬化路的基础上，在西部地区率先提出并实现"组组通"公路，在西部地区第一个实现建制村100%通客运，率先在全国使用"通村村"平台；在西部率先实现县域义务教育基本均衡发展，在全国率先实现省市县乡四级远程医疗；东西部扶贫协作山海倾情携手，有力助推了贵州脱贫攻坚……

脱贫攻坚，是前无古人的伟大事业。在中国反贫困史上，矗立起的光彩熠熠的贵州里程碑，为中国乃至世界的反贫困事业提供了"贵州样本"，书写了中国减贫奇迹的贵州精彩篇章。

编纂"贵州省决战决胜脱贫攻坚重点主题出版物"系列图书，旨在全面总结宣传贵州决战决胜脱贫攻坚的巨大成就、宝贵精神、成功经验、先进事迹，讲好"英雄辈出"的脱贫攻坚故事。系列图书全方位、多角度记录和展现贵州脱贫攻坚的辉煌历程，必将为全省各族干部群众以更加昂扬的精神状态，紧密地团结在以习近平同志为核心的党中央周围，坚持以习近平新时代中国特色社会主义思想为指导，承前启后、继往开来，同心同德、拼搏进取，巩固拓展脱贫攻坚成果，续写新时代高质量发展新篇章，奋力开创百姓富、生态美的多彩贵州新未来提供重要的精神营养和文化支撑。

目 录

CONTENTS

不惧关山远　携手奔小康 …………………………………………… 003

产业项目

产业园：合作的见证 ………………………………………………… 037

注金融活水　助精准扶贫 …………………………………………… 042

铜仁"产"　苏州"酿" ……………………………………………… 046

为有源头活水来 ……………………………………………………… 051

"结亲"之后的共建 …………………………………………………… 054

为什么给葡萄"穿上雨衣" …………………………………………… 059

荒坡变成了药山 ……………………………………………………… 062

"洲州茶"里有文章 …………………………………………………… 065

混寨村里新景观 ……………………………………………………… 072

请到深山民宿来 ……………………………………………………… 074

挥一挥手，不带走"五个背篓" ……………………………………… 079

枇杷香飘到石阡 ……………………………………………………… 086

所爱隔山海　山海皆可平 …………………………………………… 089

劳务协作

"组合拳"打出了好日子……………………………………094

听听邓凤霞的笑声………………………………………097

村里走出个20岁的小能人………………………………100

搬迁农民"借"到了东风…………………………………103

从"山"到"港"的距离…………………………………106

远飞的"双雁"……………………………………………109

把更多农民送上"就业专列"……………………………112

以"职"帮扶直接见效……………………………………118

复工复产一路畅通………………………………………121

文化教育

千里帮扶满园春…………………………………………125

心中有爱　山川无阻……………………………………132

姑苏千里送雨露…………………………………………137

留下"带不走"的师资队伍………………………………141

职教帮扶的创新…………………………………………144

沿河读书娃的"十二时辰"………………………………148

教育"组团式"帮扶成全国示范…………………………152

爱心汇聚思南（上篇）……………………………………155

爱心汇聚思南（下篇）……………………………………161

医疗卫生

关山万重筑防线…………………………………………165

千里驰援为一人…………………………………………169

永不撤离的医疗队………………………………………172

细节之处见真功……………………………………………… 175

不仅能医，还要医好…………………………………………… 178

远程医疗搭起生命桥…………………………………………… 182

苏州医生带来光明希望………………………………………… 185

吴门医派落地黔东……………………………………………… 188

喝彩，医路黔行………………………………………………… 192

人物事迹

一生难以磨灭的记忆…………………………………………… 195

赤子丹心昆碧间………………………………………………… 199

别人拿不走的财富……………………………………………… 204

"松桃是我的第二故乡"………………………………………… 207

"老百姓的事情就是我的事情"………………………………… 210

别有韵味在心头………………………………………………… 214

此生甘做扶贫人………………………………………………… 218

深耕梵净山下的那片热土……………………………………… 224

情系深山"战贫人"…………………………………………… 229

年过半百践初心………………………………………………… 235

所爱千里隔不断………………………………………………… 239

一个人的"三员"经历………………………………………… 245

带着技术来扶贫………………………………………………… 250

既是"双面绣" 又是"双面胶"……………………………… 253

后　记…………………………………………………………… 261

扶贫不惧关山远，苏铜携手奔小康。两地根据各自实际，共同出力、积极作为，不断强化组织领导、强化人才交流、强化资金管理、强化产业协作、强化消费扶贫、强化劳务协作，形成了优势互补、长期合作、聚焦扶贫、实现共赢的良好局面。

不惧关山远　携手奔小康

一个是江南水乡，自古繁华，文脉深厚，乃人间富庶"天堂"；一个在武陵深山，水阻山隔，边远落后，但犹似秀美"桃源"。

一个在东，一个在西，东西相隔千重山万重水。即便查阅历代史书，也很难找出两地关联。然而本无关联的两地却攀上亲戚结为"兄弟"。

山与海深情牵手，因有党中央"做媒"。

多年来，成功"牵手"的山海两兄弟，在习近平新时代中国特色社会主义思想指引下，围绕全面建成小康社会目标，坚持扬长补短、协作共赢，聚焦精准、务实推进，开展全方位、多层次、宽领域的扶贫协作。

扶贫不惧关山远，苏铜携手奔小康。两地根据各自实际，共同出力、积极作为，不断强化组织领导、强化人才交流、强化资金项目、强化产业合作、强化劳务协作、强化携手奔小康，形成了优势互补、长期合作、聚焦扶贫、实现共赢的良好局面。

铜仁市也巧借东风，化苏州送来的"帮扶血液"为"造血干细胞"，开拓创新加速前行，崛起之势日益强劲。2019年，铜仁市完成地区生产总值1249.16亿元，城镇、农村居民人均可支配收入分别为32158元、10259元；367个贫困村脱贫出列，减贫12.26万人，贫困发生率下降至1.16%。2020年底，铜仁市贫困县全部脱贫出列，贫困村全部脱贫摘帽。

党政携手　初心无别

当你仰望星空时，可知在浩瀚星空中，闪耀着一颗名为"梵净山星"的小行星？

2019年11月，国际天文学联合会小行星命名委员会正式向国际社会发布公告，将一颗国际编号为"215210"的小行星，永久命名为"梵净山星"。

铜仁名山梵净，成为灿烂星空中一颗小行星的永久星名，缘于苏州、铜仁的"山海深情"，更是东西部扶贫协作的永久见证。

苏州、铜仁开展东西部扶贫协作后，苏州市科协联合铜仁市文体广电旅游局及江口县共同探索旅游扶贫新模式，向中科院南京紫金山天文台发出申请，将该台新发现的一颗小行星命名为"梵净山星"。

通过开展相关申报工作，经过严格审核程序，该申请最终于11月8日荣获国际小行星命名委员会批准，促成了这一段苏州铜仁携手奔小康的传奇佳话。

铜仁，地处武陵山区腹地，自古便为"黔东门户"，享有"黔中各郡邑，独美于铜仁"之赞誉。巍巍梵净，雄踞武陵之巅；秀美锦江，灵动山水之城。然而，千百年来，山隔水阻，农业大而不强，工业严重短腿，人民困居深山，日子久不富裕。

2013年底，铜仁贫困发生率高达24.74%，有92.7万人未脱贫，占全省贫困人口的12.44%，占全国贫困人口的1.03%。

移穷山，奔小康，是铜仁各族人民的千年期盼。但因不沿边、不沿海，基础差、底子薄，贫困程度深、贫困面积大、贫困人口多，同步小康任重道远。

脱贫致富离不开帮扶带动，久困于贫的铜仁，终于结缘千里之外的苏州。苏州这位"先富哥"，为何结缘地处武陵山区腹地的铜仁"穷兄弟"？一切缘于党中央牵线搭桥。

2013年，国务院办公厅印发《关于开展对口帮扶贵州工作的指导意见》，远在东部的苏州市与贵州省铜仁市建立起对口帮扶关系。从此山海相连，铜仁借力发力，借梯登高，脱贫攻坚等各项工作快速推进。2013—2016年，苏铜两市市委、市政府按照国务院的决策部署，积极落实人员资金，不断深化产业合作，精心实施帮扶项目，开展了大量富有成效的工作，助推了铜仁经济社会发展。双方分别成立了对口帮扶工作领导协调小组，苏州市出台了《苏州对口帮扶铜仁实施计划（2013—2015年）》，苏铜两市下辖各10个县级市（区、县）开展"一对一"帮扶。2015年初，苏州市安排了5名挂职干部组成苏州对口帮扶铜仁前方工作队，由路军同志担任前方工作队负责人。在苏铜两市各级领导的高度重视和前方工作队的全力推动下，苏州对口帮扶铜仁工作从起步磨合逐步向全面纵深发展。苏铜两市每年签订年度对口帮扶合作框架协议，各结对市（县）、区及有关部门均分别签订协议，制定了项目资金管理暂行办法，并基本建立了资金增长机制。双方积极开展产业对接，加强工业、旅游业等多领域的经济交流。铜仁在苏州成功举办"美丽梵净山·铜仁过大年"旅游资源及产品推介会、铜仁·苏州文化旅游活动周等一系列招商推介活动，取得了良好的社会反响。苏州市落实帮扶资金总量超过1.5亿元，围绕美丽乡村、职业技校、农业产业化、人才培养4大领域，参与建设了3所中等职业技术学校、3个历史文化名村基础设施建设，推进核桃及中药材等一批特色农业产业化项目，完成20期、1000人次铜仁干部在苏培训。通过4年的发展，苏州对口帮扶铜仁工作从扶贫攻坚向职业教育、人才交流、园区共建、招商引资、旅游开发等全方位拓展，从单纯的"输血式"无偿支援向"造血式"互利合作发展，使得对口帮扶工作焕发出强劲的生命力，同时也为接下来的扶贫协作工作打下了坚实基础。

2016年7月，习近平总书记在银川主持召开东西部扶贫协作座谈会后，苏州市对口帮扶铜仁市工作上升到全国东西部扶贫协作范畴。

此后，铜仁的10个区（县）、119个贫困乡镇、433个贫困村分别与苏州相应的县（市、区）、乡镇、村（社区、企业、协会、商会）陆续结成帮扶对子，实现山海相连，苏铜同心。

山连海，如何"连"？2020年5月17日，铜仁市委书记陈昌旭率队到苏州市进行为期3天的考察，走遍了苏州的相城区、高新区、吴中区、吴江区、昆山市等地。

"我们要抢抓东西部扶贫协作机遇，认真学习借鉴苏州的先进理念和做法，找准工作着力点、突破口，深化合作领域，提升合作成效，加快推动我市经济社会高质量发展。"陈昌旭说。时隔一个月，铜仁市委副书记、市长陈少荣又带队赴苏州市对接对口帮扶协作工作，与苏州市委副书记、市长李亚平进行座谈。

持续深化在产业、教育、医疗、人文等方面的交流合作，实现优势互补、要素重组、互利共赢，更好推动扶贫协作，造福两地人民，这既是苏铜共识，更是不忘初心。苏铜两地结对以来，两地坚持以习近平新时代中国特色社会主义思想为指导，贯彻落实党中央和苏黔两省、苏铜两市关于东西部扶贫协作工作的决策部署，不断强化组织领导，把准扶贫协作"方向盘"。

既为亲戚，理当往来。苏州、铜仁双方高度重视扶贫协作，党政主要领导频繁互访，不断深化交流互访，强化合力攻坚，优化协作空间。两地建立高层推动、互访交流的联席会议制度，双方党政领导定期开展会谈。每年党政主要领导至少互访一次，确定帮扶重点，研究部署和协调推进对口帮扶工作。

同时两地所辖市（县）区深化"一对一"对接，建立定期走访和招商引资定期交流制度，积极推动两地互访常态化，加大民间往来，促进两地地区间、部门间、群众间的交流了解，增进友谊。

从最近两年苏州、铜仁两地领导互访记录中，可看出两地往来密切，深刻感受山海深情——

2018年8月，江苏省委副书记、省长吴政隆带队来铜仁考察，并出席铜仁·苏州产业园核心区建设启动暨重点项目集中开工仪式；同年11月时任贵州省委副书记、省长，现任贵州省委书记谌贻琴率贵州省代表团赴江苏省苏州市对接扶贫协作工作，双方举行江苏（苏州）贵州（铜仁）扶贫协作工作座谈会。

2019年5月，铜仁市委书记陈昌旭深入到苏州各县级市（区）考察洽谈、深化协作；铜仁市委副书记、市长陈少荣分别于同年6月26—28日和11月4—5日两次到苏州考察并对接扶贫协作工作。同年7月苏州市委副书记、市长李亚平率团到铜仁考察，并召开联席会议。

2020年8月4—5日，江苏省委书记娄勤俭率江苏省代表团到铜仁市考察；同月19—20日，时任贵州省委书记孙志刚，时任贵州省委副书记、省长，现任贵州省委书记谌贻琴率贵州省党政代表团到苏州市考察。期间，两省在铜仁举行江苏·贵州扶贫协作工作联席会议，助力铜仁坚决夺取脱贫攻坚收官战全面胜利，促进新形势下两省合作深化拓展，在构建"双循环"新发展格局、打造美丽中国样板以及教育人才、远程医疗、文化旅游、公共服务等领域合作上取得更多丰硕成果，实现共赢发展。联席会议上，时任江苏省委常委、苏州市委书记，现任贵州省委常委、副书记蓝绍敏和铜仁市主要负责同志介绍了对口帮扶工作情况。两省间签署了包括农产品加工、产业投资、旅游开发、职业教育等在内的27个合作项目协议，计划投资额70亿元。

2017年以来，苏铜两地间累计互访考察2165批、24830人次；仅在2020年，苏黔两省、苏铜两市党政主要领导、相关领导开展互访交流27次；苏铜两市先后召开专题会议研究部署和协调推进扶贫协作工作38次。

党政携手，初心无别，只为同步小康一个目标。在高层频繁互访中，双方共商脱贫攻坚、共谋全面小康，明确了苏铜扶贫协作的方向和重点，形成了广泛共识和强大合力。

两地先后签署了《苏州市人民政府铜仁市人民政府东西部协作和对口帮扶合作框架协议（2016—2020年）》《苏州市人大常委会铜仁市人大常委会友好交流与合作备忘录》《东西部扶贫协作助推脱贫攻坚合作协议》等，制定实施了《苏州对口帮扶铜仁工作五年规划（2016—2020）修编稿》《深入推进东西部扶贫协作工作实施方案（2019—2020）》等，开启了多层次、多形式、宽领域、全方位的扶贫协作。双方坚持"输血"与"造血"相结合，当前与长远相结合，扶贫与扶志扶智相结合，对口支援与双向协作相结合，发挥好政府的作用与充分激发社会各方力量参与相结合，全力推动苏铜扶贫协作高质量发展，助力铜仁决战脱贫攻坚、决胜同步小康。

别人用心帮，自己还要奋力干。对铜仁而言，要以帮扶为契机，挖掘内生动力，借势而谋，顺势而为，强化组织领导，高位推动工作。

铜仁抓住机遇，不断强化党建引领，铸造双向联动"火车头"。把扶贫开发、东西部协作同基层组织建设有机结合，鼓励结对单位党组织开展党建联建，尤其把苏州党建"海棠花红"先锋阵地群建设与铜仁"民心党建"工作相融合，有效发挥基层党组织的战斗堡垒作用和党员的先锋模范作用。

强化人才交流，选派优秀年轻干部、专业技术人才到苏州跟岗锻炼和交流学习，推动干部转变思想与作风，提升党员干部素质与能力，增强发展信心与决心，为决胜贫困注入了强劲动力。

强化资金项目，用好用活苏州各级财政帮扶资金，聚焦"两不愁三保障"，向深度贫困地区和拟脱贫出列县倾斜，抓产业就业重点，补住房饮水短板，强教育医疗弱项，支持易地扶贫搬迁安置点教育、医疗配套设施建设。

强化产业合作，深化共建园区建设，加强结对地区招商合作，结合铜仁产业发展规划，着力引进苏州向外转移产业，促进苏州资金、人才、技术、管理等要素向共建园区集聚，不断提升共建园区项目承载能力，增强铜仁自我"造血"功能。

强化消费扶贫，坚持政府社会并举，线上线下并行，供应需求并联，硬件软件并进，深化消费扶贫行动。开展好扶贫产品申报认定工作，加大铜仁农特产品在苏展销推广力度，着力提升铜仁"梵净山珍·健康养生"等公共品牌在苏州市场的知名度、美誉度。

强化劳务协作，深挖就业扶贫"金矿石"。完善劳务输出扶持政策，持续深化"劳务协作站+劳务公司""劳务协作直通车"等劳务协作新机制。实施贫困村创业致富带头人"千人培育"计划，着力提高参训学员创业成功率和扶贫成效。

同时还加大政策支持力度，在易地扶贫搬迁安置点、合作共建园区等地兴建厂房式、居家式、合作社式、"互联网+"式等不同类型扶贫车间，并通过实施帮扶项目、开展技能培训、举办专场招聘会、开发公益性岗位等方式，有效促进铜仁贫困人口充分就业。

强化携手奔小康，鼓励贫困乡镇、贫困村、乡镇中小学、卫生院等基层单位与苏州经济强镇、经济强村（社区）、优强企业（社会组织）、学校、医院等开展结对，大力拓展结对帮扶的广度和深度，促进贫困乡村的全面发展，推动基层教育、医疗水平整体提升。

巧借东风行快船。铜仁化苏州送来的帮扶血液为造血干细胞，自力更生加速前行。到2020年底，铜仁的贫困发生率下降至0%，贫困县全部脱贫出列，这与苏州真情相助密不可分。

山海携手，情比金坚。如今苏铜深情有了永恒见证，灿烂星河中升起一颗明亮的"梵净山星"，星辉穿越时空，映照初心，让山海相连、山海相亲的佳话经久流传。

交流取经　借智育才

沿河自治县中界镇高峰村，51岁村民罗贤国吃过午饭，沿着蜿蜒的产业路，去往鹌鹑养殖基地。"同样是路，走的方式和心情却不一样。以前，哪有这样轻松。"罗贤国不无感慨。望路旁青山郁郁，听鸟语轻啼，罗贤国步履越加轻盈。

过去几十年，罗贤国不是带着家人爬坡上坎种庄稼，就是东奔西走到处打工求生，但无论走山路还是打工路，条条路都走得吃力，令他苦不堪言。

2019年，罗贤国报名赴张家港市善港村学习鹌鹑养殖技术。他说："反正在家没事做，而且吃住行有善港村买单，不妨去苏州走走看看。"

响应东西部扶贫协作号召，善港村与高峰村结成帮扶对子。善港村为了帮助高峰村培育产业发展所需的各类人才，采取"产业+农民培训"模式，选拔有知识、有劳动力的村民赴善港村学习。善港村为罗贤国订机票，生平第一次坐飞机的他感受颇多。当飞机腾空而起，他打消试一试的想法："善港村是真帮扶，也是自己改变命运的机会，一定要把握住。"

两个月之后，罗贤国从苏州归来，学得一身鹌鹑养殖的本领。当年底高峰村鹌鹑养殖基地投用，罗贤国与妻子同在基地就业，一个月收入可达6000多元。他说："感谢苏州人民鼎力帮扶，才让我走上新路，找到富路。"

全面小康，人才是重中之重。只有掌握先进技术，更新发展理念，才能增强可持续发展能力。而东西部扶贫协作，人才交流是一项重要工作，也是铜仁市打造高素质、高水平人才干部队伍，培养发展所需各类人才千载难逢的好机遇。

东部地区处于改革开放前沿，具有先进的思想观念和技术、市场等优势；而地处武陵腹地的铜仁，由于山隔水阻，干部群众思想相对落后，眼界不够开阔。苏铜携手以来，两地不断加强人才交流互动，将扶贫与"智志双扶"紧密结合，推动干部群众解放思想，补齐思想观念短板，实现思想观念和作风互通互鉴。

学人之长，补己之短。铜仁市采取"走出去、请进来"的方式，大力开展农村致富带头人培训工程，精心选择培育对象，着力培育懂技术、观念新、善经营的本土人才，增强发展动力和能力。

罗贤国苏州学成归来，并成为"致富带头人"，就是铜仁借智育才的一个生动案例。

2018年以来，铜仁各区（县）一共选派村支书、村主任、致富能手参加贫困村创业致富带头人培训3373人次，其中创业成功1454人次，惠及贫困人口10611人次。

为进一步强化人才交流，苏州应铜仁所需，采取多种形式为铜仁培育与产业发展相适应的人才队伍。

2019年4月，铜仁市参加第七届中国贵州人才博览会。在博览会签约仪式上，铜仁市与苏州市签订了《东西部扶贫协作人力资源开发战略合作协议》，重点加强急需紧缺人力资源开发合作。

苏州市围绕贵州省深入实施"大扶贫、大数据、大生态"三大战略行动，围绕铜仁市对教育、卫生、人工智能、电子信息、山地高效农业、高端装备制造、现代金融等重点发展产业的人才需求，实施"5个100"工程和"三支"人才计划（苏州市每年选派医疗、教育、农技方面专家，到铜仁市开展1个月以上帮扶），每年组织各100名教师、医生、农业专家、科技人才和导游（旅行社）到铜仁开展人才支援活动。2016年以来，苏州共有1530名专家和业务骨干到铜仁教育、卫生、农业等行业领域开展帮扶，帮助引进先进技术168项。同时，接收了3785名铜仁教师、医生、农技人员、导游等到苏州进修学习。

苏州市还充分利用东部发达城市人力资源富集优势，重点针对铜仁市教育、医疗领域人力资源相对匮乏的实际，每年由铜仁市选派、推荐或聘任一批管理经验丰富的优秀校（院）领导及学科带头人、科室负责人到苏州学校（医院）相关领导岗位任职，加快提升学校（医院）及学科建设质量水平。

此外，苏州市充分借助本地富集的职业教育、技能培训资源优势，指导铜仁市创建技师学院；鼓励培训机构到铜仁市创办各类分支机构、开展联合办学、支持区（县）职业技能实训基地或劳务输出培训基地建设及师资培养等。

同时，苏州市鼓励和支持本地优质医疗机构到铜仁市开办医院、开展医疗合作、支持医疗卫生人才培养等，铜仁市全力给予相关政策支持；合力共建"苏州·铜仁创业孵化基地"项目，铜仁市负责基地选址、采购硬件设施、安排创业项目入驻、基地日常管理维护以及资金使用监管。

铜仁市充分发挥苏州帮扶专家作用。从2017年起，依托苏州市开展的"5个100"工程和"三支"人才计划，积极引进农业技术、市场营销、科技研发等方面专家到铜仁市开展帮扶工作。

张家港市善港村与沿河自治县中界镇高峰村自2018年3月结成对口帮扶村后，善港村已选派十多批上百人的工作队到高峰村驻村帮扶，建成高峰有机农业园区，并将种植技术倾囊传授给当地群众。

而由印江自治县农业农村局牵头撰写、吴江区援印农技专家参与撰写的《农业重要数据核实报告》和《农民专业合作社调研报告》被评为贵州省十佳优秀调研报告。

在把专家"请进来"的同时，铜仁市还依托苏州市丰富的培训资源，选派专业技术人员赴苏州市参加培训。2016—2020年，苏州协同铜仁开展专业技术培训406期，培训33796人次。两地不断创新人才智力帮扶和交流形式。铜仁市以深入开展党政干部互派挂职锻炼为载体，推动思想观念和作风互学互鉴，培养了一批善创新、干实事、敢担当的干部队伍。

"到苏州挂职培训，我学到很多东部地区在经济建设及产业发展方面的先进经验和做法。"玉屏自治县干部吴磊是铜仁市第四期优秀年轻干部赴苏州市培训锻炼的成员之一，挂职归来的他更加坚定了干事创业的决心。

2016年以来，铜仁市共选派了263名党政干部到苏挂职锻炼，并派出9230名干部到苏州市培训学习。通过挂职锻炼、实地观摩、学习培训，推动了铜仁市党员干部观念与作风转变，提升了素质与能力，增强了发展信心与决心，为决胜贫困注入了强劲动力。

奋进赶超中的铜仁，也为苏州党员干部提供了磨炼机缘，搭建了施展拳脚的大舞台。苏州市借力东西部扶贫协作，将互派干部交流作为磨砺初心、践行使命的载体，2016年以来，共选派315名党员干部到铜仁市各区（县）挂职锻炼和开展帮扶工作。

沿河自治县是贵州省2020年挂牌督战的9个深度贫困县之一、铜仁市最后一个未摘帽贫困县，也是江苏省对口帮扶支援地区中最后一个未摘帽的贫困县。为与铜仁人民一起攻克这座脱贫攻坚最后的"堡垒"，苏州市及与沿河结对帮扶的张家港市不仅统筹大量资金投入沿河，还派出上百人的干部组成攻坚队赴沿河真帮实驻。

陈世海是苏州市对口帮扶铜仁市工作队沿河自治县工作组组长，2017年到铜仁挂职。他时常独自驱车行驶在沿河山间蜿蜒的村道上，深入乡村支援沿河的项目实施。

2020年3月，陈世海连续5天行驶1000多公里崎岖山路，走遍沿河22个乡（镇、街道）；"五一"假期又连续4天行驶1050公里，走遍沿河未脱贫出列的22个贫困村。

"时间不等人，决战深度贫困，必须一鼓作气。"挂职以来，陈世海每天除了参加县里会议外，三分之一的时间都在沿河的各个山头奔走，用"铁脚板"跑出了脱贫攻坚的"加速度"。

当初铜仁很多干部群众对苏州来的挂职帮扶干部存有偏见："他们不过是来'镀金'和'刷简历'的，时间到了就走人，工作干不干一个样。"而陈世海等苏州援铜党员干部，倾注真情实意，着力真帮实干，用过硬的作风和高效的工作，令铜仁的干部群众刮目相看。他们不仅助力铜仁各地脱贫攻坚等各项工作快速推进，还成功激发了铜仁干部的干事激情。

"他们身上有太多的东西值得我们学习，至少从产业互补、人员互动、技术互学、观念互通、作风互鉴五个方面,全面提升了沿河的发展能力和信心。"沿河自治县委副书记宋选文感触深刻。

2016—2020年,沿河共组织选派213名年轻干部赴张家港市挂职学习,举办培训班35期,培训841名干部,组织乡镇干部561人次到张家港市考察交流。同期,张家港也选派304名党政干部来沿河挂职,在帮助群众发展生产、改善生活中得到锻炼提升。

干部交流取经,铜仁借智育才。苏铜两地干部在你来我往中增强了本领,磨砺了初心,也为铜仁培育了大量急需人才,学成归来后的他们积极投身脱贫攻坚、乡村振兴大业中,为铜仁经济社会发展增添了强劲动力。

产业造血　强筋健骨

黎树英家门前有一块上千亩规模的大坝,大坝过去被弯曲的田坎分割成数百块大大小小的土地,曾是村里人祖祖辈辈赖以生存的唯一资源。然而随着时代发展,传统种植收益微薄,大量农村劳动力陆陆续续外出务工。黎树英所在的沿河自治县官舟镇玛瑙村也不例外。年轻人走了,留在家的老人、小孩也种不了多少地。慢慢地,村子越来越萧条,土地也越来越荒芜,而贫困依旧在延续。

2020年,沿河借力东西部扶贫协作资金,在黎树英家门口的大坝上流转土地,高规格、高标准打造黑木耳示范基地和菌棒加工厂。玛瑙村黑木耳智能化菌包厂和示范基地项目总投资1.55亿元,其中就有1亿元资金来自东西部扶贫协作资金。

在黑木耳采摘的日子里,年过花甲的黎树英每天都在基地上忙碌。家门口就业,每天七八十元收入,让她对现代农业有了更深刻的认识,也对苏州人民满怀感激之情。

"要不是苏州市大力支持,这个大坝会一直荒着,我也会一直闲着,可能这一辈子也不会见到这么高端的现代农业！"指着白茫茫的黑木耳基地，黎树英话语激动。

山海携手奔小康，真金白银兴产业。实施东西部扶贫协作以来，铜仁市借助苏州帮扶资金和产业优势，精心谋划项目，精准选择项目，成功打造了一个个山区现代农业样板。

山高坡陡，土地贫瘠，这是铜仁市广大农村地区的真实写照。"一亩玉米收入500元，一亩稻田收入1000元，而且还要靠天吃饭，遇到天干就没有收成，不穷才怪呢！"黎树英感叹。事实也是如此，一亩地可以摆上万菌棒，利润可达到万元。玉米、红薯等传统种植，无论如何也不会有这样的效益。

脱贫攻坚，发展产业是关键。苏铜结对以来，苏州利用自身产业优势，不断将优势资源与产业项目引入铜仁，在黔东山水间打造一个个富民项目，让一座座青山真正变为金山。

铜仁市也抓住东西部扶贫协作大好良机，结合自身资源，借苏州的资金、市场、技术等优势，建项目，兴产业，大力实施产业扶贫，不断深化产业革命，为广大农村群众谋求持续稳定的收入来源。

苏铜产业扶贫协作不断深化，苏州每年的资金支持力度也不断增加。2017年以来，江苏省和苏州市各级财政帮扶铜仁的资金就累计达到17.11亿元。

如何把资金用好，才能不辜负苏州人民的一片真情？

铜仁市围绕全面建成小康社会目标，把江苏省和苏州市帮扶的资金、人才、技术与本身的资源、生态、劳动力等优势资源有机结合，精心实施帮扶项目1233个，共覆盖贫困人口77万余人次。仅2019年，江苏省、苏州市累计落实财政帮扶资金5.6亿元。帮扶资金和项目聚焦"两不愁三保障"，重点向铜仁深度贫困地区和易地扶贫搬迁安置点学校、医院、扶贫车间等配套设施建设倾斜。

2019年，铜仁市借助苏州帮扶资金，全年实施教育医疗、就业创业、劳务协作、美丽乡村、农业产业、人才培训等帮扶项目501个，覆盖建档立卡贫困人口28万余人次。

为让大量帮扶资金用到实处，苏铜两地还不断规范资金使用管理和项目实施管理，加快帮扶资金拨付进度，更好提升帮扶资金使用效益。特别是近年来，铜仁市深入实施农村产业革命，苏州帮扶力量起到了雪中送炭之效果。铜仁市抓住机遇，不断引进苏州企业，助力产业结构调整，让规模特色产业兴起来，真正为山区群众开辟致富新路子。

"没有'远亲'常熟的帮扶，就没有现在的翟家坝。"思南县鹦鹉溪镇翟家坝村党支部书记李奎看着漫山遍野绿油油的白茶，喜悦与感激之情溢于言表。

翟家坝并无"坝"，坐落在半山腰，低头是谷，仰头是山。过去村里人靠传统种植勉强养家糊口，贫困发生率为40.6%。而如今它却因漫山遍野的白茶而成为闻名乡里的富村。

这还得从2017年说起。思南县是苏州常熟对口帮扶县，当时常熟对口帮扶思南工作组组长、挂任思南副县长的王晓东在考察时发现，翟家坝地形、土壤、气候等适合种植白茶。于是决定提供400万元的扶贫项目资金，在该村发展千亩白茶产业。

白茶一般要3—5年方可见成效，然而在苏州茶农的技术指导下，结合当地地形与气候特征，翟家坝的白茶在种下的第二年就采收了1800余斤茶青。如今白茶面积扩大到2500亩，年产能可达10万斤。翟家坝这个过去有名的穷村，现集体年收入10万元，数百留守村民就近就业，成功摆脱了贫困。

产业兴，方有百姓富。近年来苏铜携手打造的产业基地遍布铜仁山山岭岭，为广大山区群众脱贫致富开辟了新路径，也激发了铜仁各地的产业发展热情。

借力而为，借梯登高，铜仁借助苏州帮扶资金，进一步整合资源和资金，高标准推进产业结构调整。2019年，该市就完成农村产业结构调整

150.5万亩。

"苏州相城区来建设的这个现代农业产业园，除了带动我们当地经济，也解决了我们这些百姓的就业问题。"石阡县本庄镇现代农业产业园内，看着前来采摘蓝莓的游客络绎不绝，长期在果园上班的宋大姐感触深刻。

2017年，石阡县与相城区结成"亲戚"，双方共同出资3200万元在石阡县本庄镇共建1000亩现代农业产业园。从此苏州的"甜蓝莓"便在石阡大山里生根结果。

"以前的脱贫帮扶大多是通过用钱帮扶，但这样做只能解一时之困。扶贫要先扶智，产业扶贫是'造血'，不是'输血'。"常驻在铜仁石阡县的相城区农业农村局专业技术人员李志峰表示，这是他们决定在石阡发展蓝莓和枇杷等水果种植产业的初衷。

2020年，苏州蓝莓在石阡首次挂果，产量达到8000斤，进入盛产期后每年产量可达10万斤。高效产业带动当地群众就业增收，每年还可获得产业分红及租金收入。宋大姐在园区务工一个月有2000多元收入，她表示足够两个孩子的上学费用和一家人的生活开销。

不仅在农业方面，铜仁还抓住东西部扶贫协作机遇，不断拓展产业协作内涵，加强结对地区招商合作，积极承接对口帮扶城市产业转移，增强自我"造血"功能。

铜仁市坚持开展"走出去、请进来"的招商活动，2017年以来共引进东西部扶贫协作企业250家，到位资金263.92亿元，东西部扶贫协作优化产业布局向纵深推进。近年来，铜仁将东西部扶贫协作对口帮扶城市产业招商作为重点工作，充分调动相关部门招商积极性，引进了苏州布瑞克农业大数据科技有限公司、苏州高新旅游产业集团等对产业发展具有促进性的企业。

为促进对口帮扶城市企业来铜投资，铜仁市出台《关于引进苏州等东部地区企业及关联企业来铜投资的优惠政策》，进一步激活了铜仁招商引资市场，为吸引更多苏州等东部企业来铜投资提供了强有力的政策支撑。

同时以高效率服务深入推进东西部扶贫协作招商，始终对东西部产业扶贫招商引资企业开通绿色通道，实行并联审批、全程代理，进行全程跟踪、保姆式服务，以最强力度、最高效率服务项目投资落地。2017年以来，东西部扶贫协作招商项目跟踪代办服务率达100%。

苏州、铜仁还深化共建园区建设，着力引导苏州资金、人才、技术、管理等要素向共建园区集聚，截至2020年，两地结对市（区、县）合作共建工业、农业产业园区总数达19个。其中，铜仁·苏州产业园已成为国家级产城融合示范区，2020年完成工业总产值163亿元，实现税收11.8亿元。同时累计兴建扶贫车间130个，成为铜仁城区正光、矮屯、打角冲等易地扶贫搬迁户的就业基地，吸纳就业1万余人。

在打角冲华恒藤制品专业合作社，负责人杨胜明说："借助苏州帮扶资金和销售市场，合作社已从10余人的小作坊，成长为带动130余名搬迁群众就业的扶贫企业。"

2020年6月，铜仁市委书记陈昌旭率队到苏州市考察时，特意走进苏州双塔市集、芳华文化创意产业园、苏州工匠园、苏州青少年天文观测站等地，详细了解了苏州在文化创意、产品配套、文化营销等方面的做法，并召开苏铜文创专家（企业）座谈会。

苏铜两地文化互补性强，文化交流合作具有很大发展空间。他表示，希望双方继续深化文旅产业合作，深入推进文旅人才交流，持续拓展文旅融汇渠道，促进两地文化创意产业融合发展。

梵净情，水乡缘。苏铜结对以来，两地通过"走出去、请进来"，聚焦帮扶重点，深化产业合作，拓展协作领域，旅游交流与合作成果不断扩大，有效推动了两地旅游业健康、快速、和谐发展。苏州与铜仁已连续3年组织"苏州百家旅行社走进铜仁"活动，通过精心筛选的100多家苏州优质组团社以线上、线下联动的方式，共同推出"铜仁深度游""贵州铜仁精品游""铜仁暑期亲子游"等线路和相关产品，为铜仁输送苏州游客

10多万人次。

教育医疗　　同步发力

学有所教、病有所医，这是铜仁各族人民最朴素的向往，但也是铜仁最大的两块短板。东西部扶贫协作以来，铜仁、苏州两地不断深化文化教育及医疗卫生协作，深入开展教育医疗组团式帮扶，取得了实实在在的成效。

山水灵秀，文韵悠长。千年岁月递进，重文兴教理念始终深植铜仁人心中。中华人民共和国成立以来，尽管财力匮乏，但铜仁市矢志坚持教育优先，奋力推进教育事业攻坚克难，跑出了教育发展的加速度。

尽管如此，与东部地区相比，铜仁教育事业发展始终慢人半拍。实施东西部扶贫协作以来，铜仁市努力争取帮扶城市苏州选派优秀校长、学科领军人、支教团队等来铜帮扶，提高义务教育水平。仅2020年，就有119名苏州教育专家深入铜仁各区（县）开展帮扶活动。

万山区是铜仁市两个主城区之一，也是典型的资源枯竭型城市。21世纪初，昔日闻名中外的贵州汞矿关闭，万山社会经济陷入低谷，教育事业也一度停滞不前：教育经费投入不足、师资力量薄弱、办学条件较差……

"教育发展滞后与我们作为主城区的地位很不相称。"万山区以东西部扶贫协作为契机，通过把苏州高新区的优秀教师请进来，让本区的教师走出去，通过跟岗学习、集中培训和送教上门等形式，在学校管理、教育教学等方面实现了双促进、双提升。

2019年9月，孙大武作为苏州高新区实验小学选派到铜仁万山区支教的教师，来到位于万山区的铜仁市第四小学进行为期一个学期的教学。从教已有33年的他拥有极其丰富的教学知识和经验，积极传经授教，通过传帮带与该校老师共同进步。除了教学时间外，他还积极投身到扶智工作中，对班上的易地扶贫搬迁学生进行专门辅导。他说："我们要给这些刚搬进城的孩子更多的关怀，引导他们。"请进来的老师带来了新的资源和经验，也让在校的老师们有了更快进步的可能，"自我造血"能力明显加强。

2016年以来，万山区已累计获得苏州高新区教育帮扶资金4984万元，36所中小学、幼儿园与苏州高新区36所中小学、幼儿园建立了一对一结对帮扶关系，实现了两区中小学、幼儿园结对帮扶全覆盖。万山区共选派了120余名校（园）长及骨干教师到高新区各学校跟岗学习，全区校园硬件设施得到明显改善，教育教学质量得到显著提升。

万山教育崛起，只是苏州、铜仁教育协作的一个缩影。实施东西部扶贫协作以后，苏铜两地不断拓展合作内涵，铜仁579所学校通过"一对一""一对多"的方式与苏州468所学校结对帮扶，其中，贫困县乡镇以上公办中小学与帮扶城市相关学校全面建立结对帮扶关系。双方不断加大职业教育帮扶协作力度，完善职业院校结对帮扶工作机制，加强与苏州人社部门、人力资源服务机构、职教集团、高职院校、中职院校结对帮扶，在联合办学、专业设置、师资培训、毕业生就业等方面加强协作，实现两地职业院校结对帮扶全覆盖。

实施"东西协作职业教育千人培养计划"，大力推进校校、校企合作，采取"1+2""2+1"等模式订单式培养技能人才，提升贫困劳动力的职业技能水平，保障其稳定就业，促进贫困劳动力的输出转移。

"职业教育千人培养计划"实施以来，开办"校校合作""校企合作"试点（班）28个，1292名铜仁籍贫困学生通过"1+2""2+1"等方式在铜仁、江苏（苏州）就读职业学校，成功打造"1+1+1"读书助贫帮扶品牌（1名建档立卡贫困学生来苏就读+1名学生家长来苏就业+1户贫困家庭实现长期脱贫）。

两地还加大高等教育帮扶协作力度。持续深化两地高等院校的全方位合作，充分利用帮扶城市高校教育资源，在师资培训、学科建设、学术交流、教育教学、产学研结合等领域开展合作交流。

此外，铜仁争取苏州市高等院校在铜仁市设立研究生工作站、开设分校等，探索产学研协同培养机制，推动两地高校和教育科研部门协同育人，教科研深度融合，加强铜仁市高等院校学术能力建设，更好地发挥"教育智库"作用，增强服务地方经济建设和社会发展的功能。

医疗协作也是苏铜携手的重要内容。对于山区群众而言，由于发展相对滞后，医疗服务水平不高，一度让看病难、看病贵成为群众最大的心病。一个农村家庭，往往因为一场病而陷入贫困，甚至负债累累。

东西部扶贫协作以来，铜仁市积极争取到帮扶城市医疗专家团队216人来铜开展医疗帮扶，并引导贫困地区208家县级综合医院、中医院、妇保院、妇计中心、乡镇卫生院与苏州136家卫生医疗机构全面建立结对帮扶关系，提高基层医疗卫生机构服务能力水平。同时还充分发挥县域医共体（县域医疗服务共同体）作用，促进县域内医疗卫生资源合理配置、人员合理流动，鼓励苏州帮扶专家、资源下沉到基层医疗卫生机构，推动帮扶成效向基层延伸。

如今，铜仁各地流传着一个个苏医入铜帮扶的感人故事，刘建刚医生的"阡挂"就是其中之一。

2016年12月，石阡县人民医院与苏州大学附属第一医院结成对口支援关系。次年3月，刘建刚博士随苏州大学附属第一医院派出的首批医疗专家，来到地处武陵山区腹地的石阡县人民医院，开展为期3个月的医疗帮扶。

2017年6月，帮扶结束回到苏州，刘建刚的心头却多了一份沉甸甸的"阡挂"，因为他深知，很多精准扶贫户在县级医院就医能享受最大的报销比例，一旦县级医院因技术难题无法收治时便会放弃医治，从而丧失治疗机会。

正因为心怀"阡挂"，2018年的4月，刘建刚放弃出国深造机会，再赴石阡县人民医院，挂任该院副院长，分管科研、重点专科、脑卒中中心创建和神经外科工作。"我们的目标是带来一项技术、创建一个学科、培养一个人才、留下一种精神。"刘建刚始终将培养人才、建设学科、提高山区医疗服务水平作为帮扶石阡的信念。

小到手术器械，大到医用显微镜，刘建刚多渠道为石阡县人民医院争取设备，并"手把手"将先进技术倾囊传授给当地医生。遇到家庭困难群众，他时常自掏腰包给予帮助。虽然如今挂职帮扶期满，刘建刚带着"阡挂"离开石阡返回苏州，但因医术精湛且有一颗医者仁心，他的事迹在石阡广为流传，被当地人称为"苏神医"。2019年4月，刘建刚获得了"贵州省五一劳动奖章"。

在2020年抗击新冠肺炎疫情期间，苏州派驻铜仁各地的医疗专家发挥了重要作用。

"江口山水情，姑苏情意浓。"姑苏区结对帮扶江口县以来，每年都会派出一批医疗专家到江口县帮扶。陆沄鹏2019年10月从姑苏区来到江口县，担任该县疾病预防控制中心流行病防治科科长。

除夕夜，身在姑苏的陆沄鹏从新闻上看见贵州省启动了突发公共卫生事件一级响应，身为姑苏区传染病控制中心科员（执业医师）、江口县流防科科长，陆沄鹏除了有对职业的敬重之心，还有对江口的担忧与挂念。"关键时刻，我们有责任和义务与江口人民站在同一生死线上。"面对危险，陆沄鹏立场非常坚定地说，"只要大家同心协力拧紧一股绳，就没有闯不过的难关。"

大年初五，陆沄鹏赶到江口，第一时间与该县疾控中心取得联系，提出要尽快参与到防疫控疫的战斗中。很快，陆沄鹏被推荐作为铜仁市新冠肺炎疫情防控专家组成员，指导并参与该县疾控中心开展流行病学调查、消杀、采样等工作。

"传染病的有效防控，离不开过硬的专业知识和执法技能。"为了更好地到一线了解疫情的最新动态，陆沄鹏主动参与了江口县人民医院、县中医医院发热病人和疑似病例的会诊，深入学习流行病学史，为病例的诊断或排除提供充分的科学依据。

与陆沄鹏一样，姑苏区派到江口挂任卫生健康局公共卫生股股长的杨扬，在与家人吃完年夜饭后，就毅然决然地奔向了江口的抗疫一线。没有机场的道别，没有多余的寒暄，因为身上有责任，心中有"大家"。

2020年6月，铜仁市一个名叫安安的女婴，出生仅3天就被确诊为完全型肺静脉异位引流（心上型）。这是一种病死率很高的罕见病，铜仁市没有做过这样的手术。就在孩子父母感到绝望的时候，在铜仁对口帮扶的苏州医生王辉立刻联系了苏州的医院。双方紧急制定了转运方案后，决定将婴儿转到苏州救治，进行了一场跨越1500公里的生命接力。

在苏州大学附属儿童医院总院，安安顺利完成手术，转危为安。考虑到安安的家庭经济困难，无力支付治疗费用，该院还联系到了专项基金进行帮助。

"心中有爱，山川可平。"苏州、铜仁两地之间，这样的感人故事时常在上演，温暖着山区人民的心。

2019年，铜仁、苏州相关部门联合印发了《铜仁市对接苏州市医疗组团帮扶工作实施方案（2019—2022年）》，进一步明确了帮扶重点。苏铜两地将围绕建立现代医院管理制度、"5+2"重点科室和临床重点专科建设、"互联网+医疗健康"、医联体建设、振兴中医药发展、提升公共卫生水平、提升基层卫生健康服务能力、卫生健康人才队伍建设、全面深化医药卫生体制改革、加强公立医院党的建设十个方面，进一步深化医疗组团帮扶工作。

借船出海　山海相连

"住的是单人宿舍，电视空调一应俱全，一个月工资加上就业稳岗补贴，收入能达到六七千元。"聊起赴张家港务工，沿河黑水镇麻竹溪村民李荣强有说不完的话。

50多岁的李荣强，过去四处奔走打零工。春节后受疫情影响闲在家中，断了收入来源。2020年2月底，苏州企业到沿河招工，他毅然报名。乘坐沿河赴张家港劳务协作"保送"专列，李荣强离开沿河，顺利入职张家港市金鹿集团。

推动劳务扶贫，沿河会同张家港市建立完善就业扶贫机制，统筹做好岗位对接、技能培训、劳务输出、跟踪服务，三年来就业培训1727人次，已有899名群众在苏州稳定就业。

西部有西部的优势，东部有东部的需求，只有互通有无、互补合作才能共同发展。这便是东西部扶贫协作的"协作"要义。近年来，苏州、铜仁两地结合各自实际情况，持续深化劳务协作，深挖就业扶贫"金矿石"。

2016—2020年，苏铜两地人社部门联合举办劳务协作招聘会157场，提供就业岗位237316个；合作举办劳务协作培训班506期，培训贫困人口17572人。累计帮助40956名铜仁籍贫困劳动力实现就业，其中在苏就业4344人。

2020年，面对新冠肺炎疫情，苏铜两地多措并举，着力解决铜仁务工人员赴苏返岗难、就业求职难和苏州企业用工缺口大等问题。

铜仁市级安排扶贫协作专项资金，对到江苏省稳定就业3个月以上的贫困劳动力一次性补贴3000元；对稳定就业达6个月以上的贫困劳动力，再给予1000元／人的一次性求职创业补贴；对缴纳企业职工社会保险满6个月以上的，发放1000元／人社会保险补贴。

苏州市对到苏稳定就业的铜仁籍贫困劳动力参照各类用人单位吸纳就业困难人员社会保险补贴政策，使其享受用人单位缴费部分全额补贴。对介绍铜仁籍贫困劳动力到苏州市就业的人力资源服务机构，每成功推荐就业1人给予1500元职业介绍补贴。

苏铜两市各结对县级市（区、县）还出台相应配套激励政策，形成叠加效应。铜仁市通过实地排查走访，发放赴苏务工政策、岗位小折页，运用线上招聘会、微信公众号、QQ群、微信群、乡村大喇叭、流动宣传车、手机短信等，加强政策和就业岗位推介工作。苏州市人社局建立"苏州抗击疫情人力资源调剂平台"，向铜仁发布用工需求5万余人。

截至2020年底，苏铜两市在落实疫情防控措施基础上，采取组织复工专列、包机、包车等"点对点"方式，集中输送5710名铜仁籍务工人员到东部城市就业；在江苏就业的铜仁籍贫困人口3165人中，返岗复工956人，新增就业2209人。

"包吃包住待遇好，一个月可以赚5000多块钱呢！"万山区赴苏州高新区务工人员张秀兵说。张秀兵是万山区旺家社区的搬迁群众，长年在外务工。然而因疫情耽误，不能外出，也就断了收入来源。

为切实解决就业问题，万山各乡镇、安置点干部对辖区群众进行就业排查走访，加以线上线下宣传、召开招聘会等方式，为外出务工返乡人员提供就业信息。万山还与苏州当地开通专列、包车，护送万山群众赴苏务工。

"厂里工作基本上都是手工活，工作时长8小时，加班还有加班费。"在帮扶干部动员下，张秀兵赴苏州务工，顺利进入苏州航天电器厂工作。

苏州高新区通过建立多维动态服务机制，在苏高新人力资源产业园设立"万山之家"，为在苏的万山务工人员提供生活帮扶、心理关爱、法律援助等全方位服务。高新区总工会还不定期开展关爱行动，为每位万山务工人员送去生活用品，组织开展文化活动，加强职业规划，丰富业余生活。"虽与家相隔千里，但在苏州却能感受到家一样的温暖。"张秀兵表示。

不单是万山，铜仁各区（县）也纷纷采取有效措施，引导劳动力赴苏务工，实现就业增收，也解决苏州企业用工难题。印江自治县充分发挥县、镇、村三级劳务服务体系和劳务经纪人作用，以及江苏文鼎集团的市场化运作优势，与吴江区提供的招聘需求精准匹配。

2020年5月8—10日，苏州市人社局主要负责同志带队到铜仁考察，与铜仁市人社局签订了年度对口帮扶劳务协作协议和稳就业协议，并深入沿河自治县支持劳务协作工作和"携手奔小康"行动。苏铜两市各结对县级市（区、县）人社部门均签订了深化劳务协作稳就业协议。

2020年是全面建成小康社会目标实现之年，是全面打赢脱贫攻坚战收官之年，苏州、铜仁计划围绕家政、护工、物管、保安等苏州紧缺岗位和就业重点领域，全年举办针对贫困劳动力的职业技能、就业技能培训班181期，培训贫困劳动力5283人。

苏州市场大，铜仁资源多。借船出海的不仅是劳动力，铜仁还借助苏州的市场优势，将大量优质农产品销往苏州，让苏州市民共享扶贫成果，有效解决了农特产品销售难题。

2017年以来，两地不断强化消费扶贫，打通增收脱贫"快速路"。坚持政府社会并举，线上线下并行，供应需求并联，硬件软件并进，深化消费扶贫行动。开展好扶贫产品申报认定工作，加大铜仁农特产品在苏展销推广力度，着力提升铜仁"梵净山珍·健康养生"等公共品牌在苏州市场的知名度、美誉度。同时充分发挥苏州市农发集团、铜仁市扶投公司等国企以及苏州食行生鲜、布瑞克农业大数据等民企的龙头带动作用，加快完善从产地到消费终端的产销渠道，提升消费扶贫的规模化、标准化、品牌化、市场化和组织化水平。

2017—2020年底，铜仁借力消费扶贫，赴苏州举办30余次农特产品推介活动、在苏州设立"梵净山珍"（苏州）展示中心、"梵净山茶"苏州推广中心等铜仁农特产品销售中心（专柜）52个，依托线上线下销售平台，绿色生态的"梵净山珍"越来越受到苏州市民青睐，"铜货入苏"销售额超27.35亿元，惠及贫困人口10万余人。

"经过苏州吴江区农业农村局来的援黔技术人员的指导，我们在菌棒接种上的技术更进一步了。"印江自治县板溪镇凯塘村印龙菌业负责人表示。该基地在结对帮扶的苏州吴江区技术人员的指导下,进一步优化种植、管理等技术,该企业菌菇产量持续升高,销路却成了新难题。

针对这一情况,吴江区又结合实际,按照"以产定销、以销促产、产销对接"的思路,协助印龙菌业打开了苏州市场,2019年就增加销售额350余万元。该企业负责人介绍,2020年印龙菌业在苏州市场销售额达623万元,销量持续攀升。

2020年3月,铜仁市召开2020年市政府第七次常务会议,讨论并出台了《铜仁市关于深入开展消费扶贫行动助力打赢脱贫攻坚的实施方案》,组建扶贫协作消费扶贫工作专班,推动需求定制、保供体系、产品认定、品牌提升、优先采购、线上线下、以购代帮、以奖代补、旅游体验九大行动。

积极开展消费扶贫产品的申报认定工作,累计通过国务院扶贫办审核公示供应商415家,扶贫产品1126个。强化龙头引领,促进资源整合。苏州市出台实施《苏州市开展消费扶贫行动的实施方案》,提高消费扶贫工作的组织化水平。总投资1.5亿元的万山区苏高新供应链基地于2020年4月投入运营。2020年,江苏省和苏州市采购、销售铜仁农特产品6.24万吨、价值16.64亿元,带动贫困人口49247人;其中销售扶贫产品13.78亿元,带动贫困人口39731人。

通过东西部扶贫协作平台,苏州市工商联50个直属商会与铜仁市50个贫困村结成对口帮扶关系,并因地制宜通过产业扶贫、消费扶贫、就业扶贫、捐赠扶贫、智力扶贫等不同形式,帮助铜仁50个贫困村进一步加快了脱贫奔小康进程。

苏州银行主动与铜仁市扶贫办、商务局以及万山区电商生态城等相关单位合作,专门在该行手机银行APP中开发出"黔货进苏"手机平台模块,并通过银行积分兑换、优惠购买等活动,使苏州银行200多万名客户能在线上选购铜仁优质农产品,助推"黔货出山"。

苏州市姑苏区启动"小包裹·大爱心——姑苏江口心连心"爱心包裹捐赠活动，辖区爱心单位、企业和市民纷纷慷慨解囊，向江口县贫困家庭孩子捐助了价值81万元的"爱心包裹"。

东西协作打开了铜仁面向苏州的窗口。铜仁全力推广以梵净山为首的全域旅游，仅2019年就吸引超10万江苏游客入铜旅游。江苏游客的涌入，加速了铜仁区（县）特色旅游开发力度，万山、碧江抢抓机遇打造牙溪泰迪农场旅游、川硐范木溪民俗旅游等。2019年，铜仁全市乡村旅游接待游客超3520万人次，实现乡村旅游综合收入179.2亿元，带动3.11万名贫困户增收脱贫。（2020年无统计数据）

同步小康　情比金坚

"善港情深诚心克难扶贫不畏山川远，高峰奋袂协力攻坚济困结缘日月长。"这是沿河自治县中界镇高峰村委会办公楼的长联，体现的正是苏铜两地人民的深情厚谊。

近年来，苏州、铜仁推动扶贫协作工作不断向基层延伸，从市、县层面，到镇、村建立起结对帮扶机制，形成自上而下的帮扶协作大格局。高峰村就是苏铜"村帮村"的一个典型样板。

从2017年开始，张家港市各村（社区）、企业、商会（协会）等牵手沿河自治县50个深度贫困村，开展一对一帮扶。高峰村是沿河自治县深度贫困村，2018年3月与善港村建立整村推进全面帮扶协议。随后，善港村派出15名村干部、村集体企业管理层组成帮扶工作队，每3个月轮换一次，常驻高峰村开展帮扶工作。

面对高峰村的困境，善港村驻村工作队围绕党的建设、文化建设、乡村治理和产业致富重点开展工作，带领高峰村村民，以坚韧不拔之志，在这块原本贫瘠落后的土地上，谱写出"善登高峰"的新时代篇章。

高峰坡陡，乱石满山。只有爬到海拔上千米的山顶，方能见几片平整的耕地。"春种一粒粟，秋收两箩筐。"千百年来，高峰村民日复一日爬山种地，辛勤和汗水却换不来几顿饱饭。当临近的一些村靠种植水果、中药材等逐渐改变穷貌时，不甘落后的高峰村民，也立志发展产业，改变穷村困境。

言之易，行之难。没经验、缺技术、差资金，村民罗文武先后尝试种烤烟、葡萄、茶叶、李子，还养过白山羊等，但没有一样见成效。"高峰村民不缺发展产业的动力，只是缺少发展的思路和技术。"善港村驻村工作队进驻高峰村，综合考量村情后，队长朱洪伟这样判定。

因地制宜，因村规划。善港村驻村工作队根据高峰村的实际情况，规划了"一水两园三业"布局，"一水"指的是利用高峰村的优质山泉水，建设饮用水加工厂，大力发展水产业。同时投入资金打造了一个有机农业园区。

"目前我们试种成功的有20多个品种，都能在高峰村大规模种植。"朱洪伟说，"这些品种试种成功也为沿河其他村发展产业提供了更多可靠的选择。"除产业园，工作队还在山上流转200多亩曾因效益差而被抛弃的茶园，着手打造农旅一体的茶叶公园。同时建起生态养殖场，养殖鹌鹑、土鸡等。

种植、养殖、旅游三业并进，高峰村产业呈星火燎原之势，让昔日的荒山石坡变为了金山银山。

不仅是产业真帮，善港村还协助高峰村创新村民自治模式，树立新时代、新风尚。

过去，高峰村大会小会，常常开得"一团糟"。由于群众政策知晓率过低，发展参与度不高，所以怨言颇多，开会吵架成常态。

"我们让群众充分参与到村里发展的全过程，让他们在支持发展的同时，有更多获得感。"朱洪伟说。工作队把善港村的村民自治经验成功嫁接到高峰村，让高峰村村民真正"当家做主"，增强发展动力。

工作队专门成立乡村治理组，负责引导村民整治环境卫生，完善村民自治规章制度，提升乡村治理和管理水平，进一步激发群众的发展内生动力。以文化人，以文惠民，以文富民，工作队始终把文化建设作为帮扶工作的源头工程，开设留守儿童假期辅导班，开展关爱留守老人活动，进行"文明家庭、好婆婆、好儿媳"评比等，有力促进乡风文明。

"我们的目标是把高峰村建设成为全国先进文明村。"朱洪伟说。通过工作队"做给群众看、带着村民干"，高峰村环境卫生得到彻底改变，村民自治能力有效提升，脱贫致富内生动力更足。

"善港村民不远千里来帮助我们脱贫致富，我们自己也必须争口气！"高峰村村民杨秀珍说。杨秀珍家3个孩子上学，幼儿患病，是村里的建档立卡贫困户。2019年，高峰村在善港村的帮助下建起有机产业园，杨秀珍就近务工，挣钱顾家两不误。由于年轻能干，杨秀珍还被选为村民务工队队长，除每天跟着苏州来的专家学草莓、网纹瓜等种植技术，还负责组织村民务工。

真金白银投入，真情实意帮扶。一项项富民产业崛起，一个个队员的真抓实干，让高峰村民深感震撼，点燃了他们心头脱贫的火种，激发了他们致富的内生动力。

"现在务工的村民排着队，每个人都争相学技术，争取当骨干，将来我们自己也能把产业发展好、经营好。"杨秀珍说。

"师傅引进门，修行靠个人。"高峰村第一书记张鲁黔常在村民大会上说，"全村党员群众都必须打起精神，抓住东西部扶贫协作这一机遇，感恩奋进，争先作为。"高峰村不断提升支部战斗力，充分发挥带头示范作用，积极支持配合善港村驻高峰村工作队，完善基础，学习技术，用实际行动践行初心和使命。

山海携手，善登高峰。东西部扶贫协作，点燃了贵州广大山区的产业火种、文明火种、脱贫火种，正让一个个穷村成功走出困境，携手跨过一座座贫困"高峰"。

铜仁不仅是10个区（县）分别与苏州相应的县（市、区）结成帮扶对子，全市119个贫困乡镇、433个贫困村也与苏州的乡镇、村（社区、企业、协会、商会）建立扶贫协作关系，真正实现了"山海手挽手，城乡心连心"。

在碧江区坝黄镇高坝田村蓝莓种植基地里，一棵棵蓝莓苗在阳光下茁壮成长。当地干部介绍，这是碧江与昆山东西部扶贫协作中具有代表性的扶贫产业项目。2018年，昆山市张浦镇七桥村与碧江区坝黄镇高坝田村"镇—镇""村—村"结对后，共同引进昆山鲜活果汁有限公司在高坝田村实施的产业扶贫项目。

高坝田村是深度贫困村，有村民582户1740人，其中贫困户185户726人。山多、谷深、平地少，夏季高温多雨，冬季温和少雨。江苏省对口帮扶贵州省铜仁市工作队碧江区工作组（以下简称"碧江区工作组"）经过走访调查，并对土壤取样检测，发现高坝田村的土壤适合种植经济价值较高、抗氧化能力较强的水果——蓝莓。通过碧江区工作组的牵线搭桥，昆山市的蓝莓在碧江区落了地、生了根，结出了"致富果"。

为让产业见成效，双方还探索"公司+合作社"的合作模式，即高坝田村成立村集体经济合作社，与昆山鲜活果汁有限公司合作。公司负责提供蓝莓苗、种植技术培训指导、跟踪服务，合作社负责土地平整、基础设施建设、日常管理。

为让经营见成效，双方积极探索"试种+跟种"的经营模式，即按照"规模控制，分步实施"的原则，第一阶段筹集东西部扶贫协作资金150万元，并派昆山鲜活果汁有限公司技术人员现场指导，共完成蓝莓示范种植120亩。第二阶段，群众积极响应跟种蓝莓，计划到2020年底扩种蓝莓1000亩。

为让销售见成效，双方积极探索"零售+包销"的销售模式，即公司负责蓝莓采购和兜底销售，产出蓝莓以采摘零售优先，零售剩余蓝莓冻果由公司以每斤不少于10元的价格包销，实现合作社与企业在产业选择、技术指导、销售渠道的全方位对接。

为让产业真正惠民，该村还探索"务工+分红"的收入模式，即合作社聘请当地群众管护蓝莓园增加务工收入，同时蓝莓园年利润按照"622"模式进行分配，60%用于贫困户分红，20%用于村级集体经济积累，20%用于发放管理人员工资、劳务费和再投入。

碧江区把坝黄贫困村的土地、劳务资源与张浦先进的技术和销售渠道紧密结合，实现昆山企业与当地经济发展"双赢"。

随着东西部扶贫协作工作的不断深化，苏铜两地不仅实现党政携手、企业协作、村民牵手，同时还激发社会力量源源不断支援铜仁，两地人民建立起深厚情谊。

2020年初，新冠肺炎疫情突如其来。为帮助铜仁解决防疫物资短缺问题，苏州各界向铜仁援赠防疫物款505万元，其中，30余万只医用口罩、12.3万副手套、1200件防护服、5000个鞋套等防疫物资价值150余万元，防疫资金354.7万元。

2020年6月，货拉拉苏州分公司到苏州陈霞爱心慈善基金会捐赠善款，而这笔善款将全部用来帮助铜仁市贫困儿童，改善他们的教育、卫生及生活条件。

此前，货拉拉苏州分公司得知由苏州陈霞爱心慈善基金会主办的"伸出援助之手　奉献你我爱心"慈善公益活动需要募集善款和爱心物资，关爱沿河自治县贫困儿童，便主动联系并进行捐赠善款。仅2020年，江苏和苏州社会各界，给铜仁各地共捐赠物款9271.23万元，比2019年增长25.83%，惠及贫困人口12万余人。

正是这种多层次、多形式、宽领域、全方位的扶贫协作，使得在连续3年的全国东西部扶贫协作成效考核中,苏州市与铜仁市均两次被评为"好"。江苏省对口帮扶贵州省铜仁市工作队两次被评为贵州省脱贫攻坚先进集体,队员和支教、支医、支农专家中,获得省级荣誉称号的达33人次,市级达15人次。

（文／杨聪）

产业园区是苏州区域经济发展的一大支柱，与苏州合作共建产业园区，是铜仁借鉴苏州发展经验、承接苏州转移产业、发展地方经济的重要举措。2015年，苏铜两市签订了《铜仁市苏州市共建产业园区框架合作协议》，铜仁·苏州产业园在铜仁市碧江区正式挂牌成立，并迅速成为苏铜产业合作的试验田、桥头堡和集聚区。

产业项目

产业园：合作的见证

　　产业园区是苏州区域经济发展的一大支柱，与苏州合作共建产业园区，是铜仁借鉴苏州发展经验，承接苏州转移产业，发展地方经济的重要举措。2015年，苏铜两市签订了《铜仁市苏州市共建产业园区框架合作协议》，铜仁·苏州产业园在铜仁市碧江区正式挂牌成立，并迅速成为苏铜产业合作的试验田、桥头堡和集聚区。

　　2019年，铜仁·苏州产业园完成总产值142亿元，规模工业企业累计达到50户，工业增加值增速9.8%；在全省开发区考核中列第13位，在产业园区考核中列第15位，相继获批国家级产城融合示范区、国家级双创示范基地、省级清洁生产示范园区等。2020年5月，碧江开发区(铜仁·苏州产业园)获批省级高新区，更名为"贵州碧江高新技术产业开发区"，计划携手铜仁高新区和教育园区申创国家级高新区。

引进来壮大园区产业规模

　　洗选、切片、烘干、炒制、包装……位于铜仁·苏州产业园的同德制药，工人们正在生产车间里加工生产中药材。自2015年5月一期工程正式投产以来，公司已生产各类中药材4000余吨，产品直供江苏省中医院。

　　同德制药是铜仁·苏州产业园内苏黔两省合作的代表，由信邦制药和江苏省中医院共同建设，总投资2亿元，于2014年3月动工，同年底获得生产许可证进入试生产，2015年2月获GMP认证。经过多年发展，贵州同德制药实现了中药从种植基地建设、中药饮片生产到医疗机构使用的无缝对接。依托贵州信邦制药集团强有力的技术和江苏省中医院中药饮品的销量支撑，2020年同德制药实现销售收入16697万元。

2018年4月开工建设的鸿典食品保鲜包装项目，是苏州市帮扶铜仁市共建园区引进的第一个高新技术项目，总投资5.2亿元。项目主要建设新型天然保鲜包装材料项目生产线，项目投产后预计五年内可实现年产值约10亿元人民币，年税收5000万元人民币，可提供就业岗位300余个。

作为国家东西部扶贫协作和承接江苏产业转移的重要载体，2018年年初，铜仁和苏州两地政府明确，先行启动6.18平方公里的核心区建设。截至2020年6月，核心区内鲲鹏通讯、同德制药等6户江苏企业已经落户；盛鸿大业、鸿典包装材料、同仁之光等4个江苏项目正快速推进。

同时，铜仁·苏州产业园通过政府收税金、群众获薪金、两市享红金创新分享机制获利园区，2020年1月至10月完成产值167亿元，完成税收

铜仁·苏州产业园中企业同仁之光（江苏省对口帮扶贵州省铜仁市工作队／供图）

11.8亿元；园区提供就业岗位近4万个，带动2.3万余人实现就近就业，入园工人平均年薪4万余元；收益全部用于共建园区滚动发展，5年后按照股份比例进行分红，将进一步壮大园区发展规模，提升园区转移集聚能力。

截至2020年11月，铜仁·苏州产业园成功引进国内外知名企业201家，其中规模以上工业企业50户。

"他山石"打造最优营商环境

源源不断的企业和项目落地，铜仁·苏州产业园更需要对企业服务持续优化。

一是合力招商引企业。成立铜仁·苏州产业园开发建设办公室，负责协调长三角经济区招商引资、乡镇联络、产业转移等工作；成立碧江驻昆山联络办公室，并计划成立苏铜产业园招商集团，负责招商项目联络、协调和帮办工作。建立定期走访和招商引资定期交流制度，两地分管领导直接对接重点招商引资项目。二是政策优惠待企业。出台《铜仁·苏州产业园招商引资优惠政策》，对苏州市转移到共建园区的产业、企业给予政策优惠；建立领导带头招商，包干服务重点项目、重点企业模式；成立碧江开发区政务服务代办中心，提供"一站式"代办服务，促进企业快速落地投产；出台企业招工优惠政策，强化园区工人子女入学、住房保障、户籍管理等系统保障。成立"贵园信贷通"中小企业融资担保平台，帮助园区中小企业担保融资。此外，为园区企业提供产业帮扶子基金，获批贵州省首批清洁生产示范园区。三是厚实载体助企业。打造铜仁·苏州产业转移示范园、广东园中园、智慧产业园等园中园，推动产业集群。积极打造武陵山（铜仁·苏州）国际汽车城，整合城区汽车零售、服务产业；大力开发工业文化旅游业，举办汽车国际赛事、汽车博览会，打造汽车文化品牌。串联园区工业旅游观光点与九龙洞风景名胜区、灯塔百花渡等景区，打造精品旅游线路，合作推出昆山·碧江旅游年卡项目。

加快企业项目建设落地。铜仁·苏州产业园通过借鉴苏州工业园区的"亲商理念"，为园区的客商提供最高效率服务和最良好发展环境，对招商引资项目实行"五个一"，即一个项目、一名领导、一个计划、一个团队、一抓到底的工作机制，以一个项目配备一个项目联系人的方式，对企业签约落地后的手续办理实行并联审批、全程代办制等项目前期手续以及后期项目情况进行一对一的"保姆式服务"。

实现企业追求与政府支持的同频共振。苏州工业园区是全国率先将"一站式"概念引入的地方，最早体现在政府的"亲商"服务中，成为园区在体制机制上突出的创新成果之一。铜仁·苏州产业园参照此模式设立了铜仁·苏州产业园一站式政务服务中心，大力推行一站式一条龙服务窗口和商事制度改革，在铜仁市场监管局（灯塔分局）窗口设立"多证合一"登记服务窗口，最大限度压缩了办证时间，推进数据共享。截至2020年6月，一站式政务服务中心已有3个部门8项审批权限委托到位。

未来园区将紧紧围绕开办企业、获得电力等营商环境十二项指标中发现的问题开展整治提升，加快推进"马上办、网上办、一次办、最多跑一次"等改革事项，进一步提升营商环境。

"新设计"携手建设现代园区

江苏有丰富的开发区建设经验，铜仁·苏州产业园借鉴苏州对外共建园区规划发展理念，正在成为东西部产业合作及产城融合示范区。

苏铜两地政府为深化推动产业园合作，通过优化顶层设计，抓好部门落实，按照"核心共建，深化产业合作、狠抓招商培育，做大产业规模、完善功能设施配套，抓实产业富民"工作原则，真正做到"苏州所需，铜仁所能"。同时，苏铜两地政府在制度建设、资金支持、优惠政策、行政审批等多方面支持园区建设，推动产业园区向纵深化发展。

一是建立多边协调机构。拟成立联合协调理事会、双边工作委员会、园区管委会三级管理模式。联合协调理事会为园区最高决策协调机构，由两市党政主要领导共同主持，负责协调解决开发建设有关方向、目标和政策等方面的重大问题；双边工作委员会由两市分管副市长牵头，由昆山市和碧江区主要领导主抓，负责研究解决园区建设的重大问题，审议各项决策的落实和执行情况；园区管委会主要负责征地拆迁、公共基础设施配套、社会管理等工作，苏州有关方主要负责策划、规划、建设，园区股份开发公司负责投资。二是搭建双边协作平台。拟出台《苏铜产业园体制改革方案》《苏铜产业园科创园实施方案》，明确共建园区干部管理、事权范围、行政审批、融资主导等权限。两地计划共同出资组建铜仁·苏州产业园开发投资有限公司，负责园区火车货运站、燃气管网、自来水厂、污水管网、土地开发等相关项目投资、开发和运营。2020年，昆山高新集团已经注册成立铜仁锦峰开发有限公司，通过市场化方式取得206亩工业用地，用于高端装备产业园建设。三是夯实共同制度基石。在市级层面，铜仁出台《关于支持铜仁·苏州产业园核心区建设若干意见》等多个制度方案，签订多项帮扶合作框架协议，明确对口帮扶重点和方向。在区级层面，出台《铜仁·苏州产业园合作共建工作实施细则》《碧江经济开发区（铜仁·苏州产业园）体制机制改革方案》《关于支持铜仁·苏州产业园核心区鼓励政策的实施意见》等文件，江苏省昆山市出台《昆山市关于产业转移政策支持的实施意见》，把共建园区的联系机制、人员互派、实体招商、权力下放等合作内容固化为制度，促进共建园区规范化、集约化、长效化发展。

（文／江婷婷）

注金融活水　助精准扶贫

铜仁地处武陵山腹地，摆在贫困面前的，不仅仅是经济落后、资源匮乏的困境，同时也有人才队伍和资本力量的短缺等问题。授人以鱼，不如授人以渔。苏州市东吴证券股份有限公司，作为一家成立于1993年并拥有全部证券类业务牌照的综合券商，积极响应党中央扶贫政策的号召，充分利用自身资源和产品优势，与铜仁市深入开展结对帮扶合作，在贵州省成立分公司，在铜仁市设置营业部，一方面填补了公司在中西部没有营业网点的空白，另一方面也便于在结对帮扶地区开展产业、金融帮扶工作。

金融扶贫　扶智先行

缺技术、少方法……东吴证券连续两年选派有责任心、有奉献精神、专业能力强的业务骨干赴石阡县挂职帮扶，扎根当地直接参与金融扶贫工作，公司三位业务专家入选"苏州帮扶铜仁教授专家库"。

2018年1月31日，铜仁玉安爆破工程股份有限公司获新三板同意挂牌函，这是铜仁市第二家新三板挂牌企业，也是东吴证券通过金融手段精准帮扶铜仁的首个新三板项目。铜仁玉安爆破工程股份有限公司成立于2013年，是一家主要为基础设施建设方、矿山开采方提供爆破整体解决方案及相关技术服务的爆破工程企业，主营业务为爆破工程的设计施工。2017年6月初，东吴证券与玉安爆破签订了财务顾问协议，挂牌工作全面展开。仅用时半年，就帮助贵州铜仁玉安爆破工程股份有限公司成功挂牌新三板。

依托专业的人才力量，东吴证券一系列"扶智"活动开启。针对铜仁本地企业特点，提供多方位的资本市场教育培训服务，开展业务交流，全面细致地宣导资本市场的专业知识和广泛经验，拓宽当地企业视野，深入探讨证券行业支持贫困地区实体经济发展、解决中小微企业融资难等方面的举措思路。同时，根据铜仁当地投资者需求特点，有针对性地设计开展投资者教育活动，提高投资者风险责任意识，配合有关部门严厉打击金融欺诈、非法集资等非法金融活动，帮助投资者维护合法权益。

百年大计，教育为本。东吴证券2016年起发起了助学计划。截至2020年8月，东吴证券已直接帮扶建档立卡贫困学生近1000人，累计捐款超过1100万元。

同时，为振兴乡村教育补齐学校短板，东吴证券围绕"衣、食、住、行、学"五个方面，实施了一系列公益援建项目，对学校硬件、软件设施进行"双升级"，大大改善了学生学习、生活环境。

——向铜仁市春晖励志基金捐赠50万元，支持当地教育基础设施建设；

——捐赠30万元援建石阡县枫香乡梨子园村小学教学楼；

——捐赠40万元援建思南县三道水乡幼儿园食堂；

——捐赠100万元援建石阡县国荣乡初级中学学生宿舍；

——捐赠20万元援建石阡县甘溪乡扶堰小学学生浴室；

——向石阡县五德镇小学捐赠37万元，用于学校运动场等各项基础设施建设。

两年来，东吴证券累计捐款321万元，成功援建铜仁思南、石阡、松桃等地8个基础设施项目。

探索实践"金融+" 创扶贫新模式

产业兴则群众富。东吴证券坚持"输血"与"造血"相结合，积极探索"金融+项目""金融+产业"等"金融+"扶贫新模式。

2017年以来，公司充分利用自身服务和产品资源，加强对帮扶地区企业的倾斜力度，先后实地走访了近百家当地企业，加强辅导培育重点企业，帮助提高公司治理水平，在严把质量关的前提下，支持贫困地区企业直接融资。

2020年7月，东吴证券联合旗下子公司东吴期货在石阡开展鸡蛋价格"保险+期货"试点项目。该项目覆盖石阡县本庄镇等5个乡镇的蛋鸡养殖合作社及养殖场，覆盖蛋鸡存栏约18万羽，为投保农户提供累计2000吨、保期4个月的鸡蛋价格指数保险。该项目保费总计约60万元，其中东吴证券捐赠24万元，剩余部分则由东吴期货专项扶贫资金承担，投保农户主体将实现保费"零支出"。在这一精准扶贫试点项目实施过程中，东吴证券、东吴期货利用自身专业能力和帮扶资金，以金融服务供给端为突破口，与石阡县政府、太平洋财产保险股份有限公司等各司其职、形成合

东吴证券爱心食堂建成投用仪式（江苏省对口帮扶贵州省铜仁市工作队／供图）

力，通过金融手段助力精准扶贫，为农户提供价格托底保障，有效减少因农产品价格剧烈波动所导致的二次返贫现象。此次试点项目还有效填补了铜仁乃至贵州地区"保险+期货"金融手段服务"三农"实例的空白，为东西部对口帮扶模式创新提供了新思路。

东吴证券依靠铜仁营业部和在铜挂职干部的桥梁纽带作用，积极联系数家优质挂牌企业赴铜仁地区实地考察，与当地企业进行产业对接，开展业务交流。促成正邦科技与石阡县签订合作协议，建设年出栏量50万头的生猪养殖基地，项目计划总投资8亿元，帮助铜仁地区招商引资工作取得初步成效，为当地产业发展发挥了积极作用。

不仅如此，在帮扶铜仁做强产业过程中，东吴证券通过"消费扶贫"积极帮助铜仁农产品拓展市场助力"黔货出山"，公司先后两次累计出资120万元定制采购石阡县"牵手茶"4500份。

东吴证券股份有限公司成立27年来，紧紧围绕建设"规范化、市场化、科技化、国际化的现代证券控股集团"的愿景，坚持贯彻"为实体经济增添活力，为美好生活创造价值"的使命，始终坚持"待人忠、办事诚、共享共赢"的核心价值观，将公益扶贫作为持续性的事业，扎实开展精准扶贫、捐资助学、改善民生等公益慈善工作。正如东吴证券铜仁营业部总经理黄承颐所说："东西部扶贫协作的意义，远不止经济和物质层面，通过两地人民思想的碰撞、情感的交融，进一步拉近了双方的距离，结下了深厚的情谊。我们也会坚持初心，践行企业社会责任，助力铜仁高质量打赢脱贫攻坚战。"

（文／杨铜琴）

铜仁"产"　苏州"酿"

2020年7月31日,为期3天的第九届中国苏州文化创意设计产业交易博览会在苏州国际博览中心举行。在寸土寸金的展区中,铜仁把三分之一的展馆场地留用于展示与苏州东西部协作的发展硕果。

铜仁特色主题馆设有文创、农特、东西部协作3大展区18个展位,30多个商家共带来土家美食、苗族文化、侗族箫笛等300余款特色产品。文创、农特展区,朱砂制作的工艺品精致美丽,铜仁独有的紫袍玉被工艺大师们赋予了新的生命,玉屏箫笛的制作者挨个吹响心爱的箫笛,刺绣(蜡染)、纸伞充满了文艺气息。铜仁生态文化、土家文化、苗族文化、侗族文化在这里尽显,乡场、乡情、乡土在这里共融。而在东西部协作展区,滚动播放的视频,道不尽"苏铜"千般情谊;图文并茂的展板,诉不尽"苏铜"万般深情。展台上琳琅满目的产品都是铜仁"产"、苏州"酿"。

"山乡缘·水乡情",铜仁借着苏州的东风生枝发芽,再带着这份"沉甸甸"回到苏州与"家人"共享。

用最好的产品回馈苏州市场

"苏州创博会,我们准备了最新开发的产品'辣子鸡',同时也将我们的老产品'原生态苗家高山土鸡'制作成成品,供来客品尝。"贵州省同仁望乡生态农业开发有限公司销售部经理孔冰介绍说。

贵州省同仁望乡生态农业开发有限公司是东西部协作的"硕果"之

一。该公司以原生态林下鸡养殖为主，养殖林下鸡300万羽，利益联结铜仁市内50多个合作社，涉及松桃、印江、思南、沿河、石阡5县，覆盖53个村集体，直接解决当地群众就业200余人。

苏州现在是我们最主要的销售市场，贵州省同仁望乡生态农业开发有限公司总经理梁树森介绍说："2019年，借助苏州帮扶力量，公司在苏州建立了办事处，2020年，苏州市帮扶力量再发力，公司在苏州吴江经济技术开发区（同里镇）三港村建起了贵州省同仁望乡生态农业开发有限公司苏州物流基地。便捷的交通、稳定的供货渠道，公司在第一个月就有了100万的销售额。"

"我们把梵净山下喝着山泉水，以虫、草为生的散养鸡，推到苏州市场，希望用最好的产品回馈苏州。" 梁树森说。

2013年，国务院办公厅印发《关于开展对口帮扶贵州工作的指导意见》，明确苏州市"一对一"结对帮扶铜仁市。

第九届创博会铜仁特色主题馆（姜锋/摄）

7年来，铜仁、苏州两地坚持以习近平新时代中国特色社会主义思想为指导，按照苏黔两省关于东西部扶贫协作部署要求，积极强化对接，携手共进。

两地党政主要领导直接调研对接东西部协作重点工作，形成了党政主要领导考察对接常态化机制。2013—2020年，两地党政主要领导率党政代表团开展互访考察27次，累计900余人次参加调研对接，共同商议当年重点工作，协同推进解决难点问题。

两江酒装两江　情敬苏州人民

"这款'两江酒'是我为苏州人民特创的，口味清香柔和，很受市民欢迎。"印江梵台酒业有限公司副经理熊安平介绍"两江酒"时说。

熊安平说："2017年得益于苏州吴江的帮扶，印江梵台酒业有限公司的酒走出了大山，以展会的形式面向苏州市场。优良的品质、特殊的口感深受苏州人民喜爱，不少市民多次回购。"

印江梵台酒业有限公司地处武陵主峰梵净山脚下印江木黄镇，早在1986年，当地群众就开始建厂制酒，优良的生态环境和水资源为"木黄佳酿"注入了灵气，一直是畅销当地的散酒和一些国内知名酒厂的基酒。

"是苏州帮扶领导不遗余力的推介，才让我们的品牌有了

两江酒（姜锋／摄）

名声和销路。"熊安平说。2017年在苏州闯出路子让他信心倍增，加大了瓶装精品酒的产量，第二年的销售额达到了200万元。

熊安平说："为了这款酒，公司按照苏州市民的口味调整了制作工艺流程，每调整一次就寄到苏州请人品尝，花了半个月的时间才调试好最终的口味。并且把酒名取为'两江酒'，希望用佳酿来记录吴江、印江两江情谊。"

"兄弟同心"方能无坚不摧。为了铜仁更好的发展，苏州市出台了《关于支持铜货出山助推脱贫攻坚的奖励扶持办法》，支持推动铜仁农产品走进苏州市场。

截至2020年，苏州举办了中国·武陵山区（铜仁）农产品交易会、"梵净山珍·健康养生"铜仁农特产品推介会等活动30次，建成主要销往苏州的绿色农产品直供基地49794亩，在苏州设立贵州铜仁"梵净山珍"（苏州）展示中心、铜仁"梵净山茶"苏州推广中心、铜仁优质农产品（苏州）推广中心等线上线下农产品展销中心（旗舰店、专柜等）52个，通过苏州帮扶销往江苏省等东部地区的农特产品销售金额达16.64亿元，惠及贫困人口近5万人。

2013年以来，江苏省和苏州市各级财政给予了铜仁市帮扶资金18.89亿元，实施帮扶项目1288个，累计覆盖贫困人口77万余人次、贫困残疾人口1.62万人次；向深度贫困地区投入资金8.33亿元，向县以下基层投入资金16.46亿元。苏州社会各界向铜仁捐赠扶贫物款2.51亿元。

合作越来越紧密，感情越来越深厚。苏州和铜仁围绕决战决胜脱贫攻坚、全面建成小康社会目标，进一步加大扶贫协作力度，坚持扬长补短、协作共赢、聚焦精准、务实推进，将各自在资本、技术、市场和资源、生态、劳动力等方面的优势紧密结合起来，开展了全方位、多层次、宽领域的扶贫协作。

此外，通过帮扶，江苏累计引进250家企业来铜投资，完成实际投资额263.92亿元，带动19651名贫困人口就业增收；在每个区县均打造1个以上共建园区，累计共建产业合作园区19个。

展会现场，铜仁特色主题馆的300余款特色产品受到苏州市民欢迎，两天现场销售额达15万余元。此外，线上销售1000余件（盒）、达成合作意向15个1200余万元、订单18笔2000余万元，直播带货观看17万人次。山海情深一家亲、同心共筑小康梦。乌江蓝莓、白水贡米、豆腐乳、沿河洲州茶、玉屏黄桃……展区里的每一份展品都是两地合作的丰硕成果，都饱含着两地浓浓的山乡情谊。

（文／李小倩　姜锋　丁芷菡）

为有源头活水来

2020年孟夏，铜仁市德江县迎来暑热。桶井乡同心社区食用菌基地，包装车间井然有序，工人们正在比拼速度，赶制即将发往苏州吴中区的黑木耳订单。工人们纷纷感慨："有了党的好政策，有了吴中的帮扶，如今的桶井不仅换了新颜，经济也强了起来。"

时光回溯。2017年以前，桶井乡的土地种植多以籽粒玉米、荞麦等低效农作物种植为主，亩产值不超过1000元。唯一的坝子——梨子坪一带，也因地形影响，晴天受旱、雨天受淹，群众增收渠道窄、脱贫难度大。

条件恶劣，带来的是青壮村民他乡谋生，土地荒芜，山村贫困。久困于穷，冀以小康。东西部协作之风，吹来转机。

2017年江苏苏州吴中区与德江县"结亲"，目的是从产业、教育、卫生、旅游、技术、人才、就业、销售等领域助力德江脱贫出列，为乡村振兴夯实基础。

引太湖活水，润傩乡山村。素有"吴中第一镇"之称的木渎镇与桶井乡在这场"联姻"中结下对子。为助推产业发展，桶井乡争取多方力量同步完善了排洪设施。

强区注活水，产业沐甘霖。经过实地考察，同心社区土地集中，交通便利，适合发展经济价值较高的食用菌。

2017年7月，同心社区利用东西部协作资金1600万元，引进技术人才合作组建德江县同心社区食用菌种植专业合作社，并外聘来自浙江的技术人员田善其提供技术指导打造基地。

培育食用菌出山富民的序幕从此拉开。3年时间,在吴中区帮扶资金的推动下,食用菌基地发展壮大,2019年种植黑木耳菌棒48万棒,香菇20万棒,羊肚菌70亩。产品远销江苏、浙江、四川、重庆等地,贫瘠土地上从此植下致富底色。

"这几年,每到9月份,坝子风景格外漂亮,放眼望过去白茫茫的一片菌棒上,全是黑木耳。"35岁的杨先益没有想到,从前的"水淹坝",如今会变成一畦畦致富宝地。更没想到,自己会从地里刨食的传统农民转变为"上班族"。

村里壮劳力大多外出务工,杨先益被家里上学的三个孩子绊住了双脚。她以往在家都是种地、带娃,日子枯燥。雨季一来,梨子坪的庄稼便遭了殃,家庭开支主要靠丈夫外出务工来维持。

桶井乡借力东西部扶贫协作机遇发展食用菌,基地实行"三权"分置,即所有权归乡人民政府,合作期内使用权归专业合作社、收益权归所带动的贫困户。

发展食用菌,带动当地村民务工增收(田勇/摄)

吴中区助力德江桶井乡食用菌销售出山（田勇/摄）

  杨先益的生活也因此迎来转机，土地流转到合作社后，她放下锄头，戴上手套，变身为产业工人。同样的土地，不一样的劳作方式，依靠食用菌，杨先益每年能收入两万多元，比种庄稼多了几倍。杨先益的变化，只是同心社区及周边村子的缩影。

  2019年度，食用菌基地发放劳务费200多万元，有效带动了黎明、场坝、高井等10个村723户贫困户稳定增收。

  木渎镇助力桶井乡，只是吴中助力德江谱写脱贫攻坚乐章的片段。2017年以来，在江苏省对口帮扶贵州省铜仁市工作队德江县工作组（以下简称"德江县工作组"）的推动下，德江13个乡镇、77个深度贫困村已实现与吴中区街道（乡镇）及村企结对全覆盖。

  东西部协作推动德江项目产业落地，推动乡村焕发活力的精彩故事仍在上演。

（文／田勇）

"结亲"之后的共建

2019年10月17日,松桃自治县九江街道杨柳社区,同仁望乡集团蛋鸡养殖场,贫困群众杨桂芝一边捡鸡蛋,一边与同事杨华英聊天——

"党的政策好,引企业建养殖场,让咱们在家门口就业。"

"不仅在家门口就业,贫困户在年底还有分红呢,去年全家脱了贫。"

"贫困户分红来自东西部协作资金入股。"同仁望乡集团董事长王鑫接过话题,"协作资金入股企业,不仅让贫困户有分红,参与到项目建设中来,还助企业发展壮大,既'输血'又'造血'。"

自苏州工业园区与松桃开展东西部扶贫协作以来,两地强力推动"街道社区、产业项目、产销对接"帮扶,投入"真金白银"助松桃发展产业,更新乡村业态、注入发展血液,推动松桃脱贫攻坚。东西部扶贫协作真正实现"输血"与"造血"共举。

共建园区情谊浓

秋日的苗乡,树木葱茏,满目叠翠。行走在松桃大坪场镇农业示范园区,道路四通八达,充满生机。

大坪场镇党委书记何彬说:"园区由苏州工业园区与松桃共建,规划面积1000亩,建设内容有冠宇枇杷采摘区、农业大数据中心、园林景观等。"

截至2019年,园区共投入东西部协作扶贫资金2276万元,双方力争5年内将共建园区打造成集农业、科技、休闲旅游为一体的现代田园综合体。

松桃大坪场镇农业示范园区道路四通八达（白春霞／摄）

"共建园区不仅让闲置土地焕发活力，而且还覆盖贫困户1000余户4300余人，每年能提供上百个就业岗位。"何彬高兴地说，"在两地共同推动下，园区步入快速发展期。"

共建园区折射出东西部结对协作的情真意切。苏州工业园区与松桃自治县协作以来，两地高度重视，强化交流互动，制定扶贫协作"十三五"规划，全力实施精准扶贫、精准脱贫方略。

2019年以来，松桃自治县县委、县政府主要负责人先后4次赴苏州工业园区对接，召开两次扶贫协作高层联席会议，签订协作协议。

高层推动，松桃与苏州工业园区越走越近，越走越亲。自结对帮扶以来，来自苏州的帮扶资金、产业项目等飞过关山万重来到松桃。仅2017—2019年，来自苏州的各类帮扶资金达1.04亿余元。

为规划资金使用，松桃坚持用管结合，着力加强资金项目管理。通过强化项目编制、强化精准使用、强化项目实施、强化制度建设等举措，用好用活扶贫资金，培育优势产业，出台利益联结措施，更新乡村业态，结出累累硕果，推动松桃脱贫攻坚。

厚植产业结硕果

2018年10月18日，孟溪镇安山村，坪南河静静流淌。坪南河畔，松桃桃源生态香菇专业合作社现代化大棚在艳阳照耀下，熠熠生辉。

大棚里，望着香菇菌棒制作流水线，合作社负责人李春学激动地说："去年300万东西部协作资金投入合作社，不仅覆盖了214户658名贫困群众，还为合作社注入发展血液。"

拔穷根，要有产业撑。孟溪镇用好用活东西部扶贫协作资金，将资金投入食用菌、精品水果等产业，采取"合作社+基地+集体经济+贫困户"利益联结模式分红，覆盖贫困户214户658人。

东西部产业协作，多措并举，多管齐下，培育产业富了苗乡——

加强产业结对，引苏企入松。松桃优化营商环境，出台优惠政策，保障企业落户、经营发展等有关要素，主动深入企业做好服务工作，截至2020年共引进苏州企业20余家，实际投资近8亿元。

村民在香菇基地务工（白春霞／摄）

强化乡镇结对，携手奔小康。通过高层推动，从县级结对帮扶向乡镇、贫困村延伸，实现了5个乡镇（街道）结对，全县42个深度贫困村与苏州工业园区结对全覆盖。

苏州工业园区斜塘街道与松桃长兴堡镇结对帮扶后，不仅在资金上向长兴堡镇倾斜，还将苏州特产鸡头米（学名芡实）移植到长兴堡镇白果村。让群众流转土地有租金、就业有薪金、分红有股金。

携手奔小康，产业帮扶结硕果。仅2019年，来自苏州工业园区携手奔小康的资金1597万元，实施项目13个，通过产业扶贫、企业用工、利益联结等举措，松桃受益贫困群众达5万人。

松桃产品销苏州

2019年10月21日上午，同仁望乡集团公司，田唐波、陈光等8名员工小心翼翼地将18000枚鸡蛋打包、装箱……这批鸡蛋将通过物流货车运抵苏州，进入苏州市民市场。

这是苏州工业园区与松桃东西部扶贫协作的又一成果——产销结对帮扶。同仁望乡集团公司董事长王鑫说："在东西部扶贫协作产销结对帮扶下，该公司的肉鸡与鸡蛋进入了苏州市场。"

王鑫还表示："东西部协作不仅带来真金白银，还创新了农产品产销机制的深度融合，加快构建了产品与市场间的流通渠道。"

松桃与苏州工业园区建立联动的产销对接机制，加强产销对接。通过开展订单农业，共建珍珠花生、苏州芡实和鲫鱼等直供基地，两地签订订单销售和贫困户利益联结协议，加大农产品品牌创建力度，提高线上销售规模，形成长期稳定的农产品产销合作关系。

为加速推进产销协作，2020年，松桃通过赴苏州举办农产品展销会、推介会等活动，销售额达5085.6万元，远超2019年度总销售额。

同仁望乡集团蛋鸡养殖场贫困群众杨桂芝在捡鸡蛋（郭进/供图）

此外，松桃还在苏州邻里中心设置松桃农特产供销专铺，与苏州工业园区初步达成12.6万头生猪订单销售协议。与此同时，苏州工业园区又与松桃举办了"农产品产销对接座谈会"，双方就松桃大宗农特产品进入苏州市场达成相关协议。

松桃自治县扶贫办负责人王福荣说："下一步，松桃将抓好农产品供销协作，积极引进苏州农业龙头企业到本地考察交流，支持发展种植养殖业、农产品加工等，帮助企业和农户拓宽销售渠道，创建农产品品牌，建设绿色农产品供销基地，在苏州开设绿色农产品展销中心或批发专铺。"

（文／郭进　白春霞）

为什么给葡萄"穿上雨衣"

2020年6月底,万山区下溪乡瓦田村,山峦青翠,处处鸟语花香。沿着水泥路,该村党支部书记吴长银向葡萄大棚走去,见葡萄长势良好,他笑呵呵地说:"虽然今年雨水多,但咱们的葡萄有'雨衣',不怕。"

瓦田村地处贵州铜仁与湖南芷江交界,是一个偏远侗寨,460余户村民,人均耕地不足0.3亩,1700多人的村子曾有1000多人外出打工。

曾经,村里流传着一首歌谣:"瓦田村中一条槽,早吃苞谷夜吃苕,漂亮姑娘往外跑,留下光棍几十条。"歌中道尽村民生活之艰辛。

自脱贫攻坚以来,葡萄产业为瓦田村带来转机。结合山多地少的实际,瓦田村直接整合土地2000余亩,鼓励支持大伙种植山地生态葡萄。

万山区下溪乡为山地葡萄搭上"雨衣"(艾昌春/摄)

然而产业发展之初，却并非一帆风顺。由于当地雨水多，为防止葡萄的霜霉病，每年要打15次药，每亩要增加成本2000元。而且，露天种植的葡萄形状不佳、采收周期短、产量低、价格低。

困境之中，东西部扶贫协作项目送来"良药"。

"葡萄差一件'雨衣'，我们要投入资金，帮老百姓建大棚。"自苏州高新区而来挂职万山区委常委、副区长的杨亮，在多次调研后，得出结论。

400万元东西部扶贫协作资金砸下去，一座座大棚建起来，村民种葡萄最大的困扰解决了。葡萄园搭起避雨大棚后，每年只需喷药5次，药物和人工成本大大降低，产量更稳定。

2018年，瓦田村葡萄产量达300余万斤、销售额300余万元，产业红利惠及全村1736人，人均增收1600元。

与瓦田村一样，因苏州帮扶团队而受惠的案例，还有很多。自开展东西部扶贫协作结对帮扶以来，苏州高新区不断投入资金，结合万山绿色转型发展之实际，助推产业之花开遍万山。

发展产业是实现脱贫的根本之策。然而，深山包围中的万山，山高路远运费贵，农产品出山谈何容易。

为使"黔货出山"，2018年，杨亮找到苏州苏高新集团，在万山投资1.5亿元建设苏州苏高新集团——食行生鲜供应链中心。这个供应链中心集生产、检测、加工、冷藏、物流为一体。

在深入推进农村产业革命进程中，万山区的蔬菜大棚、食用菌、竹荪等农产品发展得如火如荼，而供应链中心的建成将成为武陵山片区"黔货出山"的集散地，满足长三角市民生态食品消费需求。

供应链中心的投入使用，使得高楼坪乡大树林村村民周银仙在家门口就有了收入。周银仙说："把香菇分装打包，每装一袋就有2毛钱收入，日子越过越红火。"

黔货出了山，还要让游客进山。生态旅游是个好法子。2018年4月，

万山区谢桥街道牙溪村生态农场风景（田鹏／供图）

苏高新旅游公司一行人到万山区实地考察，最终看中谢桥街道牙溪村的民宿项目。

通过租赁老百姓的房子，改造后发展民宿，既能增加村民收入，又能提供就业岗位。出租的107栋房屋中，有21户64人是贫困户，他们靠出租房子，每年有固定收入，少的2万元，多的9万多元。

2020年6月，牙溪生态农场进入试营业，7月正式开园。通过生态观光、农耕及DIY（自己动手制作）、亲子活动等互动式体验，农场将带给游客集生态休闲与轻奢度假为一体的旅游新享受。

风雨同舟，共赴小康。在东西部协作战略机遇下，万山也奋勇向前，结合自身特色和优势，充分利用扶贫资金，持续推进产业发展，带动贫困群众脱贫增收。

筑巢引凤，产业合作不断深化。2020年，万山通过东西部协作渠道新引进企业17家，实际投资15.37亿元，解决贫困户286人就业，利益联结机制带动贫困户485人增收。

（文／陈阳）

荒坡变成了药山

2020年6月14日上午10点，雨过天晴，侯元茂和村里务工群众背着农药箱，边聊边盘算计划："这段时间，有些玉竹总是叶子黄，在负责人曾余良的技术指导下，了解这是根腐病，今天趁天气好，朝露被吹干，我们抓紧喷洒专治农药。"

侯元茂是沿河自治县侯家寨村中药材基地的管理员。进入仲夏，天亮较早，侯元茂每天早上都是第一位爬上这个叫盖上的玉竹中药材基地，把断续连片的600亩药材基地查看结束后，八点过后，务工的村民们才陆陆续续扛起锄具上山来干活。

侯元茂正在查看玉竹中药材长势（施平/摄）

沿河自治县晓景乡侯家寨村离县城14公里，坐车需要一个多小时，寨子处在山坡脚。两个月前，坡脚到海拔900多米的中药材基地，还是泥泞小路，爬坡就需要一个小时，村民们上坡务工只能带些腌菜饭当作午饭，直到日落西山。

2019年9月，一把砍刀，是侯元茂和村民们上坡翻山的随身常带农具，踏着露水和荆棘丛林，他们成为村里的"拓荒者"。

由于十几年撂荒，此处已是杂木丛生，他们足足花了近三个月才把杂木草丛割完。"这次是种中药材，张家港投入300万，技术又有保障，和以前咱们单枪匹马种茶叶和青脆李，完全不一样，一定能成功。"村民们信心十足。

回忆起这片绿油油的玉竹中药材基地，侯元茂和村民们，感慨很深。

10年前，侯家寨村一位叫侯跃的返乡大学生，携女友回到村里，满怀创业热情，发展了500亩茶叶，这对已经习惯种玉米等传统作物的村民们而言，倒是个新鲜事儿，大家一起去茶叶基地除草、施肥等。但是由于没有经验，缺乏资金，两年后，茶叶种植宣告失败。

三年后，茶山再次变荒山，村里的青壮年纷纷选择外出务工，留在村里的村民们，又开始思索着，如何利用荒山发展能致富增收的产业。于是，有两户人家，试着流转荒地，栽种起清脆李来，一年后仍然失败。

"没有技术与资金做支撑，光靠小农经济是很难发展起致富产业的。"侯元茂反思和总结道。

从2019年3月，村里发展了中药材项目基地后，侯元茂不光学到了中药材种植管护技术，一家收入也比较稳定。

过去由于妻子常年体弱多病，两个孩子上学，家里只有一个劳动力，侯元茂家成了村里的贫困户。村里帮他提供了护林员和保洁员的公益性岗位，他仅有的5亩地也都发展起了产业，山上的土地流转来发展中药材，山下的用来种空心李和辣椒。9月，他又被村里推荐为中药材基地的管理员，药材赚钱了，还将参与分红，七七八八加起来每个月就有近五千元收入，当年底侯元茂一家已成功脱贫。

14公里产业路直通药材基地，上坡巡山林和药材基地也方便了许多。侯元茂家以前欠下的账还完了，两个孩子已毕业工作，一家人日子越过越好。

据侯家寨村中药材项目负责人曾余良介绍，该项目属于东西部扶贫协作项目之一，苏州市扶贫协作资金300万元，加上该县黑水镇中药材项目，共1000多亩。

而侯家寨村的中药材项目基地就覆盖晓景乡建档立卡贫困户1271户4717人，贫困户户均每年获得分红分配100元以上，各村集体合计每年获得积累37800元以上。

为了弥补资金不足，沿河湘农中药材科技开发有限公司自筹资金417.5万元，投入中药材项目，用于务工费、肥料、种子等开支。

同时，侯家寨村通过项目实施，预计可使农村剩余劳动力每年就地转移2000人次以上，其中贫困人口400人以上，自2018年以来开出务工费就有70多万元。

"现在荒坡已变成药山，大家每天都有钱挣。一亩地能产一万斤玉竹，比种玉米强多了。"侯元茂和村民们一边除草一边说笑，笑声回荡在山坡上，让歇息中的鸟儿扇动着翅膀。

（文／施平）

"洲州茶"里有文章

"梵净山·洲州茶"是江苏省张家港市与贵州省沿河自治县在东西部扶贫协作大框架下共建的茶叶品牌。2018年9月21日,"梵净山·洲州茶"在江苏省张家港市首发上市后,携手相牵,东西协作,"洲州茶"飘香两地,书写张家港和沿河东西部扶贫协作大文章。

"洲州茶"(江苏省对口帮扶贵州省铜仁市工作队/供图)

贵州是中国茶叶原产地之一,也是茶树原产地的核心区域,铜仁是贵州茶的主产区,而处在乌江中下游的沿河是贵州的重点产茶县。

2018年底,张家港市与沿河自治县两地政府,以沿河21万亩生态茶叶为抓手,围绕14万亩投产茶园下功夫做文章,共同推进生态茶产业发展,为助推沿河脱贫攻坚增加"造血"功能。

为了更好地对沿河茶叶实行统一品牌、统一技术、统一包装的集中打造,2018年8月,沿河自治县人民政府成立了国有独资企业——贵州沿河洲州茶业有限责任公司,注册资金3000万元,专门致力于生态茶叶种植、生产、加工、购销、产品研发及茶文化的推广传播等。

"公司成立以来，以带动沿河生态茶产业发展为己任，带动茶叶专业合作社、茶企、茶农发展生态茶产业，搞好春、夏、秋茶加工，抱团出山，抢占市场，把'洲州茶'打造成茶农受益最大、贫困户增收指数提升最大、最受消费者青睐的干净茶、文化茶、扶贫茶。"沿河自治县委副书记、县长何支刚说。

让"一片叶子"带富一方百姓

"洲州相连水为脉，东西协作茶作舟。"在沿河自治县城横跨乌江的风雨桥上的思州茶城，这副古朴、遒劲、饶有韵致和新意的木刻对联挂在贵州沿河洲州茶业有限责任公司的线下体验店门口。

沿河自治县是张家港市东西部扶贫协作对口帮扶县，为改变沿河茶叶企业小、散、乱和销售不畅的状况，在两地政府的共同推动下，"洲州茶"品牌系列应运而生。张家港原名"沙洲"，沿河古称"思州"，沙洲有真情，思州出好茶，由于铜仁市境内所有茶叶统一以"梵净山"冠名为

"洲州茶"种植基地（江苏省对口帮扶贵州省铜仁市工作队／供图）

品牌,"梵净山·洲州茶"因此而得名。"洲州"融合,情牵两地,一款"梵净山·洲州茶"让张家港和沿河人民紧紧相连。

茶叶是沿河的特色优势产业之一。该县群峰迭起,山清水秀、云雾缭绕、气候湿润、生态环境得天独厚,境内林茶共生,有机质丰富,具有发展生态茶产业的良好条件。放眼沿河山坡地块,一片绿意浓浓,但见一行行整齐划一的茶树随风摇曳、翩翩起舞。

多年来,因沿河山高坡陡,制造加工条件薄弱,销售市场狭窄,沿河优质茶叶很难走出大山,无法走进外面更多的消费群体。

2018年,沿河自治县抓住东西部扶贫协作发展机遇,与张家港市建立长效性的茶产业产销合作联结机制,共创的"梵净山·洲州茶"品牌,让生态茶产业"挑起"沿河脱贫攻坚奔小康的大梁。

贵州沿河洲州茶业有限责任公司组建后,就紧锣密鼓地开展加工厂房建设,该县从东西部扶贫协作资金中,安排300万元资金在塘坝镇榨子村建设加工厂房,2019年春茶加工时节已投入使用。

公司在春茶开采后,组织人员到加工厂开展茶青收购和茶叶加工,在自主开展生产的同时,不断加强对县内茶企的辐射带动,分别在南部和北部茶区比选茶叶基地建设标准、生产资质齐备、生产线规范的茶企作为委托生产企业。

"公司旗下的'洲州红''洲州绿'两个系列产品种类逐渐丰富,分别有古树绿茶、黄金芽、白茶、翠芽、毛峰、兰香大翠、古树红茶、国色天香、香草美人、暗香盈袖等10多个品类。丰富的品类与独具匠心的工艺,为'梵净山·洲州茶'奠定了品牌实力,凝聚着两地东西协作的智慧结晶。"贵州沿河洲州茶业有限责任公司有关负责人介绍说。

"'梵净山·洲州茶'不仅是张家港和沿河两地加强东西部扶贫协作的一个产业纽带,还是两地实施东西部扶贫协作交流的成果。"沿河自治县农业农村局局长徐兴强说,"沿河将充分发挥自身生态、人力、土地等资源优势和张家港在区位、资金、技术、人才、市场等方面优势，共同推进生态茶产业发展，促进农业增效、农村增彩、农民增收，助推沿河脱贫攻坚进程。"

随着贵州茶的认可度不断提升，沿河"洲州茶"也逐步受到消费者的欢迎，各地销售网点逐步增多。截至2020年7月，公司销售额已突破千万，惠及贫困群众4.5万人。

为"洲州茶"品牌提供价值支撑

北宋的地理志《太平寰宇记》有"思州以茶为土贡"的记载。公元760年，茶圣陆羽在《茶经》中记载："茶出黔中，生思州（今沿河）、播州……往往得之，其味极佳"；北宋词人黄庭坚被贬谪为涪州别驾，遭黔州安置，"阳关一曲悲红袖，山峡千波怨画桡"；《华阳国志》载：巴子国"土植五谷，牲具六畜，茶为贡赋之物……"

古思州，就是现在的沿河，种茶、制茶、饮茶的历史由来已久。2008年，贵州省茶科所专家在沿河自治县塘坝镇榨子村发现古茶园，树龄均在1000年以上。沿河保留完好的古茶树达5万余株，古茶园22处，仅塘坝镇就有古茶园9处，是贵州省发现最早的古茶园，规模之大，全国罕见，古树茶品质独特，千年古茶园即为沿河茶叶的活化石。

一直以来，沿河秉持"质量兴茶、绿色至上"的理念，坚持标准化生产，坚持从源头抓起，对产前、产中和产后各个环节实行严格控制，确保质量有保障，不断提升茶叶品牌的公信力。

近年来，沿河的"千年古茶""画廊雀舌""懿兴雀舌""富硒茶"等品牌茶先后在全国各类品茶、斗茶会上，荣获金奖16个、银奖26个、铜奖15个、一等奖20个。

沿河先后被授予贵州十大古茶树之乡、中国名茶之乡、中国古茶树之乡。2018年1月,古茶树被命名为沿河的"县树"。2019年1月1日,沿河公布实施《沿河土家族自治县古茶树保护条例》,为促进茶产业的健康发展,合理保护及开发利用古茶树提供了法律保护。

从生态环境、产品品质、历史文化来看,沿河具有打造茶叶优质品牌不可多得的先天优势。沿河茶文化历经千年而不朽,成为"洲州茶"品牌创建不可或缺的价值支撑,绿色有机、健康养生成为"洲州茶"的代名词。

一杯古茶,既洋溢着阳春白雪的情调,又饱含着土家先民的质朴,"洲州茶"从一开始就烙上了千年历史的印记。

联手推动沿河茶叶走出大山

自"洲州茶"品牌创建以来,沿河洲州茶业有限责任公司董事长、总经理席涛多次带队前往江苏、重庆、湖南等地,为"洲州茶"进驻各地做市场调研和对接洽谈有关合作事宜。

"在南京、深圳、重庆等地的推介会上,'洲州茶'得到了消费者的一致好评,特别是洲州古树红茶和古树绿茶,以珍稀的身价和上乘的品质倍受消费者称赞和追捧。"席涛说,"公司还通过发放宣传手册、宣传名片等方式,对'洲州茶'零污染、有机化等特点进行全方位、立体化的宣传,进一步提高'洲州茶'知晓率,为打开市场做铺垫。"

2019年,中国邮政集团公司苏州市分公司成功将"洲州茶"产品引入苏州,成为苏州邮政"消费扶贫、铜货入苏"第一批扶贫合作对象,同时,经过双方不懈努力,将沿河"洲州茶"推荐为苏州邮政2019年扶贫合作产品。

"我们将积极响应政府号召,履行国企的政治责任和社会责任,发挥邮政农村电商的渠道优势,助力结对帮扶沿河"洲州茶"的销售。将"洲州茶"引入邮政分销平台,实现产品在张家港地区的推广。将"洲州茶"

上架邮乐江苏省馆、邮乐张家港地方馆，以'电商+寄递'方式进一步提高"洲州茶"向全国平台的推广和销售。"张家港邮政渠道平台部经理张彩洪说。

与此同时，张家港市委、市政府号召当地各级各部门积极开展消费扶贫，从机关单位开始推广"洲州茶"，张家港机关事务管理中心、市发改委、市农业农村局、市公安局、市工商联、常阴沙农业园区管委会等多家单位陆续订购"洲州茶"。

沿河自治县还精心策划组织和参与全国、省、市重大茶类活动，举办"梵净山杯"手工制茶暨茶艺大赛等茶事活动，利用茶叶评比、展览、展销平台，以茶会友、以茶招商，大力宣传推介，拓宽茶叶销售渠道，提高茶产品市场竞争力，对沿河生态茶叶品牌起到了积极的推广效应，为"沿货出山"打开一条新的销售渠道。

在对外宣传上，沿河洲州茶业有限责任公司积极主动与县内外多家媒体合作，多渠道、多层面宣传报道沿河生态茶叶发展和"洲州茶"的文创理念及系列品牌，为"洲州茶"品牌的打造和产品销售提供舆论支持，营造了良好的产业发展氛围，从而有力推动沿河生态茶产业品牌品质向高端化发展。

贵州沿河洲州茶业有限责任公司与沿河自治县内私企联合，搞好茶叶的基地建设和茶叶加工，沿河茶叶已走进北京、上海、广州、深圳、成都、杭州、济南、武汉、南京、南宁、青岛、厦门、苏州、太原、天津、西安、西宁、长沙、重庆、大连、郑州等30多个城市的消费群体。

让消费者喝上干净茶称心茶

近年来，随着生活水平的日益提高和人们思想观念的转变，绿色天然、原生态、原汁原味成为时下备受推崇的生活理念。越来越多的人开始注重食材的健康绿色，生态茶业的发展迎来了前所未有的发展机遇。

在沿河自治县画廊天街思州茶城"洲州茶"线下体验店里，众多茶品整齐地陈列在架子上，前来参观、咨询的消费者络绎不绝，茶艺师精心冲泡，消费者的认可，证明了沿河茶叶的卓越品质。

"公司从茶青采摘到生产加工、从产品分级到品质鉴定，都派专业技术人员全程做技术跟踪。"沿河自治县农业农村局副局长田小强说，"'洲州茶'委托生产企业要经过基地建设、生产资质、生产线规范等方面的多次比选，产品封装前，还要组织专业评审人员、消费者代表前去进行茶叶品质鉴定和提出消费喜好建议。"

"洲州茶"从专业角度精挑细选品质优良的产品，对茶叶产品的外形、色泽、整碎、净度、香气、汤色、滋味和叶底等方面进行审评，在价格上却十分惠民，满足广大消费者的需求，真正让沿河生态茶走进更多寻常百姓家。

"梵净山·洲州茶"用茶香诠释了沙洲与思州这两个古风犹存、韵味厚重之地的绵绵心语，成为张家港和沿河两地探索文化扶贫的新路径、实现产业扶贫的新动力、创新消费扶贫的新动能。

（文／文波　肖咏）

混寨村里新景观

玉屏自治县地处云贵高原向湘西丘陵倾斜的过渡地带,有着贵州"东大门"之称。混寨村是县里一个普通的小山村,海拔多在400—600米之间,山多田少、地形复杂,特色农业产业难以集约发展。

几年前,朱家场镇混寨村和大多数农村一样,还以传统种植业为主,村里没有一个像样的产业,很多村民为了生计,只能离开土地去大城市打工。

那时候,村委会副主任杨耀忠家还种有3亩多地。"挑着一担谷子上街去卖,不舍得多花一分钱填饱肚子,就直接往回赶。"为了发展,杨耀忠也跟随打工的热潮,断断续续在外发展了十几年。

"几乎有劳动力的群众,都想着往外赶。"杨耀忠回忆。全村1300多人,常年在外的就有300多人,劳动力的流动导致村里大部分土地变得荒芜,在家的村民都是守着良田过穷日子。

发展一个特色产业、盘活全村土地资源,一直是混寨村干部们多年的愿景。但农民技术落后,产业基础薄弱,使这片土地长期背负贫困重压,却是不争的事实。

如何破局?2018年,混寨村借助财政扶贫资金,经当地政府引进康荣生态农业开发有限公司,该公司根据"公司+基地+合作社+贫困户"的发展模式,在祖辈种植玉米的破碎山地上,破天荒种植了300多亩黄桃,利益联结村里49户建档立卡贫困户,打破了村庄长期以来"零产业"的格局。

对于混寨村315户1335人而言,300多亩黄桃产业只是开始,如何壮大集体经济,最终赢利给村民分红,才是"大文章"。

混寨村千亩黄桃基地（葛永智/摄）

群众在基地务工（李平/摄）

乡村产业的成功发展，离不开资金的支撑。2019年，混寨村利用206万元东西部扶贫协作资金，流转村里闲置土地以及开垦荒山，新造黄桃林1060亩，林下套种黄豆等农作物，众多村民又重拾劳动致富的信心。

"以前种地，没法多收'三斗米'。现在土地流转加上务工收入，年进'千金'。"村民舒梅仙毫不掩饰自己的幸福。她家的10亩土地流转，一边可以照顾家庭，一边可以到基地务工，年收入近万元。

"感谢党的好政策，黄桃产业的发展不仅带民增收致富，还提高了村里的'人气'。"杨耀忠介绍。黄桃产业基地每年土地流转费50万元，发放工资90万元，带动了附近村组300余农户就业，其中贫困户60多户，每年可使每户增加四千到两万元不等。以往常年在外的村民陆续回乡，纷纷加入到产业发展中来。

引江南资金活水，浇开致富产业花。混寨村黄桃产业的发展，只是太仓助推玉屏扶贫产业发展的一个生动写照。

（文/葛永智）

请到深山民宿来

2020年6月11日清晨，碧江区川硐街道板栗园村范木溪组，鸟语花香、水墨青山、似玉流水、精品民宿相映成趣，交相辉映，写满诗情画意。

望着让人惊艳的山村，板栗园村村主任万家周感慨地说："在昆山帮扶下，打造了范木溪树蛙部落精品民宿，让凋敝落寞乡村重焕生机。"

昆碧携手，山村突围。通过帮扶资金项目化、生态环境资源化、建设运营市场化、富民强村创新化等举措，打造范木溪精品民宿，激活乡村新动能，助力乡村振兴。

当下，范木溪树蛙部落精品民宿不仅带动了当地经济发展，更打造成了协作共建的新模式、旅游扶贫的新业态、乡村示范的新标杆。

凋敝山村迎来新机遇

从碧江城区驱车30分钟，即到范木溪组。穿过跨河木桥，走过石板路，拾阶而上，便置身于山村秘境——范木溪树蛙部落精品民宿。

绿树掩映中，"网红"星空穹顶屋，静谧而自然；三角树蛙亲子阁楼，创意源于河姆渡文化干栏式建筑，把民宿美学展现得淋漓尽致，堪称树蛙部落的经典……漫步其中，看山环水绕，听鸟语蝉鸣，闻草木花香，心旷神怡。铜仁树蛙部落精品民宿负责人张建平说："生态优才会有树蛙，部落指人和人、人和自然关系亲密融洽。取名为树蛙部落，意为生态好、住宿优，展示了人与大自然的亲密融洽。"范木溪不仅有树蛙，而且生态绝佳，实至名归。

谁承想，过去的范木溪组却是另外的光景。

范木溪北依屋后山，南面大梁河，75%以上的森林覆盖率，多物种在此和谐共生。然而，依山傍水的范木溪组居民，却靠山而愁、傍水而忧。山阻碍村子发展的步伐，水挡住村民发展的脚步。在2014年之前，范木溪组居民出行都是靠泛木或乘舟渡过大梁河，于是便有了"范木溪"名字的由来。

出行不便，生活贫困，青壮村民纷纷外出谋生。

青壮村民外出，村子留下老弱，乡村更加落寞凋敝。2018年，全村14户村民53人，只有3户老人与照顾老人的妇女留守，多数房屋破落，土地荒废。乡村凋敝落寞，该何去何从？范木溪组的变革，在悄然酝酿。

2017年，江苏省昆山市与碧江结对帮扶，派出以孙道寻为组长的碧江区工作组。碧江区工作组主动作为，积极谋划，与昆山旅游度假区、民宿品牌联盟"乡伴集团树蛙部落"发起打造范木溪树蛙部落精品民宿。

范木溪精品民宿（江苏省对口帮扶贵州省铜仁市工作队／供图）

碧江区工作组组长、碧江区委常委、副区长孙道寻说："项目采取EPC+O（业态运营）模式建设运营，探索'合作社主体+公司化运营+村级集体经济和农户分红'的乡村民宿扶贫模式，致力于打造'农旅结合+乡村振兴'东西部扶贫协作的精品示范基地。"

2018年11月，在昆山、碧江两地党委、政府的重视下，昆山市整合各项资金1500万元，用于该项目一期建设。2019年5月，项目建设启动。2020年5月，范木溪树蛙部落精品民宿投入试运营。二期旧房改造方案正在论证，建成后可新增客房13间，进一步扩大经营规模。

由此而始，凋敝山村迎来发展新机遇。

帮扶资金成乡村振兴资产

2020年6月11日，夕阳西坠，42岁的村民万兆国，沿着石板路，逐一检查路边灯具。"感谢昆山帮扶，打造精品民宿，盘活荒废土地，让我在民宿就业增收，全家脱贫。"万兆国说。

万兆国全家五口人，范木溪原住民，种地只够填饱肚子。为了解决全家生计，他常年在外打零工，想脱贫，但事与愿违。

昆山帮扶资金打造精品民宿，改变万兆国全家人的生活。他在树蛙部落精品民宿身兼双职——保安+电工，月收入超3000元。

树蛙部落精品民宿落户范木溪，万兆国与村民还喜获"三金"：流转土地有租金，分红有股金，就业有薪金。万兆国激动地说："这是做梦都没有想到的。"

喜事一件接一件。在距范木溪直线距离100米的地方，政府规划修建易地安置点。待安置点建好，范木溪组的原居民按照1∶1.2的比例，用范木溪的老房换新居。可以从根本上解决群众住房安全问题，优化村庄布局，提升改善农村环境，打造美丽乡村样板。

碧江区川硐街道办事处党工委书记黄辉说："通过'合作社主体+公司化运营+村级集体经济和农户分红'的扶贫模式，昆山帮扶资金成为范木溪乡村振兴资产，用于打造旅游扶贫新业态。"

打造旅游扶贫新业态，助力乡村振兴。范木溪树蛙部落精品民宿充分利用当地自用住宅或空闲房间，结合当地人文、自然景观、生态、环境资源及农林牧渔生产活动，打造集休闲、度假、户外运动等为一体的天然生态休闲养生之地，提供家庭式旅客体验乡野生活、当地风情及农业生产等活动。

项目建设内容分为双创中心（含风物展示、乡村文创、扶贫展示、教育培训）和树蛙生活中心（含入住服务、树蛙餐饮、风物展示、生态体验），并新建乡创中心风物馆、乡村振兴学堂等基础配套设施。

授人以鱼更授人以渔。负责运营的乡伴集团树蛙部落，将定期为当地村民培训文化旅游知识、环保知识、保洁技能等岗前培训，安排村民基地就业，实现顾家、就业增收两不误。

生态与经济双翼齐飞

范木溪树蛙部落的美，美在清幽淡雅，美在神秘及野趣。范木溪树蛙部落的美，还体现于原汁原味。古朴的石板路、石头堆砌的吧台、木栈道旁的石头或石块，均就地取材，均体现设计者的智慧及生态延续。

"在范木溪树蛙部落精品民宿，房屋建设不用硬化土地，主要是为了保护土壤与植被，保证原生态。"孙道寻说。民宿建设坚持了"绿水青山就是金山银山"的理念，实现山林与村落、人与自然的和谐共生。

绿水青山就是金山银山，建设范木溪精品民宿，既要绿水青山，也要金山银山。该项目建设以乡村振兴为引领，打造贵州东西部帮扶的乡村示范基地，实现山村绿色突围。

村支两委组织村民成立合作社，积极参与项目运营、垃圾处理、生

范木溪精品民宿夜景（江苏省对口帮扶贵州省铜仁市工作队／供图）

态保护等工作，提升村集体经济发展水平。在增加当地就业机会的同时，鼓励青年返乡就业创业，在双创中心内设有培训中心，引导村民发展农家乐、健康美食、休闲娱乐等衍生行业。同时还带动了周边区域的柚子、黄桃、竹笋、茶叶等特产的经营，在实现生态保护与经济发展平衡的基础上，不断拓宽农民增收渠道，使更多群众脱贫致富、共同建设美丽家园。

值得一提的是，不久前，范木溪树蛙部落的面纱揭开，省内外游客纷至沓来。有客人入驻范木溪树蛙部落后，通过网络发文称："在一片蛙声中酣然入梦。"

张建平说："5月试营业以来，客人有来自江浙沪的，也有来自周边省市的，遇到周末客房全部爆满，平时入住率也会达到50％。"此外，乡伴集团树蛙部落的6万多名会员，也将成为范木溪树蛙部落的消费群体。

（文／郭进　刘煜妤）

挥一挥手，不带走"五个背篓"

"背子坨，背子坨，背起罐罐走下河，罐罐滚下坡，水都没得喝。"这是一首传唱在贵州省铜仁市沿河自治县武陵山深处的民谣。

背柴、背水、背小孩、背物品和粮食。对于外界来说，"背篓"就是这一带人的显著特征，甚至可以直接用来指代这一人群。

2013年，苏州与铜仁正式牵手，结下了对口帮扶关系。多年来，苏铜甘苦相依，两地在产业发展、劳务协作、整村帮扶等方面都取得了显著成效。苏州援派干部及帮扶组团走在乌江黔山侧畔，为"五个背篓"增添新的故事，赋予"五个背篓"新的内涵，同时也让"五个背篓"成为铜仁脱贫攻坚奔小康道路上的历史见证。

五个背篓　打造"坝上江南"

在"地无三尺平"的贵州，老麻塘村可谓造化的"宠儿"。该村坐落在铜仁市碧江区滑石侗族苗族土家族乡的一个"背篓"形小盆地。这里产的大米，自明嘉靖二十七年（1548）起上贡朝廷，因而得名"白水贡米"。

"白水贡米"本是块金字招牌，但长期以来，当地村民的田间管理水平较低，影响了稻米品质，以至于"白水贡米"几乎被市场遗忘。一些村民种了几十年的大米，结果"种"成了贫困户——2014年老麻塘村有建档立卡贫困户157户699人，贫困发生率近20%。

2017年，碧江区工作组入黔，"白水贡米"的命运得以重写。

工作组围绕"白水贡米"产业主动作为，推动昆碧两地创新推出"农业组团式"帮扶。昆山市农业农村局采用"1+5"（1名高级专家+5名技术骨干）帮扶模式，以绿色生态优质高效为主题，建设核心绿色示范区。

2019年，昆山市农业农村局投入50万元帮扶资金，在老麻塘村成功创建240亩"白水贡米"绿色防控示范区，组建"昆山—碧江"优质稻米产业化开发技术协作联盟，特邀中国工程院院士、扬州大学张洪程教授为技术总顾问。当年，1万亩"白水贡米"产量达5651.8吨，产值7212万元。

在碧江区委常委、副区长、昆山对口帮扶碧江工作组组长孙道寻等人的努力下，以昆山团队为核心力量，编制"白水贡米"质量控制规范，挖掘人文历史等，"白水贡米"成功申请到农产品地理标志。"白水贡米"金字招牌在市场上被重新擦亮。昆山7家企业与白水大米合作社签订经销合作协议，2019年，昆山市民"吃"掉了35000多斤"白水贡米"。

2020年，昆山援碧农业团队以老麻塘村为核心，打造了4380亩"白水贡米"绿色防控示范区，引入生物防治、科学用药等绿色防控技术，复制了昆山"稻田+鱼""稻田+鸭"立体农业模式，让绿色示范提质增效。

"背篓"们世世代代过着较为封闭的生活，直到现在，他们终于把这片大山开发成了"坝上江南"。脱贫攻坚、乡村振兴，说到底，就是帮助受援地区过上美好生活，帮助百姓换上"新时代背篓"，并往背篓里装进更适应时代和市场的丰富产品。

铜仁当地人家的背篓（高戬/摄）

五个背篓　盘活绿色资源

　　武陵山区高海拔、低纬度、寡日照、多云雾，这样的生态条件十分适宜种植茶叶。思南县委常委、副县长、常熟对口帮扶思南工作组组长王晓东刚一到任，就敏锐地发现了这一点。王晓东和专家们做了细致的考察，结果证实，思南地区的条件和白茶种植所需条件不谋而合。

　　立足于此，又经一番充分调研论证，2018年，常熟市决定提供400万元的扶贫项目资金，在思南县鹦鹉溪镇翟家坝建立1023亩的白茶基地。

　　翟家坝名义上称"坝"，实际并无坝子，除了低处零星的几块田地，村内放眼皆山。村民主要收入来源依靠种植传统农作物，没有特色产业。2014年，全村有建档立卡贫困户85户366人，贫困发生率为40.6%，识别为全县59个深度贫困村之一。

　　2018年2月，从产业园成立开始，常熟便选派多名专业技术人员长期驻村，将先进的种植技术、成熟的管理经验植入到产业园中。到2019年3月25日开采，翟家坝村1023亩茶叶从栽种到实现初产仅用了1年多的时间，茶园首摘茶叶1800余斤，集体经济收入达10万元。

　　沿河自治县沙子街道的山坡上，一片片果树枝头结着被当地人称为"人间仙果、果中茅台"的空心李。1500多公里之外，长江边上的张家港市，有一批"吃货"正眼巴巴地等着空心李，有人已经赶紧给电商付了订金。

　　苏州的这些"吃货"，也是东西部扶贫协作的一股重要力量，沿河自治县的李子树，硬是被他们"吃"成了助力当地群众脱贫奔小康的"摇钱树"。

　　沙子街道党工委书记谯乔介绍说："2018年全街道范围内空心李种植面积4.5万亩，其中2.2万亩已进入挂果期，但只有四分之一的产量能够在本地消化。而整个沿河自治县种植面积总计10万亩左右。在这种情况下，沙子街道乃至沿河全县的空心李果农们急需外地'吃货'们张开

'援嘴'。"2018年7月，沿河自治县到张家港开展了"电商扶贫、黔货出山"暨2018贵州沿河空心李采摘月活动暨旅游推介活动。谯乔介绍："在包括张家港市在内的全国各地消费者的支持下，空心李帮助我们脱贫奔小康，2017年我们街道农民人均可支配收入达1.3万元，所有贫困村都成功脱贫出列。"

树上的空心李（高戡/摄）

五个背篓　背来全新活法

"老乡，身体好不好，家里的收成怎么样？"

每到一户村民家中，朱建荣都用夹带着吴语味的普通话与群众拉家常。石阡县委常委、副县长朱建荣原是相城高新区（筹）管委会主任、黄埭镇镇长。2017年10月到石阡后，朱建荣用一个月跑遍了石阡19个乡镇（街道）和29个深度贫困村，全面了解石阡贫困情况，对风土人情、产业发展、群众需求等都做了翔实的记录。

脱贫攻坚的产业项目建设，既要考虑到产业的长期带动，更要兼顾产业的短期效益。朱建荣决定以大带小，大项目作为示范引领，带动实施一些中小项目，迅速带动群众增收、补齐短板。在他的推动下，本庄镇黎坪村崛起了一个总投资3200万元的相城石阡共建农业产业示范园，实现了"园区景区化、农旅一体化"的发展目标。

截至2019年，该产业园已经栽上了蓝莓、枇杷、猕猴桃等水果苗，美国红枫、欧洲白桦、花海紫薇等花木。园区正在建设5000平方米的现代科技大棚，用于种苗产业化培育、农业科技成果展示以及发展高效产业孵化中心。在朱建荣的努力争取下，两年多时间，相城区共在石阡实施项目87个，落实帮扶资金1.2亿元。

杨腊毛，贵州省铜仁市碧江区坝黄镇高坝田村农民。杨腊毛家是当年的贫困户之一，5口人种了4亩地，地里的产出经常不够一家人填饱肚子。

2018年，碧江区工作组开始在高坝田村尝试发展特色产业，根据当地的自然条件，选择了种植蓝莓。2018年10月，杨腊毛被派往昆山市张浦镇学习蓝莓种植管理技术，而在此之前他没见过也没吃过蓝莓，甚至没有听说过蓝莓。在昆山的一个星期中，他拼命学、拼命记，生怕漏掉一丁点。

2019年，昆山市级帮扶资金190万元、张浦镇级帮扶资金45万元注入高坝田村，杨腊毛等726人成为高坝田村蓝莓种植合作社社员，2019年3月6日到9日，第一批蓝莓幼苗种进地里。2020年2月，蓝莓苗第一次开花，3月第一次挂果，杨腊毛越看越高兴。

蓝莓的销路，碧江区工作组早就安排好了。高坝田村和昆山市张浦镇的台企鲜活果汁公司达成合作，合作社产出的蓝莓以采摘零售优先，零售剩余蓝莓冻果由公司以每公斤不少于20元的价格包销。他们还和世界三大软冰激凌供应商之一、昆山开发区的日世冰激凌公司洽谈供销合作，与大润发华东区总部洽谈，力争将高坝田村的蓝莓引入大润发的29个门店。

苏州干部的精细活和精气神，给贵州铜仁山区人民的生活方式注入了新的希

铜仁农民杨腊毛和他的蓝莓（高戬／摄）

堂。苏铜各自发挥自身优势，苏州出资金，采取包技术、包服务、包市场的方式推进产业园区管理，铜仁各地通过统一产业布局、统一流转土地、统一利益联结，逐步实现规模化经营，两地携手共同帮助"背篓"们增加家庭经济收入。曾经被困于大山深处的"背篓"们获得帮助，掌握了新技艺，他们的勤劳智慧就能点石为金，从而迅速成为致富带头人。

五个背篓　浓缩山水精华

"五个背篓"如同微观的盆景，为铜仁武陵山和乌江两岸的乡村振兴带来了溢出效应。

距离"江南园林"1500公里之外，梵净山下一座传统的土家族村寨，正成为无数游客感受"乡愁"的新去处，这就是铜仁市江口县太平镇云舍村——号称"中国土家第一村"。

江口县委常委、副县长、江苏省对口帮扶贵州省铜仁市工作队江口县工作组组长祝郡介绍："帮扶江口工作的总体思路是做'江口所需，姑苏所能'的事情，江口迫切需要做大做强文旅产业，而文旅产业恰好是姑苏区的强项。"在姑苏区援建下，云舍湿地公园、云舍民宿村逐步建成，2020年，一个名为"云舍姑苏小院"的精品民宿酒店更是浓缩了梵净山脚下的浓浓乡愁。

除了两地文旅合作产业，苏铜开展市场机制的自然村寨项目也已运行，范木溪就是其中一例。隐身于大山深处的范木溪，是铜仁市碧江区川硐街道板栗园村下辖的一个苗家自然村寨。昆山对口帮扶工作者们为它量身定制了"旅游扶贫+乡村振兴"方案——先找准市场，然后注入1500多万元扶贫资金，引进乡伴集团树蛙部落精品民宿项目。通过帮扶资金项目化、生态环境资源化、建设运营市场化等举措，曾经凋敝落寞的范木溪重焕生机，惊艳黔山。

云舍村里的"姑苏小院"夜景（高戬/摄）

　　铜仁大山深处的"五个背篓"，曾是贫穷落后的代名词。但随着苏铜东西部扶贫协作的深入，这里有了新时代意义上的"五个背篓"，满载着具有乌江黔山特色的种植产品、养殖产品、工业产品、手工艺产品和文旅体验产品等不断输出，苏州和铜仁已在当地农旅产业基础上构建起了多层次、多形式、宽领域、全方位的扶贫协作格局。

（文/田丽平　范群　陈林　王宏安　高岩　张帅）

枇杷香飘到石阡

五月天，枇杷甜，又到一年当中吃枇杷的好时节。在贵州省铜仁市石阡县本庄镇的相城·石阡共建现代农业产业园内，一簇簇金黄色的枇杷挂满枝头，点亮了广阔的田野，也吸引了接踵而至的游客前来采摘尝鲜。

"哇，好甜！""真好吃！"郁郁葱葱的枇杷林间，游客三五成群，体验着自己动手、即采即吃的乐趣，清甜可口的枇杷让他们大呼过瘾。来自石阡白沙镇的李女士正带着儿子有说有笑地采摘，她说："得知这里的枇杷品种是从苏州引进的，特地自驾带家人一起来采摘品尝，果然不虚此行。"

李女士采摘的枇杷名为冠玉，是苏州知名品种。2018年，在国家东西部扶贫协作战略部署下，江苏苏州相城和铜仁石阡投资3200万元共建1000亩现代农业产业园落户本庄镇，350多亩冠玉枇杷也跨越1500多公里在云贵高原落地生根。经过两年的精心培育，2018年迎来了首个丰收季，产出枇杷6000多斤。

两年里，苏州相城区先后派出了多名农业技术专家蹲点石阡，开展帮扶技术指导和园区管理。来自相城区黄埭镇的新型职业农民李志峰便是其中一位。"西南地区多雨少光照，对枇杷的糖酸比有一定影响，因此在实际培育中，我们加强了对土壤和水分的控制，同时调整了修剪技术，来适当改变成熟期，从而保证了枇杷的品质。"李志峰说，"这里还是非常适合枇杷种植的，基本没有出现'水土不服'的情况。"

2018年迎来苏州冠玉枇杷扎根石阡后的首次挂果，产量尚处于低产阶

相城·石阡共建农业产业园中蓝莓初采
（江苏省对口帮扶贵州省铜仁市工作队 / 供图）

段，经过2—3年的培育后，可进入盛产阶段。

"鉴于枇杷保鲜与运输的特殊性，我们主要以现场采摘、本地销售为主，后续随着产量的增加，还将通过一系列的营销策划、包装设计，扩宽更多的线上与线下销售渠道，加大周边市场销售量，将其打造成当地的'致富金果'。"李志峰说。

事实上，相城·石阡共建现代农业产业园，不光引进了苏州名品枇杷，还种植了蓝莓、猕猴桃、红心李等水果，以及兼具观光旅游与造林美化功能的美国红枫、欧洲白桦、花海紫薇等花木。同时，还兴建了占地5120平方米的现代科技大棚，用于种苗产业化培育、农业科技成果展示以及发展高效产业孵化中心，进一步延伸产业链，提高农产品附加值。

不仅如此，相城和石阡还创新共建产业园机制，通过统一产业布局、统一流转土地、统一利益联结，逐步实现规模化经营，提升产业经济效益。

"我们就要把苏州最好的品种、技术、模式带到石阡来，采取包技术、包服务、包市场的方式推进产业园区管理，让更多人享受到国家东西部扶贫协作的成果。"李志峰说，"以园区为抓手，积极推动农民变产业工人，传统田园变经济果园，单一收入来源变务工收入、土地流转收入、分红收入等多元收入，实现当地农业增效、农民增收、发展增速，是相城·石阡共建现代农业产业园努力的方向。"

秉承助力脱贫攻坚，实现共建共享共赢的理念，产业园建设共流转土地985亩，惠及建档立卡贫困户53户258人、一般户197户797人。利益联结10个村建档立卡贫困户312户600人，2018年实现分红6万元，2019年实现分红9万元。同时产业园建设还带动周边农民就业2000余人次，发放农民工工资85万元,有效带动了农民增收。

产业扶贫是扶贫的核心举措。除了建设好农业产业园,相城和石阡还共同推动"阡货出山":相城区携手区内大宗农产品电商企业布瑞克开发建设石阡农业大数据平台,帮扶石阡农产品电子商务发展;共建农产品直供基地,搭建从产地到零售终端的全产业链稳定产销渠道;每年举办农产品展销会,助推石阡特色农产品进入苏州市场……

距离苏州1570公里的石阡县,是相城区的结对帮扶地区。自2013年开展帮扶协作以来,7年间相城区共援助资金17216万元,其中财政资金4655万元,实施东西部扶贫协作项目85个,选派了120名医疗、教育、农业方面技术人员到石阡开展帮扶,实现乡镇结对、学校结对、医院结对全覆盖。可喜的是,2019年,石阡县顺利通过了东西部扶贫协作考核,成功脱贫摘帽。

(文/黄梅)

所爱隔山海　山海皆可平

苏州昆山和铜仁碧江，一个是位于江南水乡的"全国百强县"之首，一个是地处武陵山区的脱贫出列"新生"。2016年"银川会议"后，昆山市和碧江区正式建立了扶贫协作关系，这两个相距1400公里的城市，跨越千山万水携起手来，矢志打赢脱贫攻坚战。

这些年来，昆山按照党中央、国务院的部署，在江苏省委、省政府和苏州市委、市政府的领导下，有效落实对口帮扶举措，坚持"共建互助、互利互赢"的协作发展原则，以产业合作为引领，在教育医疗、劳务合作、人才交流、旅游农业等各个方面建立全面帮扶合作关系。

与时间赛跑，用奋斗发声。2018年9月，碧江区以"零漏评、零错退，群众认可度97.64%"的优异成绩顺利脱贫摘帽，2019年底，碧江区累计脱贫7033户24933人，贫困发生率实现"清零"。

"制度之力"，汇聚精准帮扶磅礴力量

铜仁市地处贵州省东部，隶属于全国14个集中连片特困地区之一的武陵山片区，聚居着汉族、苗族、侗族、仡佬族等29个民族，总人口440万，其中少数民族人口占比70.5%。铜仁市下辖的碧江区等2区8县均为国家级贫困县，共有1565个贫困村，其中319个村为深度贫困村，脱贫任务十分艰巨。

昆山和碧江两地领导高度重视扶贫协作工作。昆山市委、市政府以高度的政治责任感和使命感，把对口扶贫协作工作放在心中、扛在肩上，各

部门、各单位和社会各界广泛参与到对口帮扶工作中。在这个过程中，科学的制度设计，为精准帮扶汇聚力量锚定方向。

纲举目张，执本末从。以成功入选第二届中国优秀扶贫案例的"七结对"帮扶模式为例，昆山通过深化部门结对、产业结对、乡镇结对、村村结对、家庭结对、村企结对、社会力量结对，建立起"点对点、点对面、一对多、多对一、点对线、线对面"的结对关系，形成了多元化、多层次、多领域的精准扶贫格局。

2019年11月4日，昆山市供销合作总社、昆山农资协会组织有关农业专家到碧江区进行农资捐赠，11月12日，昆山4个城市管理办事处组成考察组统一到碧江区开展对口帮扶协作；11月13日，周市镇考察团到瓦屋乡考察，捐资60万元；11月20日，张浦镇考察团到坝黄镇考察，捐资60万元……

从陌生到熟悉，昆山所辖的8个镇、4个办事处和旅游度假区已与碧江9个乡镇、4个办事处实现双向结对全覆盖，以项目形式进行帮扶，提升被帮扶乡镇的造血功能。

位于坝黄镇的蓝莓试种基地，由昆山张浦镇和碧江坝黄镇"乡镇结对"、张浦七桥村与坝黄高坝田村"村村结对"后，共同引进昆山鲜活果汁有限公司与高坝田村推动村企"柔性"结对实施的项目。蓝莓属于高经济价值作物，具有很高的抗氧化能力，是一般水果和蔬菜的4—8倍，非常适合云贵地区种植。高坝田村改变过去大面积种植玉米、

铜仁市碧江区坝黄镇蓝莓园项目
（江苏省对口帮扶贵州省铜仁市工作队／供图）

马铃薯的传统模式，迎合市场需要，集中连片改种蓝莓。基地年利润归合作社，按照"622"分红，即60%归建档立卡贫困户，20%归村级集体经济，20%为再投入。

"2018年3月从20多户村民手中流转了138亩地，其中栽种了105亩蓝莓，1.8万株树苗全部是昆山鲜活果汁有限公司免费捐赠的。"高坝田村书记姚建荣高兴地说，"我们村民不仅通过流转土地有租金，就近就业可以有薪金，年底参与分红还有股金，这是大家脱贫致富新的增长点。"

"项目为王"，加速脱贫攻坚奔向小康

白水贡米、珍珠花生、金丝皇菊……2019年11月15—17日，在昆山国际会展中心，第十五届海峡两岸（昆山）农产品展示展销会热闹举行。

现场，碧江区不仅设置了专门的特装展台，而且在开幕式上举行了优质农产品推介会，铜仁市人大常委会副主任、碧江区委书记陈代文更是当起了"推销员"，借此机会进一步扩大和提升碧江农产品的知名度，有效推进消费扶贫，帮助贫困群众把农产品卖个好价钱。

本着"黔货出山、碧货入昆、消费扶贫"的东西部扶贫协作理念，正式启动昆山·碧江优质稻米产业化开发技术协作联盟，昆山·碧江东西部扶贫协作"组团式"帮扶协议同时签订，碧江白水大米合作社还与昆山7家企业达成经销合作并进行现场签约。

"昆山·碧江优质稻米产业化开发技术协作联盟成立，必将成为两地农业高质量发展的有力支撑。同时，合作经销商签约、农业组团式帮扶签约，也必将为两地共享发展机遇注入新的活力。"昆山市委副书记张月林说，"昆山将一如既往，对接碧江所需，竭尽昆山所能，携手并肩，促进两地扶贫协作再上新台阶、再创新成绩。"

除了加快推进"黔货出山"，昆山也十分重视产业帮扶，突出打好

"项目牌",2017—2019年,共争取各类帮扶资金1.2亿元,涉及项目57个。围绕"园区共建、产业合作、产城融合、就业脱贫"的思路,在两省签署《铜仁·苏州产业园共建园区框架协议》的背景下,昆山高新区与碧江经开区签署了共建合作协议,明确6.18平方千米作为先行启动区域,成立了一级开发公司进行开发建设。

2018年8月,铜仁·苏州产业园核心区启动暨重大项目开工仪式隆重举行,高端装备制造业基地和十里溪城市综合体项目正在进行前期准备工作,介绍和引进了布瑞克、同仁之光、曾氏机械、新宁物流等东部产业转移项目近10个。同时,双方还与国开行苏州分行签署了三方合作协议,国开行苏州分行提供20亿元授信额度用于园区开发建设。

"关爱中心","昆碧幸福里"的幸福生活

在坝黄镇坪茶村,每天中午和傍晚,80岁的曾三妹和她83岁的老伴杨长喜准时来到"昆碧幸福里"的日间照料中心吃饭。"今天的菜是番茄炒蛋、茭白炒肉丝、红烧萝卜,还有南瓜汤,很香!"曾三妹老人边吃边说。

身兼厨师和送菜员的任萍珍告诉记者:"日间照料中心主要为当地空

昆碧幸福里(江苏省对口帮扶贵州省铜仁市工作队/供图)

巢老人、特困老人提供生活服务，现在来这里吃饭的有10个老人，还有5个老人我们每天送餐到家，来回大概半小时，老人非常欢迎。"

作为碧江区首个综合关爱中心，"昆碧幸福里"原先是一个废弃的村小，2018年7月由昆山东西部协作资金支持80万元修建，并于2019年4月18日启用，旨在为当地留守老人、留守妇女、留守儿童等"三留守"人群打造一个安全、舒适、温馨的慈爱之家。自投入使用以来，该项目已覆盖坪茶村五保户17人、留守儿童65人、留守妇女62人，帮助群众实现了老有所养、幼有所教、妇有所依、群有所乐。

所爱隔山海，山海皆可平。老乡们的情真，源于昆山人民的真情。对此，昆山挂职干部、碧江区委常委、副区长孙道寻深有感触："全心全意为人民服务，是我们党始终不变的宗旨和初心。十九届四中全会提出'坚决打赢脱贫攻坚战，建立解决相对贫困的长效机制'，我们挂职干部不仅要在东西差距中推动融合发展，在因地制宜中寻找工作契合；更要在困难挫折中不忘初心使命，在沉心静气中锤炼务实作风，勇当脱贫攻坚的'热血尖兵'！"

两年来，挂职干部们用双脚丈量了碧江的高山峡谷、村寨农家，收集到一批当地干部群众对经济社会发展的要求和意见。昆山不仅派出挂职干部常驻，每年还派10名优秀教师支教、10名骨干医生支医、10名农技专家支农、10名科技人才交流、10名优秀企业家考察、10名社会工作专家辅导。他们翻山越岭、走村入户、牵线搭桥、落实项目，为东西部扶贫协作贡献"昆山力量"。

（文／潘朝晖）

劳务协作

"组合拳"打出了好日子

2020年6月23日清晨，昆山市富士康公司宿舍，闹铃准时把罗晓东叫醒，洗漱完毕，吃好早餐，穿戴整齐，匆匆赶往生产线。他说："在昆山上班每月有4800多元，这要感谢昆山和碧江两地政府。"

23岁的罗晓东家在碧江区滑石乡芭蕉村，全家七口人的生活，靠他与哥哥在铜仁市区打零工支持。然而春节前夕，疫情来袭，罗晓东外出计划被打乱。他说："疫情期间出不去，没有就业就没有收入，家里的生活肯定受影响，心急啊。"

东西部劳务协作为罗晓东就业带来转机。2020年2月，碧江区工作组积极响应两地党委、政府的号召，把防疫工作与企业复工、外出就业与安全防护、东西劳务协作与助力脱贫攻坚相结合统筹推进疫情防控和劳务协作。

碧江区工作组组长、碧江区委常委、副区长孙道寻说："两地建立了组织协调机制、舆论宣传机制、跟踪服务机制、政策保障机制，按照'专人、专车、专机（专列）、专厂、专线'开展有组织、点对点的劳务输出，推动务工人员和用工企业的无缝对接。"

昆碧携手解群众企业难题。2月28日，146名群众乘专机赴昆山；3月13日，罗晓东与46名老乡飞昆山……在防疫期间，昆碧两地共组织759名（包括贫困劳动力284人、易地移民搬迁户88人）碧江群众赴昆山，解决企业复工复产用工难题，推动碧江群众就业增收。罗晓东说："在昆山的帮扶下，有了稳定就业岗位，肯定能奔富路。"

打好劳务组合拳，昆碧携手奔富路。昆山碧江建立东西部协作关系以来，在碧江区工作组的推进下，两地持续推进劳务协作帮扶，建立健全劳务协作机制，提高对口帮扶的精准性和劳务协作的组织化程度，推动建档立卡人员通过稳定就业实现脱贫。2017—2020年举办了6场劳务招聘，建立了昆山·碧江劳务合作基地、人力资源市场、技能培训基地，共举办劳务培训班45期，培训人员1856人。

建立劳务协作长效机制。两地签订《昆山·碧江东西部扶贫劳务合作协议》，成立劳务协作工作领导小组，出台就业扶持政策，通过定期互访、联席会议、信息通报、联合招聘等方式，建立长效合作机制，助力劳务协作提质增效。2019年以来，完成劳务部门两地互访2次，建成稳定的

2020年碧江区务工人员（第一批）赴昆山市就业欢送仪式
（江苏省对口帮扶贵州省铜仁市工作队／供图）

就业供需交流平台1个，举办招聘会3场，提供就业岗位7330个。

精心组织劳务输出。开展对口帮扶城市优势企业走访，收集用工信息及时反馈至碧江，通过区、乡、村三级服务平台进行发布，累计发布用工电话、短信、微信20余万条，发放东西部劳务协作用工手册3万余份，达成对口帮扶城市就业意向900余人次，实现贫困劳动力向对口帮扶城市转移就业78人、就地就近就业834人、其他东部城市就业106人。

东西部协作育婴培训班
（江苏省对口帮扶贵州省铜仁市工作队／供图）

强化劳动技能提升。组建"昆山·碧江人力资源市场""昆山·碧江技能培训基地"，昆山援助培训教材6套600册。针对贫困劳动力特点，以市场为导向，组织开展保安员、家政护理、美容美发、育婴师、电工等技能培训，完成培训农村贫困劳动力212人，培训后就业95人。通过开办"淳华班""百佳惠班"等定制班，探索校企合作新模式，重点解决职校贫困学生的就业。2019年，26名中职学生到昆山百家惠药房实习，100名学生到昆山淳化科技实习。

落实就业扶持政策。对凡在江苏省就业人员，2019年以来，通过走访调查和电话联系开展跟踪服务，大力宣传就业优惠政策，建立工作台账，对稳定就业达3个月及以上人员落实就业补贴，提供江苏省就业跟踪服务217人，兑现稳岗补贴136人40.8万元。

（文／郭进　刘煜妤）

听听邓凤霞的笑声

"在这边挺好，包吃包住，一个月可以赚5000多块钱呢，感谢吴中区为我们提供这么好的就业条件！"德江县赴苏州吴中区务工人员邓凤霞，一接到电话就止不住笑。

2020年3月23日，加入东西部协作就业扶贫队伍，经过10多个小时的车程，邓凤霞搭乘劳务协作扶贫车，从贵州德江到达千里之外的苏州市吴中区，成为这年第一批赴苏务工人员。与邓凤霞一道的，还有其他德江籍的求职人员80多人。

"厂里工作基本上都是手工活，坐班工作10小时，工资按计时加计件结算，加班另算费用。"邓凤霞说，"来到吴中区的第三天就安排到赫比电子厂入职上班，活儿不算累，工资也可观。"

邓凤霞家住德江县楠木园社区，赴苏之前，她的心里是焦虑的。原因是，受2020年新冠肺炎疫情影响，德江多数行业尚未复工，导致就业困难。

德江县务工人员乘车赴苏州市吴中区就业
（德江县融媒体中心／供图）

东西部劳务协作带来转机。吴中"筑巢"为德江务工人员提供稳定的就业平台。2020年2月以来，苏州吴中区与铜仁德江县深入贯彻中央、省市"一手抓防疫、一手抓脱贫"的指示精神，德江县工作组结合两地复工复产发展需求，开展劳务输出协调对接。

同时，德江县人力资源市场也派出相关负责人前往苏州，了解务工群众的工作、生活情况，持续做好后续服务保障，确保东西部扶贫协作就业输出工作取得实效。

在深化东西部劳务协作中，德江县与吴中区共同发力，创新举措，出台劳务输出补贴扶持政策——针对有组织劳务输出到江苏省稳定就业3个月以上的建档立卡贫困劳动力，给予每人3000元的就业稳岗补贴；对稳定就业6个月以上的，再给予每人1000元的一次性求职创业补贴；对缴纳企业职工社会保险满6个月以上的建档立卡贫困劳动力，给予每人1000元的社会保险补贴。

"有吴中区提供就业岗位，有德江人社局牵线搭桥，如今咱就业有了保障，生活一天比一天好。"说起就业条件邓凤霞满心感激。

而邓凤霞只是东西部扶贫协作劳务输出的缩影。自东西部扶贫协作以来，德江县409名建档立卡贫困劳动力在江苏省稳定就业。

两地携手，有针对性地积极开展职业技能培训（田勇／摄）

劳务协作，不仅要注重输出劳动力，更要注重职业技能输入。6月14日下午，德江县楠木园社区易地扶贫搬迁安置点，30余名搬迁群众正在乐康小区参加美容美发技能培训。

为确保每一位有学习意愿的搬迁群众都能通过培训掌握职业技能，实现搬新家后稳得住，能致富。德江县借力东西部协作帮扶机遇，联合吴中力量，两地携手，有针对性地积极开展职业技能培训，助推贫困群众提高就业能力，创造美好未来。除美容美发外，此次培训还涉及缝纫、手工制作、电工等技能。

由德江县人社局协调，社区培训机构组织学员，苏州市吴中区人社局委派吴中宝晟职业技能培训机构优秀师资在学员原有的基础之上补充授课，确保学员能学到本领，增强就业能力。

打好劳务组合拳，吴中—德江携手共奔致富道路。吴中和德江建立东西部协作关系以来，在德江县工作组的推进下，两地持续推进劳务协作帮扶，建立健全劳务协作机制，提高对口帮扶的精准性和劳务协作的组织化程度，推动建档立卡人员通过稳定就业实现脱贫。

自开展东西部劳务协作以来，吴中—德江两地共投入20余万元，打造劳务就业平台，共建人力资源市场。举办了7场大型劳务协作专场招聘会，结对开展了东西部劳务协作就业技能培训25期1226人次。组织德江籍贫困劳动力到结对帮扶城市稳定就业409人，认定就业扶贫车间38家，帮助德江籍贫困劳动力实现就地就近就业3679人次。

（文／田勇）

村里走出个20岁的小能人

"感谢东西部劳务协作给了我机会,现在自己创业,一个月纯收入15000元,也算是个小老板了。"电话那头,20岁的安银飞一改过去腼腆的性格,开起了玩笑。

从小在思南县杨家坳乡中城村长大的安银飞和大多数西部农村孩子一样,性格腼腆,不善言辞。在20岁之前,安银飞就好像看到了自己未来的路:从思南职校毕业,进工厂打工,为生计奔波,等到孩子成家,再回到老家,倚在门槛上晒太阳……

如今,安银飞却在1600公里外的江苏镇江开起了属于自己的汽车装潢店,月均收入15000元。在遇到陌生人时他侃侃而谈,毫不怯场,开启了不一样的人生道路。

他说:"庆幸自己遇到了好时代、好政策,打心底里感谢东西部劳务协作项目。"

2014年,安银飞入读思南县中等职业学校汽修专业。在当时,思南当地汽修厂的用工需求量很小,就业信息不畅,汽修专业的学生毕业往往相当于失业,既谈不上学以致用,找一份合适的工作都是难上加难。

立足于此,江苏省对口帮扶贵州省铜仁市工作队思南县工作组(以下简称"思南县工作组")创新推出"3+1+X"校企合作模式,即常熟3所职校、思南1所职校以及X家常熟用工企业合力培养产业工人。

2017年,思南职校成功与常熟波司登、山水江南酒店管理公司以及伯乐汽修联盟等单位签署战略合作协议,成立山水江南班及伯乐汽修班,截

思南群众赴常熟务工（思南县委宣传部/供图）

至2020年已开设订单班7个，累计向苏南地区输送实习生180余名。

"像我们这样文化不高，家境不好，没有人领路，仅靠自己去闯，是很难有好的就业机会的。"作为订单班的一员，安银飞深知这样的机会不易。工作一年后，安银飞的专业知识和实际操作能力都有了质的提升。同时在老师的鼓励下，走上了创业之路。

安银飞成了村里大人口中的"小老板"，不少处在辍学打工边缘徘徊的年轻人，也重燃学习的信心。2020年6月，思南职校汽修专业44名学生，酒店管理专业27名学生乘坐大巴车，从思南出发，带着梦想跨越1600公里顺利抵达常熟伯乐集团和山水江南集团开始实习工作。

由于订单式培养，从学校走出的学生能够更加迅速地适应岗位，受到企业欢迎。如今，越来越多的企业加入了"3+1+X"的帮扶队伍。

"我们今后要以多维度、多形式实施'3+1+X'，既要助力思南学生就业脱贫，也要为常熟企业优先输送优秀人才。"常熟挂职思南县副县长王晓东对"常思"职教合作前景充满信心。

不断探索劳务协作的新路径。除了校企合作，2020年年初，思南县工作组还申请开发了"思南常熟"小程序，并打造"常思荟萃"就业扶贫模块，全年提供就业信息。采用微信朋友圈广告投放的方式，立足大思南、面向全铜仁，分三次投放朋友圈广告，覆盖了思南和铜仁地区共130万名微信用户。

同时，创新推出两个平台加两种渠道的"2+2"网上招聘，网上招聘活动一直持续到2月底，已顺利招收105名铜仁市务工人员到常熟务工，4家常熟在思企业就近就业务工人员招聘工作也在紧锣密鼓开展，收到了来自各地的投递简历500份，劳务协作取得了阶段性的成效。

此外，思南县工作组还积极推动常熟市电商协会在思南设立电商创业和人才培养基地，在全力推进贫困劳动力就业方面不断取得新的突破，逐步在劳务输出方面探索出了"招聘宣传+技能培训+组织上岗"一条龙就业服务路径，引入市场化手段在两地设立劳务协作工作站，开展"六个一"岗前支持行动。

思南县工作组累计举办各类专场招聘活动10次，提供就业岗位逾2万个，帮助贫困劳动力实现上岗就业1500余人次。

建平台、送培训、送岗位、谋发展……这条将思南和常熟串联起来的劳务协作通道，实现了"致富一人、脱贫一家、带动一片"，是常思守望相助、共享共赢的生动诠释，更是东西部扶贫协作的有效探索。

（文／潘佳本）

搬迁农民"借"到了东风

"包吃包住待遇好,一个月可以赚5000多块钱呢!"万山区赴苏州高新区务工人员张秀兵笑呵呵地说道。

张秀兵是万山区旺家社区的搬迁群众,曾长年在外务工,然而,2020年因疫情耽误,宅家许久,缺少收入,十分焦急。像他一样"受困"的外出务工返乡人员,万山还有很多。

解决他们的就业问题,刻不容缓。自2020年2月以来,苏州高新区与万山区深入贯彻中央、省市"一手抓防疫、一手抓脱贫"的指示精神,结合两地复工复产的发展需求,开展劳务输出协调对接,为万山区务工人员提供稳定的就业平台。

"苏州高新区企业很快提供了上万个工作岗位,供我们选择。"苏州速度让万山区人力资源市场工作人员汪亚十分感慨。

通过各乡镇、安置点干部对辖区群众进行就业排查走访,加以线上线下宣传、召开招聘会等方式,为外出务工返乡人员提供就业信息。万山还与苏州当地开通专列、包车,护送万山群众赴苏务工。

"送雁"返岗、安全为先。"送雁"期间,万山区认真做好全面摸排、协调沟通、统一输送工作,对每一位赴苏务工人员进行健康体检和CT检查。

同时,万山区人力资源市场也派出相关负责人前往苏州,了解务工群众的工作、生活情况,持续做好后续服务保障,确保东西部扶贫协作就业输出工作取得实效。

"厂里工作基本上都是手工活,坐班,工作时长8小时,有加班费。

比以前的工作好！"作为2020年第4批赴苏务工人员，张秀兵现已成为苏州航天电器厂员工。他对现在的工作很满意。

山关重重，拦不住苏万情深。自2020年3月以来，万山共组织5批269名新增务工人员跨越千里赴苏就业。

先富带动后富，最终达到共同富裕。为全面支持万山区贫困群众就业脱贫，苏州高新区管委会还出台《苏州高新区关于疫情防控期间支持企业复产用工的通知》，对赴苏务工人员提供各项政策扶持。

针对2020年在苏州高新区稳定就业3个月以上的万山籍贫困劳动力，可领取9000元的稳定就业补助；在江苏省内稳定就业3个月以上的万山籍贫困劳动力，可领取5000元的稳定就业补助。

"虽与家相隔千里，但在苏州却能找到家一样的感觉，很温暖。"张秀兵感慨。苏州高新区通过建立多维动态服务机制，在苏高新人力资源产业园设立"万山之家"，为在苏万山务工人员提供生活帮扶、心理关爱、法律援助等全方位服务。

高新区总工会还不定期开展关爱行动，为每位万山务工人员送去生活用品，组织开展文化活动，加强职业规划，丰富业余生活。

除此之外，为确保易地扶贫搬迁劳动力有业可就，苏州高新区专门注入帮扶资金20万元用于人力资源市场建设。2019年7月，苏万共建人力资源市场在旺家社区正式运营，通过搬迁大数据平台"线上"与"人力资源市场"线下结合，扎实开展精准

疫情防控期间，万山区向苏州高新区派送务工人员
（万山区融媒体中心／供图）

苏州高新区合作企业与万山籍员工座谈（万山区融媒体中心／供图）

对接，辐射全区各搬迁安置点，为搬迁群众就业提供便利便捷服务。

承东风之力，筑富民之基。万山充分利用620万元东西部协作帮扶资金，在旺家社区成功搭建扶贫就业平台，并开办扶贫微工厂，引进阿里巴巴大数据标注公司、景航服装厂、广益服饰等企业，2020年帮助221名搬迁群众实现就近就业。

（文／陈阳）

从"山"到"港"的距离

"老李，找到工作没有？"

"没有，今年找工作难呀！"

"不要担心，现在有东西部就业扶贫优惠政策，如在江苏省稳定就业3个月以上的一次性给予3000元就业稳岗补贴；对稳定就业6个月的再给予1000元；企业还缴纳社会保险，再补贴给务工人员1000元……"

2020年初疫情期间，和许多返乡过年的农民工一样，沿河自治县黑水镇麻竹溪村李荣强被困在家里，正为生计发愁。2月22日，吃过早饭，百无聊赖地打开手机微信，屏幕里他的帮扶责任人杨小棠发来文件，他点开后就像领到一个"大红包"，惊喜不已。

对于已经53岁的李荣强来说，进企业务工，常常遇到年龄大的尴尬，按照大多数厂里招工年龄规定，最大也是在50岁以下。

就业扶贫政策可谓"量身定做"，当地政府协调对接好后，李荣强顺利报名，当晚8点整和村里的15名老乡，去参加沿河自治县组织的劳务输入（张家港）的欢送仪式后，便在政府安排的酒店入睡，夜里雨声嗒嗒响，可李荣强和老乡们心里温暖而激动。

次日凌晨6:00，载着沿河赴张家港劳务协作人员的专列车辆从沿河县城缓缓出发。此次是2020年首次劳务输送，为东西部劳务协作"保送"专列，输出人员56人，第三天凌晨1点到了张家港，铜仁市农源人力资源公司负责人冉风光和同事们带着沿河籍务工人员，分别到务工企业员工宿舍安顿好后，才放心离去。

自2017年3月，张家港市与沿河自治县正式建立东西部扶贫协作对口帮扶关系以来，两地形成长期友好协作关系。

2020年初受新冠肺炎疫情影响，长途班线停运，返岗人员出行受阻，张家港市企业复产复工深受影响。为解决企业复工难题，全力助推企业复工复产，张家港、沿河两地多次开展劳务输出对接协调，形成"点对点"全程输送方式，帮助返岗人员顺利到岗。

政策倾斜支持。在张家港市就业的沿河籍务工人员，符合条件的享受张家港市培训就业同等政策，沿河建档立卡贫困劳动力在张家港务工期间可参照享受张家港当地就业困难人员就业扶持政策。张家港在就业政策、技能培训、稳岗援助等方面适当向沿河贫困劳动力倾斜，积极鼓励各类企业、机构加大爱心岗位的开发力度。

此外，张家港人社局加强对沿河籍劳动力务工企业的服务，动员不裁减沿河籍建档立卡贫困劳动力。对在张家港失业的沿河籍建档立卡贫困劳动力，联系推荐就业岗位，帮助尽快就近就业。

李荣强务工的张家港市金鹿集团，专门为员工安排了员工夫妻宿舍或独立宿舍，里面配套床、柜、空调、电视和独立卫生间。想起近些年在各建筑工地漂泊不定的零工生活，他很是感激和珍惜："第一个月工资就有3500多，加上下个月的就业稳岗补贴收入六七千。只要肯干，脱贫不是问题。"

截至2020年6月初，沿河自治县通过东西部扶贫劳务协作机制，收集对口帮扶城市、省内外主要务工地等帮扶企业用工岗位信息8万余个，对未就业贫困劳动力和易地搬迁劳动力实行多形式、全覆盖的岗位推荐，先后向省外和省内县外输出5.1万余名贫困劳动力就业。

6月14日，首期张家港·沿河劳务协作装载机、挖掘机驾驶技能"订单式"培训班中的36名学员乘坐专车赴张家港沙钢集团等企业务工就业，其中建档立卡贫困劳动力34人。

东西部劳务协作环宇技校"订单式"挖掘机培训班学员转移张家港就业合影（施平/摄）

2020年，张家港市环宇职业培训学校在沿河开设两期挖掘机、装载机"订单式"培训班，每期培训50人，学员学成后可到校企合作单位沙钢集团等企业相应岗位就业。学校对学员实行集中管理，提供免费食宿并免费输送到张家港。

借船出海的不仅是劳动力，沿河还借助苏州的市场优势，将大量优质的农产品销往苏州，有效解决农特产品销售难题，让苏州市民共享扶贫成果。

三年来，沿河输出贫困劳动力到江苏省内稳定就业899人，4次组队赴苏州开展"沿货出山"和招商引资暨旅游推介会，直接销售空心李、茶叶等农特产品1579万元，招商引资19.44亿元，在推动经济发展的同时，提升了沿河知名度、美誉度。

（文／施平）

远飞的"双雁"

"多亏政府为我们提供优质服务，让我们顺利踏上了返工之路，我们很感动。"疫情无情，人间有情，2020年2月底，印江自治县第一批700名外出务工人员怀揣梦想离开家乡，踏上前往福建、浙江等地的复工之旅，标志着印江自治县2020年农民工返岗和劳务输出正式启动。

2020年春，一场突如其来的疫情席卷全国，为打好"脱贫攻坚战"和"疫情防控阻击战"两场战役，印江自治县着力解决好疫情期间外出务工返乡人员就业难题，通过"留雁"与"送雁"的"双雁"行动全力促进外出务工返乡人员就业保民生。

为保障外出务工人员安全，印江自治县严格执行3个100%制度，一是车站所有车辆100%消毒检测，二是进出车站乘客100%登记，三是入座乘客100%符合体温检测要求，严格执行车辆50%上座率和要求乘客佩戴口罩出行。此外，采取"点对点""一站式"，乘客就近登记包车等措施，在严防严控疫情的同时，全力保障乘客的安全出行，确保有出行需求的乘客如约到达目的地。

疫情期间印江自治县的农民工返岗专车（蔡茜/摄）

就业是民生之本。

在木黄镇乌巢村，小卖部摇身变为"中介所"，为顾客介绍工作成店主的"主职"。

小店老板不忙卖货，而当起了"中介"，究竟为何？

2020年5月初，小店老板胡朝杰接到村党支部书记杨秀伟的电话：从江苏省苏州市来的两位"特殊"顾客想跟他谈一笔"生意"。

"他们不是来买东西，而是要在店里挂牌成立就业服务站，还要聘请我当劳务经纪人。"胡朝杰说，"主要负责每天发布求职信息或招聘广告，介绍成功后还有一定的劳务报酬。"

原来，两位"特殊"顾客是苏州市吴江区派遣到印江自治县专门从事劳务输出的工作人员。他们看中了胡朝杰小卖部客流量大这一优势，专门来谈这笔"生意"。

2020年以来，印江自治县在全面贯彻落实稳就业、保民生的工作要求中，充分促进城乡劳动力省内外劳务输出就业，提高劳务输出组织化程度，打通就业服务"最后一公里"。按照"政府主导、市场运作、政策扶持"的原则，探索构建起县、乡、村三级就业服务体系，全面促进基层就业服务制度化、专业化和信息化建设，形成覆盖城乡、功能齐全、布局合理、方便可及的基层就业服务网络，进一步稳定和扩大就业，巩固就业扶贫成效，促进社会经济健康平稳发展。

木黄镇乌巢村村级劳务经纪人胡朝杰向顾客推荐就业企业（蔡茜/摄）

截至2020

年，印江自治县县级劳务公司与劳动力信息平台建设已经完成，17个乡镇（街道）的就业服务中心已经全部挂牌成立，365个村已建成村级就业服务站369个。特别是疫情期间，通过三级就业服务体系精准发力，有组织输送7批447人到吴江区实现就业。

同时，印江自治县始终坚持党建引领促群众就业创业，按照"返岗就业100%，就近就业100%，易地搬迁有劳动家庭一户一人就业100%"三个"百分之百"的工作要求，进一步激发搬迁群众发展的内生动力。

2020年以来，印江自治县各易地扶贫搬迁安置点先后组织搬迁群众开展厨师、家政、手工艺等就业技能培训30余场，培训群众2000余人次，开展集中招聘会10余场次。

在印江兴民社区育婴培训现场，育婴师文娟正在给学员们讲解孕产妇日常照料、膳食搭配和儿童辅食的做法，近50名搬迁妇女在进行理论知识学习和实操训练。

文娟说："搬迁妇女都来自农村，缺乏学历和技术，很难找到合适的工作，此次育婴培训可以让她们发挥女性优势，提高就业能力，更好地找到工作。"

"培训结束后，我们将通过东西部协作的劳务公司文鼎，把人才点对点地输送到江苏吴江区等地，最终真正达到培训一人、就业一人、脱贫一户的目标。"印江自治县就业局派驻兴民社区就业推荐负责人张林林讲这番话时，满是信心。

木黄镇乌巢村的村级服务站（蔡茜/摄）

（文/蔡　茜）

把更多农民送上"就业专列"

铜仁所需,苏州所能。如何将铜仁丰富的劳动力资源与苏州广大企业的人力需求精确对接,进一步加强劳务协作,提高劳务输出组织化程度,两地的人社部门积极搭建就业供需信息平台,开展职业技能技术培训,实施系列政策激励,通过市场化、信息化手段不断提升劳务协作的实效性、针对性,促进更多贫困劳动力实现就业。

专场招聘,搭起就业脱贫桥

"哪样工?多少钱一个月?""怎样去上班?""我今年56岁,适合哪样工作?"2019年4月1日上午,贵州印江自治县坪兴寨易地搬迁移民安置点上人头攒动。

当天,由吴江区人力资源和社会保障局与印江自治县人力资源和社会保障局联合主办的东西部劳务协作企业用工暨2019年春风行动易地搬迁移民安置点专场招聘会,来自吴江各镇(区)的15家企业提供近1000个工作岗位,涉及纺织化纤、电子信息、光电缆、机械加工、家政服务等行业领域。

启动仪式上,江苏恒力化纤股份有限公司招聘主管张征宇向现场求职者发出邀请:"我们这次计划招聘70余人,主要是作业员、包装、搬运、电工和机修,每月薪酬4500—6000元,还提供食宿,欢迎各位乡亲前来!"吴江区家庭服务行业协会会长朱龙庆用"江南何处好,乐居在吴江"的城市广告语开篇,介绍了吴江家政服务行业巨大的市场需求及薪资

苏州吴江·铜仁印江劳务协作企业用工专场招聘会现场
（江苏省对口帮扶贵州省铜仁市工作队／供图）

待遇，向适龄劳动力抛出橄榄枝，"期待大家加入吴江家政服务这个大平台，创造幸福新生活。"

启动仪式后，现场求职者纷纷来到各企业展位前咨询，填写求职信息。54岁的任阿姨拉住现场工作人员焦急地问："看了会儿，没有企业要我怎么办？""您多大年纪？想做哪方面工作？"工作人员耐心询问她的情况后，带她到了家政企业展台后介绍："今天是我们第一场专场招聘，也是一个开始，后期还会有企业和岗位信息推送，您先了解一下，后续还可以关注我们的信息。"此次招聘会现场达成就业意向112人。

像这样的东西部劳务协作专场招聘会已成为苏州、铜仁两地每年的常态动作，以"铜仁·苏州就业扶贫对口帮扶专场招聘会"、"春风行动"劳务协作招聘会、周五招聘会等各类公共招聘活动为桥梁，尤其深入广大易地扶贫搬迁点，积极拓宽农村贫困劳动力就业渠道，帮助易地扶贫搬迁群众搬得出、稳得住、能致富。仅2019年，两地人社部门通力协作，先后组织了100余家苏州企业携近5万个工作岗位到铜仁举办或参加各类劳务协作招聘会、校园招聘会等现场招聘活动30场，促进贫困人口实现就业2146人。

工作站，构筑服务零距离

2018年8月28日上午，"两江家园"沿河—张家港劳务协作驿站启动仪式在锦丰科技创业园生活区举行，39名沿河建档立卡贫困户成为首批受益者。该驿站由张家港市人社局主办、锦丰镇人社服务中心承办，在全国东西部扶贫协作劳务协作中尚属首创。

"两江家园"劳务协作驿站的设立是一项工作机制的重要创新，致力于加强与张家港企业沟通联系，收集、发布企业用工信息，有针对性地开展岗位推荐；开展稳岗跟踪、实地慰问、政策宣传等活动，定期组织沿河籍务工人员座谈；联系优质培训机构，组织有培训意愿的劳动者开展定向、定单式培训，从而实现"转移一人、就业一人、脱贫一户"的目标，切实推进东西部劳务协作就业扶贫工作迈上新台阶。

驿站将为入住的劳务人员在张家港求职期间提供为期一周的免费食宿，每间宿舍都配备全套生活用品、空调及包括热水淋浴的单独卫生间，拎包即可入住。

"两江家园"沿河—张家港劳务协作驿站启动仪式
（江苏省对口帮扶贵州省铜仁市工作队／供图）

2018年始，在苏州建立铜仁市级和各区县劳务协作工作站11个，通过政府购买服务的方式，这些工作站配备专业的劳务服务企业、劳务经纪人，摸排调研建档立卡贫困人口就业特征和岗位需求，针对来苏就业的铜仁籍贫困务工人员会提供"一人一档"的信息统计、就业指导、参观培训、跟踪就业服务等，切实提高铜仁在苏务工人员的归属感，解决了劳动力外出就业的后顾之忧。

线上线下，供需精准对接

"请问该职位具体的工作是做些什么？需要什么证书吗？"在铜仁·苏州人力资源市场，一场远程视频招聘会正在进行，10位铜仁职业技术学院的大三学生正与视频那头的苏州一家教育机构负责人连线，双方就职位、工资待遇、专业能力等开展视频面试。

2018年，苏州市人社局援助铜仁市人社局200万元，建成了铜仁·苏州人力资源市场，"苏州铜仁就业创业培训远程课堂""苏州铜仁远程视频招聘平台"和"苏州铜仁人才科技培训远程课堂"三个平台顺利启用，并建立了铜仁人力资源市场每周五举办劳务协作专场招聘会的常态化机制。由铜仁市人社部门负责收集农村贫困劳动力就业意向信息，每月末提供给苏州市人社局，由苏州市人社局结合农村贫困劳动力就业意向，收集苏州辖区企业用工需求信息，每周五反馈铜仁市各级就业部门进行宣传发布，让农村贫困劳动力和有就业意愿人员及时获取就业信息。两地以人力资源网为主要载体，建立就业岗位信息数据库共享，共同搭建就业信息发布和交流平台。这边，苏州公司刚发布招聘信息；那边，铜仁及下辖区县的人力资源市场大屏幕上就会同步显示，实现了两地用工需求与务工需求精准对接。同时可以在线上开展视频招聘、就业培训等。

政策+培训，为劳动力插上双翼

"2019年，我参加了县里组织的水电安装技能培训，经过一个月的培训和两个月的实训，拿到了合格证书。"由松桃自治县木树镇底易村搬迁到团山社区安置点的精准扶贫户石邦海，通过培训学校的推荐，在复工复产后便前往苏州工业园区盛宏装修公司上班，月薪5000多元。

和石邦海一样，精准扶贫户龙正高通过劳动技能培训，也在苏州工业园区找到了工作，就业问题解决了，一家人的日子越过越有盼头。"感谢党和政府，为我们搬迁群众解决了后顾之忧，让我们住上了新房子，过上了好日子。"

2017年，金螳螂与松桃苗族自治县政府共同拟定了"千人工匠"精准帮扶计划：面向当地18—45周岁的男性、初中及以上学历、身体健康的户籍人口，免费传授他们专业建筑装饰技能，并辅助合格学员就业，使其尽早实现"一人就业，全家脱贫"的精准脱贫目标。该计划已为松桃自治县196名贫困劳动力提供建筑和装饰施工技能培训，并有101人通过培训拿到技能证书后就业。以技能提升就业，苏铜两地不断加大农村劳动力的就业技能培训力度，成立"铜仁·苏州人力资源能力提升中心"，重点围绕铜仁市人力资源服务、基层公共就业服务水平等薄弱环节，针对性开展能力提升培训，促进劳动者创业创新和就业增收。2018年至2020年6月，由苏州提供师资队伍，对铜仁市333名职业培训师资进行了专题培训。铜仁市先后选派了91名基层人社中心工作人员、229名人社干部及46名职业培训机构教师到苏州大学参加培训。同时针对铜仁市贫困劳动力特点和苏州企业用工需求，由苏州出师资、出资金，赴铜仁市高等院校、乡镇和易地扶贫搬迁安置点针对性地开展创业、家政、养老护理、电工维修等就业培训，提高贫困劳动力外出就业技能。2018年，共对铜仁学院、铜仁幼儿师专2694名2018年应届毕业生开展了就业创业培训，举办贫困劳动力技能培训47期2461人，培训后成功到苏州就业408人。

"小康不小康，关键看老乡。"2018年以来，苏铜两市依托张家港市善港村农村干部学院（国务院扶贫办贫困村创业致富带头人培训基地）组织开展了苏州—铜仁贫困村创业致富带头人培育班。至2019年底，累计培训铜仁市创业致富带头人2285人，其中713名学员已成功创业，并带动7378名贫困人口就业。

"不仅扶上马，还要送一程。"苏州相继出台了《关于进一步完善职业介绍补贴政策的意见》和《关于落实东西部扶贫劳务协作有关政策的实施意见（试行）》等文件，将铜仁建档立卡贫困人员纳入苏州市社保补贴、职业介绍补贴、免费技能培训和吸纳就业贴息贷款政策范围，引导铜仁等地贫困劳动力来苏就业，鼓励实现稳定就业。苏州以真情实意、真金白银、真招实招，联合铜仁市打造了"人力资源服务零距离"劳务协作品牌，打响了东西部劳务协作的金字招牌。

（文／江苏省对口帮扶贵州省铜仁市工作队、苏州市地方志办公室）

以"职"帮扶直接见效

一人就业,全家脱贫。虽然听起来有些夸张,但是在太仓对玉屏的对口帮扶协作中,太仓通过千里送岗位、职教再对接、培训学技能等多种方式,激活内部"造血",极大提升了玉屏老百姓致富增收能力。

千里送岗位

玉屏的劳务人员来太仓工作有相关免费技能培训,还可报销车旅费,还有车辆接送……对口帮扶劳务合作就是这么给力!

在玉屏,有专门的太仓·玉屏人力资源市场,玉屏的劳务工人在家门口就能面试,找到太仓"心仪"的工作。太仓·玉屏人力资源市场总经理杨文荷介绍说:"人力资源市场提供太仓甚至江苏、上海等地企业的用工需求。"

太仓·玉屏2018年东西部帮扶协作项目第二期(家政服务)培训班结业典礼
(江苏省对口帮扶贵州省铜仁市工作队/供图)

在太仓·玉屏人力资源市场大厅可以看到，像丰武光电、舍弗勒、雅鹿等很多太仓企业放置了招聘广告，吸引了不少玉屏老百姓前来咨询。

当然，最重要的是太仓提供的优惠就业政策：到太仓就业的玉屏务工人员有免费的技能培训；另外还报销在太仓工作满3个月的务工人员的往返差旅费；玉屏籍就业人员坐火车到上海南站后，太仓企业会派车去接他们……

当然，为了保障在太仓务工的玉屏籍人员的合法劳动权益，玉屏也在太仓设置了劳务协作工作站，玉屏籍务工人员在碰到劳务纠纷或生活困难时都可以向劳务协作工作站反映。

太仓市每年都会在玉屏组织企业开展多场专场招聘会，并在2018年建立了"太仓—玉屏跨地区人力资源一体化就业平台"，这样，玉屏的求职者"足不出户"就能了解太仓企业的招工信息。

家门口就业

"到太仓就业虽然钱多一点，但是家里照顾不到，最好就是把钱挣了，还能照顾家里人。"这是在采访中，不少玉屏当地群众的想法。

为了让老百姓在家门口就能实现就业，扶贫"微工厂"应运而生。

在玉屏田坪镇移民搬迁点附近就有一家"微工厂"：这是一家鞋类加工厂，不少搬迁移民就在这样的"微工厂"就业。因为离家近，既能照顾到家里的农活及小孩，每月还有两三千元的收入。

像这样的"微工厂"就是政府通过提供免费场地、提前进行装修、企业可以"拎包入驻"等条件，再加上太仓市对口帮扶提供相关资金、信息，帮助引入相关企业入驻，最终实现工厂入驻移民搬迁点，搬迁户在家门口就可就业。

职教再对接

德国的双元制教育在太仓非常有名，也十分成熟。这种模式也复制到了玉屏。

玉屏中等职业学校和雅鹿集团、红壹佰电气等企业在玉屏中等专业学校设立了"定制班"，订单式培养专业人才。就读的玉屏学生甚至没出校门就与企业签约，拿到了工资。

实践充分证明，职业教育扶贫是成效最明显的扶贫方式之一。

不止于此，玉屏中等职业学校还与太仓市的中等学校签订了帮扶框架合作协议，双方在办学思路、学科规划、专业建设、师资培养、教学科研、学生实习及就业等多个领域开展了深度协作。太仓还把玉屏籍的学生"请进来"，到健雄学院读书，并实行减免3年学费及每年4000元困难补助等资助政策。

有"职"不"贫"，职教帮扶已经成为一条行之有效的帮扶路径。

（文／周斌　周琦）

复工复产一路畅通

首趟苏州—铜仁返岗专列开通

2020年2月23日10时30分，铜仁南—苏州北高铁G4328次列车搭载着342名务工人员，9个小时跨越了1500公里，顺利抵达苏州北站。这是新冠肺炎疫情发生以来开通的首趟苏州铜仁"点对点"对口帮扶返岗专列。

35岁的沈珍是铜仁市沿河自治县建档立卡贫困人员，2019年和妻子一起来到张家港东渡集团当缝纫工，每人月收入3000—4000元，他们带着两个孩子住在公司宿舍，孩子在张家港读小学。2月23日一早，夫妻俩和两个孩子一起坐上了这趟专列。沈珍开心地说："1月18日回家过年，本想元宵节后就返岗。如果没有这趟专列，想回来挺不便的。"张家港市人社局副局长朱志斌介绍说："张家港东渡纺织、金鹿集团、灿勤科技三家企业当晚均安排了车辆，接40多名务工人员返厂，他们来自铜仁市沿河自治县，其中四分之三是首次来苏务工。截至2月23日，张家港市11721家工业企业中有7979家处于生产状态，复工率已达68%。"

位于吴江汾湖经济开发区的苏州欧普照明有限公司当晚安排了大巴接铜仁籍务工人员返厂。公司生产总监王卫强说："公司有2000多名员工，2月10日复工以来，返岗率已达42%，尚存在一定缺口，这趟对口帮扶返岗专列为公司输送了44名员工，一定程度上解了燃眉之急。"他说，"公司已为他们安排了宿舍，准备了被褥等生活用品。他们经过3—7天培训，就会被安排到生产线组装、打包等岗位上。"

苏州市人社局局长朱正介绍说:"苏州、铜仁两地人社部门此前分别对有复工需求的苏州企业以及有意愿来苏就业的铜仁籍人员进行了精准的'人岗匹配',确定342名来苏人员,其中建档立卡人员173名。开通苏铜对口帮扶返岗专列,能有效缓解新冠肺炎疫情下企业招工困难、务工人员返岗不便的'两难',精准'助力'企业有序复工复产。同时,此举也是东西部协作扶贫决胜之年的关键举措。苏州企业已为这批铜仁籍务工人员安排好食宿,并对他们进行入职体检和岗前培训。"

自苏州对口帮扶贵州铜仁以来,两地人社部门强化协作,助推当地建档立卡贫困劳动力实现就业脱贫。截至2019年,苏州市实有铜仁籍务工人员2838人,2019年共帮助铜仁籍建档立卡贫困劳动力到江苏省内就业1268人。他们中一部分是通过苏州市对企业进行摸排确定的返岗人员;一部分是铜仁市人社局根据苏州提供的用工信息,通过线上招聘会、网上招聘信息以及工作人员一对一对建档立卡贫困户、易地扶贫搬迁劳动力开展的岗位推荐确定的。

两架"包机"接来277名新员工

2020年2月28日晚上6点半,从贵州省铜仁市凤凰机场直飞苏南硕放国际机场的MU7720航班顺利抵达,这是昆山首趟"复工就业包机",来自铜仁市碧江区的144名务工人员将"点对点"入岗丘钛微电子科技(昆山)有限公司。约1个小时后,从云南临沧机场起飞的A67159航班降落在南京禄口国际机场,来自临沧市临翔区的133名务工人员有序下机,也将赴丘钛微电子科技(昆山)有限公司报到。两架"包机"共接来277名新员工,全程实现了从家门到舱门、出舱门入车门、下车门进厂门的"无缝衔接"。丘钛微电子科技(昆山)有限公司主要生产手机摄像头模组和指纹识别模组,出货量及销售额分别排名全球第三和第二。"政府为企业办了件好事，增强了我们战胜疫情、复工达产的信心和决心。"公司总经理王建强说，"用工保障跟上后，下个月就能满负荷运转。"

针对企业的复工难题，昆山想企业所想、急企业所急，相继开通"昆山号"专列、专车、专机。"为了满足丘钛公司增产扩能的用工需求，我们以'包机'形式接符合条件且有意愿来昆就业的务工人员，最大限度降低来昆运输的疫情传播风险，解决企业用工难题。"昆山高新区经发局副局长刘平说，"此次昆碧合作，不仅找到扶贫攻坚新模式，也有效缓解了疫情期间企业'用工难'和劳动者'就业难'的问题，通过精准实施东西部扶贫协作，实现了'昆山所需'与'碧江所有'的有效结合。"

"昆碧临三地'连线'，以'空中接力'的方式帮企业招员工，这在昆山是首次。"昆山市人社局相关负责人说，"企业有所求，政府必须有所应，特别是通过强化市区联动、部门联动，在第一时间协调帮助企业解决用工问题，同时通过核实人员身份、近期旅行居住史等信息，确保人员安全健康。"

在春节前后，昆山市与碧江区人社部门进户宣传推荐，吸引了近千人报名。最终，约有400名当地务工者达成就业意向，分三批搭乘"包机"前来昆山。

2020年碧江区第三批务工人员乘坐包机到昆山丘钛科技公司就业
（江苏省对口帮扶贵州省铜仁市工作队／供图）

"感谢昆山、感谢丘钛公司为我们贫困山区务工人员提供这样好的就业机会。"来自贵州铜仁桐木坪乡的刘姜维说,"得知招工消息,自己第一时间报名,接下来将用勤劳的双手帮助企业创造新的辉煌,同时争取属于自己的幸福生活。"

常思两地架起用工"鹊桥"

早在2019年12月,思南工作组开始着手谋划通过微信小程序开通网上招聘功能,计划在2020年"春风行动"现场招聘会期间同步实施网上招聘活动。经过1个多月时间的研究、开发、调试,经与两地人社部门充分协商后,搭载网上招聘功能的"思南常熟"微信小程序顺利面世,实现了疫情防控期间"春风行动"招聘会不断档。

此后,根据两地招聘企业和求职人员需求,联合苏州精诚网络科技有限公司搭建了云平台招聘平台,又开通了平台网上面试等功能模块,接续推出了"同心战役"网上专场招聘、常思劳务协作常熟人社专场招聘两次招聘会,实现了线上招聘三连发。

通过小程序,思南市民足不出户就可以获得常熟企业用工信息,网投简历甚至视频面试,实现了企业用人需求和务工需求的"云对接"。工作组还通过微信朋友圈将小程序精准推送给思南县18—60岁、铜仁市25—50岁的微信用户,提高了宣传效果。思南县双塘办事处桃园社区的杨勇,就是在朋友圈里看到招聘信息后,选择了常熟,如今在梅李镇天顺风电技术有限公司就业。

2020年,"思南常熟"招聘小程序陆续发布网络招聘会18期,吸引了苏铜两地321家企业入驻,提供了22426个就业岗位。组织并输送建档立卡贫困劳动力到江苏省稳定就业200人。

(文/邵群 朱新国 陈竞之)

文化教育

千里帮扶满园春

江南千条水，云贵千重山。所爱隔千里，山水皆可平。2017年，一纸《东西部扶贫协作助推脱贫攻坚合作协议》，让昆山与碧江结下了帮扶情。

对口帮扶碧江，昆山不遗余力。昆山派出对口帮扶碧江工作组驻点碧江，搭建东西部扶贫协作桥梁，尽昆山所能帮扶对接碧江所需，创新推出"七结对"的好经验，形成多元化、多层次、多领域的帮扶格局。

扶贫扶智，志智双扶。在昆山市对口帮扶碧江工作组的推动下，昆碧两地推出学校"广泛"结对，截至2020年5月底，昆山市36所学校与碧江55所学校结对，实现教育扶贫协作全覆盖。

昆碧携手育桃李，千里帮扶满园春。近年，昆山坚持"输血"与"造血"共举，实施资源共享、德育共管、文化共育，为碧江输入教学理念、培育人才队伍，打造东西部协作教育"样本"。

资金：阻断贫困代际传递

2020年5月29日，铜仁市第三十六小学，阵阵笑声，打破校园宁静。当天，学校迎来开学，搬迁群众望着新建校园，七嘴八舌说开了——

"有了这么好的学校，孩子肯定能通过学习改变命运，不像我们这一代那么苦了。"

"听说建学校,还有昆山的帮扶资金呢!"

"昆山不仅投入帮扶资金,还捐赠了5万册图书呢。"旁边,铜仁市第三十六小学校长罗芳接过话茬说道。

"有了党的惠民政策,有了昆山帮扶,咱们正光安置点的群众一定能阻断贫困一代接一代的传续。"搬迁群众龙兴激动地说。

碧江区正光安置点承接了松桃自治县、沿河自治县等县区的4404户19764名搬迁群众。通过易地扶贫搬迁,群众一步住上了好房子,快步过上了好日子。

住好房子,过好日子,还要让搬迁群众子女享受优质教育。碧江区在该安置点建设教育配套设施过程中,昆山市对口帮扶碧江工作组积极奔走,引来资金961万元用于第三十六小学的硬件建设。总占地60余亩、建筑面积24687平方米的现代化教学楼拔地而起,电教室、活动室等硬件设施齐全。首次招生,其中搬迁群众子女达1298人。

在昆山市对口帮扶碧江工作组的协调下,争取了苏州帮扶资金600万元,投入正光安置点幼儿园建设。望着设施完善的园区,园长杨玮玮说:"新建园区可容纳300多名孩子上学呢,孩子的梦想将在这里启航了。"

阻断贫困代际传递,昆碧两地还创新推出家庭结对"全覆盖"。借助民政、群团等力量,鼓励商会、协会等社会力量,推动昆山家庭与碧江贫困家庭结对帮扶。时至2019年,来自昆山的帮扶结对家庭达到200多家,为贫困孩子捐赠助学,托起孩子梦想。

截至2020年,昆山对口帮扶碧江的各类资金用于教育的近8000万元。其中,用于易地扶贫搬迁教育设施建设资金超7000万元,各类社会帮扶资金近1000万元。

此外,由昆山市对口帮扶碧江工作组主办的"亚香"夏令营活动已连续举办两届,共有50名碧江学生赴昆山,体验到昆山爱心企业"亚香"集团的浓浓爱心,增长了见识、拓展了视野。

输血：输入先进教学理念

"我打算申请延期挂职，我想我还有很多事没有做。"不久前，昆山援碧江教师、挂职铜仁市第八小学副校长刘坚给妻子打电话时说。电话那头，他的妻子沉默了一会儿："既然那里需要你，你就申请延期吧，家里一切有我，不必担心。"

刘坚老师参加昆碧论坛座谈会在会上作了主旨发言。刘坚是谁？昆山市柏庐实验小学党政办的主任，中小学一级教师。2019年，他带队赴碧江援教，挂职铜仁市第八小学副校长。2020年5月，挂职期满。昆山市教育部门批准了刘坚的申请，尽管他在昆山市柏庐实验小学是教学及管理的顶梁柱。

倾情教育帮扶，昆山不吝人才付出。

首先是输入优质师资。在昆山市对口帮扶碧江工作组的推动下，昆山市每年精选10名优秀教师分两批次进入第八小学参与学校管理，调整优化校务班子成员，完善学校顶层设计，统筹前沿教育资源。"组团式"教育帮扶实现了从"参与式"到"植入式"的转变，用昆山的教学长项与优势，实现教学资源最优化持续输入。

其次是植入优质教学。开展"同课异构"联合教学研讨活动，昆山教育局基于线上教育中心，以"空中研讨"为途径，"网授+面辅"为试点，将昆山柏庐实验小学的教研活动以直播形式呈现到铜仁第八小学的课堂上，通过相互研讨及学习交流，达成最优化的教学共识，共同促进教学水平，带动第八小学全校教师人人参与研讨。2019年该校获得全区教学质量奖、"先进集体"荣誉称号等。

再次是引入激励机制。帮扶团队精心组织学校班主任、德育导师参与入学前培训，完善班主任、德育导师工作实绩考核方案，开展"六项评比""最美班主任""最美班级"推选工作，树立师德师风先进典型，进一步规范班主任管理及推进班级常规管理水平。

造血：打造带不走的人才队伍

"输血"仅是着眼当下，而"造血"才是长远破题。为了给碧江打造带不走的人才队伍，昆山市援碧教育团队不遗余力。

青年教师方继章挂职铜仁市第八小学德育主任后，先后三次申请延期挂职。在课堂上，他创新使用Flash动画制作课件，通过图+文+音频的教学方式为课堂注入新风。课下，他向该校老师传授现代教育新技术，多位老师已学会使用Flash动画制作课件。

打破常规，注入新风。昆碧携手多措并举，为碧江打造带不走的教育人才队伍。深入课堂，示范引领全校教师。帮扶小组带来先进的教育理念，克服教材不同、学生情况不同等不利因素，主动适应和求变，不仅教好所授班级的学生，还带动全校教师的研讨风气，以攻坚克难、不怕吃苦的奋斗精神率先上好示范课，为老师们做好榜样。

同课异构，结对教师共同提高。昆山市教育局"组团式"帮扶小组以上展示课为抓手，为铜仁市第八小学的老师上好了一堂堂精彩的展示课。帮扶工作开展以来，共开展交流展示课80余次，有效促进了教育教学的课堂交流。

通过"一对多"即一名教师结对多名教师的方式，定好课题，深入进行研磨和探讨，认真传教，互听互学，共促提高。由两地教育部门轮流主办的"昆碧教育讨论会"，更成为两地教师学术交流、教学研讨的重要一极。

刘坚老师参加昆碧教育研讨会
（江苏省对口帮扶贵州省铜仁市工作队／供图）

从"输血"到"造血"，铜仁市第八小学教育质量实现华丽转身。2018年，该校教学质量为全区倒数第二名，自从结对帮扶以来，2019年，学校教学质量上升到全区第四名，得到碧江区委、区政府的充分肯定。

科技：撬动孩子科技梦

2019年，刘坚赴碧江挂职时注意到，学校因设备短缺、资源限制等多重因素制约，学生科技活动开展较少。

他看在眼里，急在心里。为此，他请来了昆山市青少年科技协会秘书长董洪峰，开展科技创新项目的交流活动。此后，在昆山市对口帮扶碧江工作组的主导下，该协会与碧江区10所学校签订了科技帮扶结对协议。

科技帮扶，为孩子插上科技梦想的翅膀。昆山市青少年科技协会向铜仁市第五小学、第八小学等学校捐赠了无人机及航模器材，并为学生进行了航模操控表演及航模体验课。

一张A4纸，撬动一个科技梦。在昆山市青少年科技协会的帮扶下，A4纸折叠的纸飞机项目成为碧江区小学的优质项目。2019年全国纸飞机嘉年华暨"放飞梦想"全国青少年纸飞机通信赛总决赛上，碧江代表团脱颖而出，取得一等奖28个，二等奖23个，三等奖21个，其中章思思同学在"纸飞机留空计时赛"中打破小学女子组全国纪录。

科技支教结出硕果，技术创新成绩不俗。昆山市退休教师、中国创新教育讲师团副团长金敏退而不休，发挥余热，赴碧江为学生们答疑解惑，挖掘碧江小学生的创意点子，辅导学生入围"全国小院士"评比比赛。

2019年11月，在广东佛山举行的第二十三届全国发明展览会"一带一路"暨金砖国家技能发展与技术创新大赛上，碧江区创新发明代表团获金、银、铜奖各一枚，其中碧江刘敏玲同学的《带纱窗的联动推窗》科技创新作品被评为青少年发明专项奖。

在昆山帮扶团队的推动下，铜仁市第八小学还通过强化家校合作、强化自主管理、强化宣教引导等举措，成立家长志愿者服务队为孩子上学放学护航，开展学生文明习惯"五个好"——"走好路、说好话、上好课、吃好饭、乘好车"活动，培养学生良好的行为习惯，规范学生日常行为，让孩子快乐健康成长。

碧江区教育局党组书记、局长陈秀国说，昆山来碧江挂职的教师们通过参与学校教学管理、承担学科教学、指导教研活动、开展示范观摩课、专题讲座和学术报告等形式带来了先进的教育理念、管理经验和教学方法，促进了碧江教育的内涵发展。昆山与碧江两地教育领域全方位、多层面协作，实现优势互补，合作共赢，打造东西部扶贫协作"教育"样本。

昆山赴碧江区挂职区委常委、副区长孙道寻说，昆碧两地教育帮扶协作，从市区学校结对起步，到乡镇中心小学结对全覆盖，并集中力量对第

碧江区昆山俊龙航模科技社团参加全国纸飞机比赛合影留念
（江苏省对口帮扶贵州省铜仁市工作队／供图）

八小学进行组团式帮扶，形成了点面结合的帮扶新局面。下一步，还将推动两地教育部门和学校开展多元化的协作交流，进一步探索扶贫与扶志扶智相结合的教育帮扶新模式。

（文／郭进　刘煜妤）

心中有爱　山川无阻

"莫厘峰下，书声琅琅。今有嘉宾，诚意来访；承继武陵，文化悠长……"

吴中区位于江南水乡的太湖之畔，德江位于武陵深处的大犀山下，两地相距近1500公里，山重水隔。

2017年，因一纸《东西部扶贫协作助推脱贫攻坚合作协议》，苏州与铜仁两地扶贫结缘，吴中与德江在这场"联姻"中结下对子，为培"桃"育"李"之事协作共进。

三年来，吴中尽其所能帮扶德江所需，引导社会各界力量参与对口帮扶工作。坚持"输血"与"造血"并施，为德江输入扶贫资金、改进教学理念、培育人才队伍，形成多元化、多层次、多领域的帮扶格局。通过与德江县59所中小学结对帮扶，为助力德江县教育事业发展助推脱贫攻坚，添加了浓墨重彩的一笔。

注资金，完善教学设施

2020年6月22日，德江县楠木园社区，第七幼儿园里荡漾着阵阵欢笑。教室里，小班学生杨远浩和小朋友们正在玩堆积木，一张张灿烂的笑脸上洋溢着童真。

"能在这么好的学校上学，而且离家近，小远浩可享福嘞。"离放学时间还有半小时，远浩奶奶陈书香已早早地来到校门口等待。

两年前，远浩一家还住在桶井乡的偏远山区。通过易地扶贫搬迁政策，一家人搬迁到楠木园安置点。"十三五"期间，来自德江各乡镇的8370名搬迁群众和小远浩家一样，通过易地扶贫搬迁来到楠木园安置点，住上了好房子，过上了好日子。

搬进新家过上了幸福生活，可小远浩眼看就到了上学的年纪，怎么办？

校园建设及时跟上。德江县在该安置点建设教育配套设施的过程中，吴中区对口帮扶德江工作组积极奔走，引来资金400万元用于第七幼儿园的硬件建设。

"有了党的惠民政策，加上吴中区的帮扶，如今咱楠木园安置点出门便是学校，孩子上学很方便。"第七幼儿园园长张珺激动地说。

阻断贫困代际传递还得从教育抓起，东西部协作资金发挥了大作用。幼儿园建筑总面积4800平方米，2019年8月竣工，9月2日正式开班办园投入使用。有效解决了282名易地扶贫搬迁幼儿享受城区幼儿园的优质教育和环境的问题。

不仅于此。在吴中援德工作组的协调下，2020年为德江争取了东西部协作帮扶资金1450万元，投入德江县第八中学项目建设。

"2020年受疫情影响，耽误了不少时间，不然进度应该会更快。"德江教育局派驻到工地负责推进项目进度的工作人员冯松说，"综合楼、教学楼、宿舍等建筑主体已完工，很快便可投入使用。"

随迁子女的入学教育问题是头等大事，东西部扶贫协作资金无疑是雪中送炭。学校建成后可容纳1800人，为楠木园社区的随迁子女提供便利的就学条件，孩子们的梦想将在这里启航。

输人才，优化师资队伍

2020年6月22日上午9时，雨水滴滴答答打在雨伞上，形成水流顺着伞沿滑下，徐勇和往常一样，沿着熟悉的路线来到熟悉的地方——德江县第二小学。

但和往常不一样的是，这次可能是他最后一次走这条路了。因为第二天他就要返回吴中，回到来时的地方。带着几分留恋和不舍，他从操场到楼梯再到走廊和教室，把这个满是记忆的地方走了个遍。

徐勇，苏州市学科带头人、吴中区吴中实验小学高级教师。2019年8月，他带队赴德江援教，挂职德江县第二小学副校长。2020年5月，挂职期满。本可如期返乡，但因帮扶工作，他向吴中区教育部门提出多留一月的申请。

"徐校长和帮扶老师们来的时间虽然不算长，但在他们的帮助下，我们启发良多，教学方式和管理都得到了很大提升。"德江第二小学校长崔国芝说。

教育的力量能彻底阻断贫源，从根本上阻断贫困的代际传递。在吴中区对口帮扶德江工作组的推动下，吴中区每年精选10名优秀教师分配到德江县展开帮扶，参与学校优化校务班子成员，完善学校顶层设计，统筹前沿教育资源。

2019年8月，在吴中区—德江县教育"组团式"帮扶工作座谈会上，德江第二小学对帮扶工作提出期望：围绕如何开展课题研究、学校综合实践活动、阅读课教学活动、集体备课等课题进行，最大限度地发挥帮扶教师的特长，留下最宝贵的经验。

吴中帮扶组全体成员本着"德江所需、吴中所能"的精神，积极融入受援学校，运用吴中先进教育理念参与学校管理工作，提升受援学校的管理水平和办学质量。吴中"组团式"教育帮扶实现了从"参与式"到"植入式"的转变，用吴中的教学长项与优势，实现教学资源最优化持续输入。

传理念，提升教学水平

授人以鱼，更要授人以渔。帮扶德江，吴中教师队伍不吝输入先进教学经验和管理理念，为德江教育事业注入新动能。

德江第二小学挂职副校长徐勇在开展"交通标志"课题时，经常到路边去拍摄相关的图片，让教学与学生的生活相融，引导学生在自己熟悉的场景下学习。积极实施真实课堂，力求教学素材贴近学生生活。

吴中学科骨干教师利用自身的专业优势，打破常规，注入新风。与德江教师交流促进，推动德江学校课堂教学改革，提升教育教学质量。

苏州市吴中区尹山湖实验小学苏敏磊副主任，在德江第二小学参与学校德育工作。他与二小老师一起制定德育计划，参与学校教研活动并评课，开展题为"浅谈班级管理"的德育专题讲座，认真上好每一节综合实践活动课，深受学生的喜爱。

来自吴中区碧波实验小学的吕妍老师走进课堂，与结对帮扶的老师同题异构，上好示范课。与组内老师交流自己的备课流程以及设计过程，交流自己在课后的困惑，改进不足之处。

支教老师徐勇与德江第二小学学生在一起（徐勇／供图）

苏州市吴中区东山莫厘中学林森涛副主任在德江县第四中学听取数学组全部老师的课，并一一进行指导，针对课堂教学的情况，开展"让教学真正有效"专题讲座。

2019年12月，徐勇联系了吴中苏苑实

随迁子女在课堂上认真上课（田勇/供图）

验小学、碧波实验小学、吴中实验小学三所比较有特色的学校，带着德江第二小学老师们参观学习，体验"一校一品"——独特校园文化。徐勇老师的牵线搭桥，让参观老师领略到了吴中教育的精华所在。

苏苑实验小学的阅读教学，让整个校园都充满浓郁的书香气息；碧波实验小学的科技教育，激励着碧波学子探索科技；吴中实验小学的智慧教育，打造着"秀外慧中"的"六好"少年。通过交流，德江二小参访老师们启发良多，在教学方式和管理理念上，有了更多新的提升和想法。

引来吴中"活水"，浇灌傩乡"桃李"。东西部扶贫协作，从"输血"到"造血"，德江县教育事业迈上新的台阶。

（文／田勇）

姑苏千里送雨露

"加油！加油……跑快点，再跑快点，到了耶……"2020年6月23日，走进江口县凯德民族学校，一年级（1）班的孩子们，正在体育老师的带领下上室外体育课。课上，孩子们做短跑、游戏、素质练习，内容丰富，教师寓教于乐，孩子们兴致高昂，40分钟的课程，虽个个满头大汗，但意犹未尽。

"要是在一年前，我们的孩子哪有这么好的环境哟，还有专职的体育老师开展体育课。"该校党支部书记、校长杨政源聊起前后的教学环境和课程变化，心里充满了希望。

江口县凯德民族学校，于2018年3月动工，2019年10月完工并投入使用。总投资10343万元，占地34987平方米，容纳师生1396人。凯德民族学校的建立主要是为了解决凯德街道张家湾和洞湾两处易地扶贫搬迁安置

江口县凯德民族学校的学生正在体育课上练习短跑（周济／摄）

点，及周边金钟社区、朝阳社区和进城务工随迁子女入学问题的。

然而，学校动工修建到中途，由于项目资金困难，给新学校顺利推进带来了一定困难。但是，当地县委、县政府及教育部门通过与江苏省姑苏区签订结对帮扶协议，仅2019年就得到苏州市姑苏区帮扶资金1641万元，2020年又追加1500万元用于完善学校教育教学功能，给项目快速完工，起到了推动作用。

学校建设好了，硬件设施也齐全了，师资力量的"软件"却不达标。

2020年年初，为解决师资力量问题，该校在当地教育部门的帮助下，积极与姑苏区教体文旅委取得联系，寻求师资方面的帮助。姑苏区教体文旅委委派了苏州市金筑实验小学朱凯、苏州市敬文实验小学王晶磊及苏州市三元实验小学王茵等教育经验丰富的优秀教师对江口县凯德民族学校进行教育"组团式"帮扶。帮扶期间，朱凯挂职该校副校长，主要分管学校艺体教学，推广艺体特色课程，以带来新的教育理念和教学经验。

"每个孩子都有闪光点，有的虽然文化成绩差一点，但是，他们热爱体育、美术、舞蹈或音乐，在他们身上总能找到与众不同的优点和特长，我们应该给他们更多的机会和平台，让孩子们在成功中收获快乐，在努力中获得成长。"朱凯说，"这里虽然大部分是大山里搬迁过来的孩子，但是，他们在艺术、体育等方面的天赋一点也不比城里孩子差，应该得到尊重和重视，也值得去挖掘和培养。"

也只有这样，才能培养出更多优秀的人才，也才能改变更多孩子和家庭的命运，这就是我们教育扶贫的意义与核心所在。

与江口凯德民族学校一样，该县第三幼儿园，也得益于东西部协作、结对帮扶政策的惠顾。2018年，当地政府在梵瑞社区易地扶贫搬迁安置点旁边，新修了能容纳18个班540人的幼儿园。该幼儿园总投资2200多万元，其中有333.8万元来自于东西部扶贫协作项目资金。

幼儿园建成后的开园初期，由于师资力量极为薄弱，在团队管理和建

文化教育

苏州市虎阜实验幼儿园支教老师任琴芳正在江口县第三幼儿园上课（周济／供图）

设上，缺乏经验。正当一筹莫展时，前来支教的苏州市沧浪实验小学附属幼儿园周倩岚、苏州市虎阜实验幼儿园任琴芳、苏州市杨枝小学附属幼儿园徐翠凤等骨干教师在当地教育部门的热情推介下走进第三幼儿园，帮助该园成功度过艰难时期。

"一开始，我也是一头雾水，缺乏管理经验，周老师帮助并教会我们处理很多难题。"该园园长杨华敏说。正是有了周倩岚老师们先进的"东部经验"，才使得该园在教学、教师管理等诸多方面的问题得到了解决。

2019年11月，在幼儿园正常运行后，杨华敏又到姑苏区虎丘、实验、二幼和三幼学习一周。

"虽然只是一周，但是启发很大。"杨华敏说，东部地区重视孩子的独立性、自主性，同时，教学以孩子的兴趣为导向。相比之前的"大包大揽"，以教材或书本内容为导向，孩子更容易接受，也更容易启发孩子的思维。之后，该园也改变了以往的教学模式，把最先进的教学理念和经验，运用到实际的教学课程中。

扶贫先扶智，扶智先扶教育！江口凯德民族学校和县第三幼儿园，结下的累累果实，正是国家东西部协作、结对帮扶在江口县教育事业中的代表和缩影。

2017—2020年，姑苏区竭尽所能，帮扶江口教育，引导社会各界力量参与对口帮扶工作。坚持"输血"与"造血"并施，为江口输入扶贫资金、教学理念、培育人才队伍，形成多元化、多层次、多领域的帮扶格局，助推江口教育均衡优质发展。

截至2020年，江口县34所中小学与姑苏区22所学校签订了"一对一"结对帮扶协议，为助力江口县教育事业发展，助推脱贫攻坚，添加了浓墨重彩的一笔。

（文／周济）

留下"带不走"的师资队伍

仲夏时节,铜仁市第四小学课堂上,教师刘淑芳正在讲课,看着台下听得津津有味的学生,她笑呵呵地说:"从苏州老师那儿学来的教育理念和教学方法,真令人受益匪浅。"

铜仁市第四小学位于铜仁市万山区,由原铜仁市逸夫小学整建制搬迁而来,新校于2015年9月开学。这所年轻学校,教师也大多年轻,教学经验较为欠缺。

苏州高新区援万教师华芳芳正在进行送教下乡系列活动(杨芷若/供图)

如何实现教育"提质增速"？东西部扶贫协作带来了契机。

2018年，苏州高新区与万山区两区教育部门签订《教育结对共建协议》《组团式教育帮扶协议》《教育对口帮扶工作计划》，苏州高新区派出"组团式"教育帮扶团队来万支教。

以苏州高新区实验小学教育集团为龙头，苏州教育帮扶团队将铜仁市第四小学作为主要帮扶对象，在教学需求、团队组合、师资培养、课堂教学、帮扶方式等方面，实现先进教育理念植入、先进管理经验落地、先进教学制度生根。苏州高新区最优秀的帮扶教师到来，为铜仁四小的教育发展注入源源不竭的动力。

从细节中抓管理、从研判中促管理、从特色中强管理，苏州高新区教育局选派的行政管理老师首先发力，通过提建议、共享教育资源、开办"校长成长营"活动等方式，为万山教育管理系统提供新思路。

既要抓管理，也要抓教学。随着深入课堂，全面接触教学，帮扶团队发现了很多共性问题：学生习惯差、基础知识薄弱、家长重视不够、教育理念落后。同时，校园安全意识、服务意识、教师培养、家长培训等方面也都存在短板。

"冰冻三尺非一日之寒"，教书育人无法一蹴而就。帮扶团队的老师们清晰定位，要解决万山教育发展问题，最重要的是结合实际、注重实效。课上认真教学，课后悉心辅导，帮扶团队老师们对每一个孩子的学习状态给予关注，也给予更多时间和空间让孩子们学会思考和表达。

为提升学生综合素质，帮扶团队的老师还先后开设万山区小学数学、英语和中小学美术名师工作室。根据万山学生现状，学科工作室分别以培养数学思维、促进英语词汇自学能力、提升想象力等项目研究为切入点，线上线下平台同步实施教学。

随着帮扶成果日渐丰硕，2019年下半年以来，苏州高新区"组团式"教育帮扶团队坚持"立足四小、帮扶周边、辐射万山"的目标，以问题为导向，帮助城区及周边学校教育质量整体进步。

30多节各年级公开课、多次送教下乡、40多个区级和校级讲座、2个省级乡村名师工作室、10万元贫困学生扶贫经费、3.6万元器材捐赠……这一串串数字，是教育帮扶团队含辛茹苦的付出。

请进来的老师带来了新的资源和经验，也让在校的老师们得到更快进步的机会，"自我造血"能力明显加强。

牢牢把握东西部对口帮扶协作的政策机遇，万山既"请进来"，又"走出去"。积极选送区域内的老师至苏州高新区进行学习深造，由他们带回来更多先进的教学理念和经验，助力万山教育再提速。

自2016年以来，万山已累计获得苏州高新区教育帮扶资金4984万元，36所中小学、幼儿园与苏州高新区36所中小学、幼儿园建立了一对一结对帮扶关系，实现了两区中小学、幼儿园结对帮扶全覆盖。

同时，万山共选派了120余名校（园）长及骨干教师到高新区各学校进行跟岗学习，全区校园硬件设施得到明显改善，教育教学质量得到显著提升。

通过实施"造血"式帮扶，苏州高新区教育帮扶团队在万山打造了一支"带不走"的师资队伍。两区合力，如今万山教育工作已开创出崭新的局面。

（文／陈阳）

职教帮扶的创新

2020年6月24日,沿河自治县中等职业学校,经雨后洗涤,校园显得格外美丽。各班教室里,一名名青涩的学生,正好奇地和老师们一起探索有趣的技能操作原理。

"现在每个班最多有20—30名学生,经轮流操作,让每名学生都能参与到实训中来,而不是像以前实行大额班,几个学生操作结束后,剩下的大多数学生都没机会动手操作。"该校汽修专业王发明老师说。此时,班里的学生仍站在桌前,继续熟悉汽车底盘构造维修操作的流程。

"组团式"专家在与沿河职校汽修专业教师进行专业建设研讨(沿河职校/供图)

2019年4月，王发明和其他三位教师被学校派遣到张家港跟岗学习，同时他还带着学校6名学生到张家港第三职业高级中学和中等专业学校进行近一个月的汽车机电维修、汽车车身修复等技能学习。

"张家港这边新的教学理念和方式，正是我们所欠缺的，值得学习借鉴。"一个月的时间，让王发明和学生们大开眼界，实训课和理论课同步进行，课程设置相对集中，实验室设备能保障每位学生的操作学习需求等，这些都是值得借鉴的。王发明在思考两边的差距，以及如何"因地制宜"地运用到乌江河畔中来。

从2017年，张家港市对沿河自治县的职业教育开展帮扶以来，用职教人才交流式帮扶和职教"组团式"帮扶方式，让这个大山里的贫困学子更好地实现读书梦、成才梦和就业梦。

2017年11月，"张家港·沿河助学帮扶基金"成立暨首批基金捐赠仪式在沿河中等职业学校举行，首期100万元，重点帮助沿河贫困学生解决就学困难，加强职业技能培训。后来，张家港市又投入职教帮扶资金105万元，给学校用于购买实训设备。

2018年5月，沿河中等职业学校与张家港市东渡纺织集团的校企合作进入深度合作层面。东渡纺织集团捐赠给学校70台服装设备，开办东渡纺织服装班，该班学制为2+1模式。企业还派遣一名技术骨干长期在沿河中等职业学校做外聘教师，教学生服装设计与工艺课程。学生在三年级时去东渡纺织集团

"组团式"专家（后排左起1—3）深入课堂听课
（沿河职校／供图）

实习，实习有工资。毕业后，可以选择去东渡纺织集团就业。

张家港市给沿河自治县培训了职教人才，输送了专业设备，捐赠了助学、助校资金，使沿河自治县的职业教育得到了长足发展。

此外，2019年8月，张家港市教育局派出职教"组团式"专家到沿河中等职业学校，开展"多对一"的、更精准的帮扶。"多对一"帮扶指多个学校、多个人对一个学校、一个领域的帮扶。

专家们通过了解实际情况，查汽修专业实训室管理制度，看实训室设备情况，深入课堂听汽修专业老师的课；完善管理制度、修订人才培养方案；规划实训中心，制定建设方案……对沿河中等职业学校汽修专业建设和实训中心规划建设开展帮扶。

"我们要在沿河中等职业学校复制一个带不走的汽修专业团队。""组团式"专家卢庆生承诺道。

2019年，沿河中等职业学校成为贵州省第二批中职强基工程建设项目学校，强力打造农艺专业和汽修专业，首期建设资金500万元，计划300万元用于汽修实训中心建设。"组团式"专家为其量身定制，拿出了实训中心建设方案。实行"一对多"式帮带，打造专业团队。

为了兑现这个承诺，"组团式"专家深入课堂，听完了所有汽修专业教师的课，每次听完课都要及时组织汽修专业教师评课、研讨，肯定成绩、指出不足、指导如何做。查勘汽修实训室、盘点实训设备，规划汽修实训中心，设计出平面规划图，多次与铜仁城乡建筑设计院设计员实勘、研讨、沟通，以便尽快使项目落地实施。专家们融入了沿河职校，参与学校重大活动，参与汽修专业一切活动，参与机电专业（沿河职校和张家港中等专业学校联合办学）共建工作，参与全校师生志愿服务活动。

"帮带分为三组，一组由我帮带四个教师，两个是实训中心管理人员，指导实训中心建设和管理；另两个是汽修专业骨干教师，指导班级建设能力。"卢庆生介绍，这种"造血式"帮扶能在"输血式"帮扶的基础上，带来更加直接的效果。

张家港市在"组团式"帮扶的同时，继续从资金上帮扶沿河职校。2020年，105万元助学资金和100万元助校资金已经到位。助学资金将继续资助建档立卡贫困生和非建档立卡贫困生、单亲生、残疾生等，助力沿河脱贫攻坚，助力沿河职校发展壮大。

助校资金特别用于工业电气实训室，它是为了进一步深化、推动沿河职校和张家港中等专业学校联办专业——机电技术应用健康发展而建设的。经过"组团式"专家与沿河职校领导、专业教师的商讨，大家一致认为，机电技术应用专业学生前两年在沿河职校着重学习公共基础课程和电气安装与维修课程，后一年到张家港中等专业学校学习机械安装与维修课程。这就为后续两地、两校的长远帮扶与合作奠定了办学基础。

张家港市帮扶沿河职校从人才交流式帮扶提升到"组团式"帮扶，变"输血式"为"造血式"，由全面领域深化到重点领域，真正使帮扶的重点领域做大、做强，留下一个张家港式的教学团队，让张家港精神在沿河职校甚至沿河自治县永久流传。

（文／施平）

沿河读书娃的"十二时辰"

乌江畔的沿河自治县政府广场,是夜幕下沿河县城最热闹的地方之一,霓虹闪烁,音乐飞扬,舞姿翩跹,一片欢腾。

广场上有一座明亮的玻璃小屋,隔音玻璃幕墙将这个小小的空间与外面的喧闹隔开,屋内图书满架,小朋友们围坐在书桌旁静静地阅读。这座玻璃小屋,是沿河县城一道特别的风景——融公共图书馆和志愿服务工作站于一体的24小时"新时代文明实践驿站"。走进这座玻璃小屋,仿佛瞬间穿越1500公里,来到了"书香苏州"。

爱读书,沿河娃娃们很"饥渴"

晚上8点多钟,记者来到这座驿站。有七八个小朋友正在里面读书,他们基本上都是自己来的,个别年纪太小的有家长陪着。这里采用注册会员制,无论是本地人还是外地人,只要凭身份证就能注册成为沿河自治县图书馆的读者,注册成功后,通过刷脸、微信扫码或者刷读者卡等方式进入驿站。

管理员说:"孩子们很安静、很专心,偶尔互相交流时也尽量压低嗓音,读完一本,轻手轻脚地从凳子上起来,把书放回书架上的原位。"

这所驿站特别受到孩子们的欢迎,每天至少有一百多个孩子来读书,周末、节假日时有两三百个,寒暑假时基本天天客满。平常周一到周五上课时,有些孩子利用中午休息时间也会来看一会儿书。

长江边的"驿站"飞到乌江畔

2013年5月，全国首个空间型24小时自助图书馆在张家港市梁丰社区建成，与自助借书机相比，自助图书馆不仅可以借书，还可以坐下来读书、开展活动，更有人情味，更贴近百姓阅读需求。2014年，张家港在建设购物公园图书馆驿站时，同时在边上建设志愿者驿站，两个驿站连为一体，在空间上又彼此独立。

自2017年3月张家港市与沿河自治县正式建立东西部扶贫协作对口帮扶关系以来，张家港市始终坚持发挥首个县级全国文明城市的带动作用，以促进人的全面发展理念指导扶贫开发，把扶贫与扶志扶智相结合，着力推动文明共建，激发贫困群众脱贫思进、崇德向善的内生动力。

2018年，张家港市捐建了沿河自治县首个24小时图书馆。2019年，张家港市又在沿河自治县捐建了两座24小时图书馆，根据当地实际情况，将志愿服务工作站的功能嵌入了这两个图书馆，图书馆同时也是宣传新时代中国特色社会主义思想和社会主义核心价值观的窗口，因此被命名为"新时代文明实践驿站"。

附近小学的孩子们在读书（高戬/摄）

24小时"土家书房"位于沿河自治县民族文化广场，建筑面积26.25平方米，藏书3000册；位于县政府广场的24小时"新时代文明实践驿站"建筑面积60平方米，藏书4100册；位于民族风情街的24小时"新时代文明实践驿站"建筑面积40平方米，藏书3100册。

截至2020年4月30日，已经正式运行的24小时"土家书房"和"新时代文明实践驿站"新增文化志愿者41人，设计并实施文化志愿服务项目5个，收集市民需求82条，参加文化志愿服务450余人次，服务总时长5436小时，惠及市民1800人次；注册读者总数4836人，其中建档立卡贫困人口351人，接待读者96157人次，沿河城区共有常住人口17万余人，相当于人均利用驿站0.56次；外借图书18048册次，总藏书9000册，平均每册图书外借2次。

两个领域与东部沿海齐头并进

2020年5月21日，两个易地扶贫搬迁安置点24小时"新时代文明实践驿站"和一个"新时代文明实践志愿服务指导中心"在沿河自治县启用，"志愿沿河"网同步运行。这是张家港市送给沿河广大群众的又一"文化大礼"。

两个易地扶贫搬迁安置点24小时"新时代文明实践驿站"分别位于官舟镇和舟社区和思州B区黄板社区，面积分别为95平方米、130平方米，藏

沿河自治县政府广场24小时"新时代文明实践驿站"外观（高戬/摄）

书各5000册，都采用智能管理24小时开放。两个安置点共有易地扶贫搬迁人口10229人，3—16周岁学生2875人。两个安置点周边共有5所学校，学生8923人。24小时"新时代文明实践驿站"和"新时代文明实践志愿服务指导中心"同时也是校外教育基地，在为安置点居民服务的同时，重点为安置点及周边学校学生提供服务。

驿站的隔壁，是沿河自治县"新时代文明实践志愿服务指导中心"，具有接待、志愿者管理、志愿活动审核发布、志愿服务成效展示等功能，是全县新时代文明实践志愿者的注册、管理、指导中心。在捐建硬件的同时，张家港帮助沿河修订完善了注册登记、志愿礼遇等一系列志愿服务管理制度。

中心工作人员杨佳桔介绍，张家港市专门帮助他们开发了"志愿沿河"网站和微信小程序，网站和小程序融志愿者注册、志愿团队招募组建、群众需求发布、志愿者自动积分等功能于一体。"最先进的是，网站和小程序结合了电子地图，群众发布需求后，会自动在地图上形成坐标，志愿者点击坐标即可认领，还具有导航功能。"

杨佳桔感慨地说，沿河在公共阅读服务和"互联网+"志愿者工作方面，已经实现与东部沿海地区齐头并进。

（文／高戬　张帅　范群　杨林　王安宏）

教育"组团式"帮扶成全国示范

2018年8月，玉屏自治县平溪镇紫气路上诞生了一所新学校——玉屏侗族自治县第一中学，绝大部分学生都是少数民族。但其与众不同之处在于，聘请了太仓教育系统的三名骨干组成学校的管理团队。校长陆振东、副校长严卫中、校长助理兼政教处主任方志文，三人此前分别是太仓市实验中学校长、太仓市第二中学副校长、太仓市实验中学原德育办主任。

由太仓市精心选派校级领导班子，直接把优质教育管理理念复制到玉屏，组建首个东西部"联姻"的教育团队，打造一支"带不走的优质师资队伍"……两地创新教育协作模式结出硕果。2019年6月，国家发改委将玉屏自治县教育"组团式"帮扶作为第二批新型城镇化试点经验在全国推广。

玉屏侗族自治县是贵州铜仁武陵山区集中连片特殊困难片区县之一，按照中央东西部扶贫协作部署，太仓市对口帮扶玉屏自治县。自2017年10月，江苏省对口帮扶贵州省铜仁市工作队玉屏自治县工作组（以下简称"玉屏县工作组"）成立以来，太仓、玉屏两地紧紧围绕玉屏贫困人口脱贫这一中心任务，突出重点领域，深化协作内涵，全面推进东西部对口帮扶各项工作，取得了喜人成果。

来到玉屏一中后，陆振东和同事们做的第一件事，就是全面推行"导学案"，将"小组合作"融入课堂教学。这种新型教学模式启迪了该校师生的思维，有效提高了课堂效率。该团队还提出"资源共享，聆听窗外的声音"教师学习模式，并引进优质师资，如太仓骨干教师、意大利足球教练、美籍华人教师等，每月至少两次到校开展课堂教学、开设相关讲座。

同时，玉屏一中也为教师提供大量外出学习的机会。"几个月下来，教师的视野和能力都有所提升。"陆振东表示。

管理团队把"家校合作"当作德育教育的重中之重，引入太仓家庭教育经验，定期召开家长会，设立家长开放日，组建校级、班级家长委员会，邀请太仓家庭教育高级指导教师来校辅导，率先在全县筹建家庭教育指导项目。仅2018年，已有33批次181名太仓教育系统干部和骨干教师在玉屏开设36场专题报告和学术讲座，做了73节示范课教学。截至2019年8月，学校共组织了"资源共享，聆听窗外的声音"优质资源共享活动18期，讲座24场，交流课44节。每次活动，玉屏自治县教育局均组织全县中小学相关教师参与，参与人数近8000人次，促进了外来优质资源惠及面的最大化。他们传播课程教学的科学理念及方法，促进两地教育同频互动、同步研习，实现两地教育的深耕交流。

短短一年，玉屏一中已成为玉屏教育的一颗璀璨明珠。整个教育管理和教学团队面貌焕然一新，实现了四个改变：一是改变了课堂，小组合作显成效；二是改变了教师，能力提升有底气；三是改变了家长，家校协作一股绳；四是改变了校貌，掀起一中择校热。在2018—2019学年第一学期可比性期末检测中，玉屏一中三个年级所有学科平均分均位列全县第一，优秀学生比例均排名全县第一，教育成效突出。

一枝独秀不是春，百花齐放春满园。2018年底，两地建立结对帮扶学校已达20所，实现了学段全覆盖。2018年，玉屏教育系统分26批次共选派167名干部和骨干教师，赴太仓进行专题培训和跟岗学习。在直接援助方面，2018年，太仓投入帮扶资金100万元，用于新建玉屏兴隆幼儿园；太仓村企联合捐资40万元，用于黔东民族寄宿制中学"职工之家"建设和大龙镇中心完小校园文化建设；太仓帮扶学校为玉屏受援学校捐资捐物16.9万元，资助贫困学生；太仓民间爱心人士也开始把目光投向玉屏，他们主动联系品学兼优的贫困学生进行资助。

太仓职业教育以德国"双元制"的本土化实践闻名全国。2018年，太仓启动实施"职教富民"协作行动。设立150万元专项资金，实施"千人工匠"计划，对贫困村农民工开展职业技能专项培训。太仓和玉屏两地中等职业学校开展深度教育协作，在玉屏职校汽修、数控两个专业实施"现代学徒制"改革试点，帮助其制定人才培养方案和课程标准、建设实训基地等，支持玉屏职校教师参加"中德职教合作项目"专项培训，组织玉屏学生到太仓参加专业模块化培训。

为扩大"组团式"支教帮扶的经验推广，2019年4月，玉屏自治县教育局将义务教育一体化改革载体中的初中教育联盟的牵头学校变更为玉屏一中，联盟理事长也变更为陆振东。至此，这一经验正在快速、全面地向县域内的黔东民族寄宿制中学、大龙中学、田坪中学和大部分小学辐射，县域内中小学的教育管理模式、教师成长、学生行为发生了质的改变，东部优秀的管理理念已在玉屏大地上生根并茁壮成长。

（文／潘朝晖　顾志敏　王俊）

爱心汇聚思南（上篇）

爱心人士主动结对思南困难儿童有一帮一，爱心企业盖楼捐款出物出力——听说有失学的孩子，常熟人振臂一呼应者云集，"常"字头爱心品牌遍及思南的角角落落。

一个妈妈三个娃

沈彩红可能是常熟助学思南第一人。2006年，她还是蒋巷村幼儿园一名幼儿教师，那时刚刚学会上网。一天，有个思南网友告诉她：在贵州省思南县大坝场中学读书的杨家姐弟母亲早逝，全家生计仅靠伐木工父

太仓市"组团式"教育帮扶团队与玉屏一中教师合影
（江苏省对口帮扶贵州省铜仁市工作队／供图）

亲用微薄的工资维持，姐弟俩思想上进、学习成绩又好，始终怀揣着大学梦……她心头一颤，萌发了资助姐弟俩学习的想法。第二天，她就联系上了姐弟的父亲老杨。

此后，沈彩红一直坚持资助杨家姐弟，不仅每年按时汇出2000元学费及在校住宿费，还主动帮姐弟俩买了学习用品、衣服、手提电脑等。姐弟俩也将沈彩红当成妈妈，平时在生活或者学习中碰到问题，他们第一个想到的就是这位"常熟妈妈"。2009年，沈彩红调到村委会工作后，工作更加繁忙，可她始终牵挂着千里之外的两个思南娃。2010年夏天，她帮姐弟俩购买了机票，让他俩第一次坐上飞机，来到繁华的江南。那一年，沈彩红带着姐弟俩参观了蒋巷村，参加了村里的暑期活动，游览了虞山、尚湖、沙家浜，还去了上海世博会，孩子们开了眼界，在心里种下了更远大的梦想。在沈彩红坚持不懈的经济支持和精神鼓励下，姐弟俩终于圆了大学梦。

2011年姐姐考上了上海商学院，2012年弟弟考上了东南大学。问孩子为什么选择这两所学校？他们说，为了能和沈阿姨离得近些……

而姐弟俩到大学报到时，沈彩红就提前到达了，将他们的行李一个个拎到宿舍。一朝帮扶，十载牵挂。让沈彩红最感欣慰的是：如今姐弟俩长大成人，姐姐成为一名教师，弟弟考上了清华大学博士研究生，而这并没有为沈彩红的助学行动画上句点。

2018年，当听说大坝场中学一个失去了爸爸的女孩需要帮助时，沈彩红再一次伸出援手。当记者问及往事，她不愿意多说，谦虚地说这只是一件微不足道的小事，只是希望在遥远的山村里少一些可怜的孩子。

帮忙就要"帮到底"

在思南县许家坝镇胡家寨村，一个叫森森的孤儿，因"常思爱心会"的到来而改变了命运。2016年，爱心会发起人张赟在走访中第一次看到森森：一个四面漏风的茅草房，一个脏兮兮的男孩窝在角落，不愿跟人说话。一问才知道，森森举目无亲，爸爸妈妈、爷爷奶奶都已离世，他平时在村里吃百家饭，晚上一个人睡在茅草屋里。走访结束后，张赟和"常思爱心会"马上和当地政府工作人员联系，同时着手在常熟当地发动个例帮扶，为他捐款捐物……

2019年10月，当张赟带着爱心人士再度回访时发现，森森住的房子已经修好，水泥路通到了家门口。森森也变了，他从一个内向的孩子，变得有说有笑，成绩直线上升，甚至谈起了想要考重点中学的梦想。

张赟说，这就是"常思爱心会"成立的初衷——团结常熟爱心人士的力量，帮助思南县困难儿童完成学业，改善生活。"常思爱心会"是一支从常熟进入思南帮扶的民间力量。

2016年初，张赟到思南旅行时，看到了让她感到心灵震撼的一幕幕场景：在摇摇欲坠的土屋里，有尚在幼年的孩子不能温饱，与爷爷奶奶相依为命；有学龄儿童家徒四壁，因父母无力承担上学费用而辍学在家；也有正值十六七岁青春年华的少年，却已背上生活的重担，挣着微薄的口粮。她觉得生活对这些孩子太严苛了，尤其是每当问及孩子们想不想上学时，孩子们总是异口同声地说想上学，这让她每每要动情落泪。

回到常熟，张赟和身边的几个爱心人士开始了零散的助学。他们找到思南县团委，想帮助思南县的困难学生，但帮着帮着，渐渐发现这样的学生太多了，他们一合计，就有了要"帮到底"的念头。2016年7月，"常思爱心会"就在这样的情况下成立了。此后，他们积极对接两地爱心资源和助学需求，秉承自愿、无偿、感恩的原则广泛发动社会爱心力量，进一步规范帮扶流程，统一帮扶标准，透明运作，迄今已经使得200多位思南县特困学生与常熟爱心人士成功结对助学，发放爱心助学金48.8万元，资助爱心书包、羽绒服、毛毯、学习用品等物资价值8万余元，在常熟与思南之间架起了爱心和发展的桥梁。

"常思有爱 携手同行"——常熟市2019年全国扶贫日主题活动
（江苏省对口帮扶贵州省铜仁市工作队／供图）

除爱心助学外，"常思爱心会"还积极寻找爱心企业，通过一家家一户户走进企业、协会洽谈，吸引常熟市印染商会、海虞镇服装商会、纺织制造商会加入爱心会，捐出外套、羽绒服、棉童衣、毛毯等物资，送往思南帮扶。

2019年10月26日，"常思爱心会"经过调研，向思南县文家店大坪村小学资助4万元，将旱厕改成冲水厕所；新建食堂，让孩子们能吃上热乎的饭菜；11月底，一千条羽绒裤的爱心包裹发往思南妇联支援贫困妇女；汇出2019年度学生的资助款12万元……起点常熟，终点思南，这条爱心之路总是忙碌着。

爱如潮水奔思南

2019年12月18日，思南县特殊学校三楼，"常思爱心书屋"正式揭牌。宽敞的教室三面是书架，书架上摆着琳琅满目的图书，有适合各个年龄段孩子读的绘本，也有厚厚的盲文读物，孩子们围着圆桌而坐，每个人都手不释卷地读着。

窗外冬雨淅沥，但书屋内温暖如春，孩子们的小脸红扑扑的。这是常熟特殊学校赴思南帮扶教师周海卿大力促成的结果。

周海卿于2019年8月到达思南，没多久他就被孩子们感动了——无论是刚入学的孩子还是初中生，都十分珍惜学习机会，懂事到让人心疼：有光明班的视力障碍孩子，每天教室还没开门就坐到门口捧着盲文书阅读；有听障孩子，尽管只能发出"啊——啊——"的声音，但仍然坚持一边读书一边练习发声，每天如此。让周海卿难过的是，尽管他们学习起来如饥似渴，但可看的书却少得可怜。

周海卿决定立即行动，他在常思扶贫协作行动支部"不忘初心、牢记使命"主题教育专题调研中汇报了这一情况，并发出了为孩子们捐建爱心图书室的倡议。

在思南帮扶的其他教师立刻响应，联系常熟学校开展捐赠图书活动，最终常熟5所学校捐赠的2500册图书很快到位，"常思爱心会"捐赠3万元爱心基金，添置了书架、桌、椅等硬件，爱心企业东洋机械（常熟）有限公司为他们送上了一台空调。一点一滴的常熟爱心，就这样汇聚在"常思爱心书屋"之中。

也是这样，常熟人将崇文重教的传统带到了思南。思南县邵家桥镇，常熟市江南印染有限公司董事长吴健先后捐资100万建造的教学楼，于2018年投用。吴健还先后为毛坝小学学生购买书包、文具等学习用品；为学校购买饮用水、电风扇等物资；连续3年每年出资6万元帮扶当地20名困难学生。

2019年3月，在长坝镇，一所以常熟知名企业波司登命名的学校——波司登长坝中心小学如期建成投用。该工程总投资1600万元，其中1100万元由江苏省慈善总会、苏州市慈善总会、常熟市慈善总会、波司登集团捐赠，惠及15个行政村14000余人，涉及1119户贫困家庭的650多名适龄儿童。

思南县波司登长坝中心小学奠基仪式（江苏省对口帮扶贵州省铜仁市工作队／供图）

2019年6月，常福街道6家爱心企业捐赠250万元修建的教学楼"常福楼"在双龙小学正式揭牌投用。常客隆博爱助学基金通过市红十字会定向资助思南县的10名贫困高一学生，资助期为3年，同时支持思南县建博爱书屋。

常熟市民政局妇联发动开展"传递书香·传递爱"图书捐赠仪式，通过常熟市小雏鹰爱心社将500多册图书送到思南留守儿童手中。爱心所及，有温暖，也有力量——常熟之爱让一个个"想读书"的心愿，变成了现实。

（文／一民　陈竞之　陈　燕）

爱心汇聚思南（下篇）

2019年12月18日，思南县的深山中，下起了2019年的第一场雪。而早在白雪飘零之前，常熟人的爱心早已覆盖了这片广袤的山区，给山里人送去了暖意。

"小康毯"跨越千山送温暖

12月5日凌晨，3辆载有1.2万条毛毯的卡车经过59个小时的长途跋涉，从江苏常熟抵达贵州铜仁思南双塘移民安置点和万山龙生安置点。这批印有"常思携手、共赢小康"的毛毯，将为脱贫攻坚战中，思南县19个易地扶贫搬迁安置点的近9000户贫困户送上冬日问候。

5日一大早，万山龙生安置点的群众纷纷来到社区服务中心门口，迎接来自东部的特殊厚礼。"思南的老乡们，这些毛毯是江苏的常熟市印染商会捐赠给我们的，希望能够帮助大家度过一个温暖祥和的寒冬。"常熟挂职思南县副县长王晓东的话语赢得了群众热烈的掌声。

中午时分，丽景社区也开始分发"小康毯"。当王晓东一行来到搬迁户田维周家中发毯时，了解到他们夫妇二人均有残疾，女儿就读贵州医科大学，成绩优异却因病休学，一家三口只有一张床。王晓东立刻自掏腰包捐赠了500元，现场解决了购床费用的困难。

早在1个多月前，常熟市2019全国扶贫日活动现场，常熟市印染商会会长殷金华就组织商会企业捐赠了72万元用于赶制毛毯并送到思南。

常熟市爱心人士到思南县凉水井镇磨石溪小学开展"春晖心行·圆梦行动"爱心助学活动
（江苏省对口帮扶贵州省铜仁市工作队 / 供图）

入冬以来，寄往思南的爱心包裹数不胜数：11月7日，凉水井镇磨石溪小学74名学生收到常熟市爱心人士捐赠的加厚校服；次日，邵家桥镇沙坪村、龚家林村、沙沟村的338名小朋友收到了爱心企业育利达、麦田计划捐赠的爱心衣物；11月29日，总价值约7万元的10个大包裹、374件冬季女士长款棉衣从虞山街道福泰社区打包寄往贵州思南；12月10日下午，和融碧溪义工协会200个装着衣物和学习用品的暖心包裹送达思南，分发给有需要的孩子……

"补栏金"送给农户笑开颜

2019年12月18日，坪坝组低保特困户谢朝方家来了客人。王晓东带队的常熟对口帮扶思南工作组拐了不知道多少个弯，才到三道水乡河心村，再沿着羊肠小道绕过几座木结构的土楼，终于来到老谢家，雨后的土楼传来了鸡鸣和小猪的哼哼声。谢朝方一听说常熟客人来了，立刻出门迎接，握住了王晓东的手，用浓重的乡音不住地说着"谢谢"。

谢朝方和老伴都已年逾七旬，儿子不幸过世后，两个务农老人独自拉扯着两个孙女，如今一个孙女患上慢性病无法工作，另一个正在上学，现在正是家里最艰难的光景。

2019年初，家里辛苦养了几个月的猪因疫情被捕杀，在两位老人忧心忡忡之时，有了好消息——常熟人要发"补栏金"了。靠着常熟提供的生猪补栏资金，他们重新买了两只猪仔，这才感觉日子又有了盼头。

原来，常熟市交通运输局2019年9月了解到思南县三道水乡6个村42户农户急需生猪补栏资金，随后立刻发动系统内的常熟市交通重点工程联合支部伸出援手，募集捐赠生猪补栏资金10万元，于10月送到了思南。

谢朝方的邻居张正祥也得到了补栏补贴。张正祥虽然不是贫困户，但靠着养猪养鱼为生，2019年配合防疫，家里捕杀了11头猪，损失太大了。幸好这次他也补上了3头，"这样我挽回损失，很快就能起来了。"张正祥对前来探望的常熟人说，"你们就是我们的靠山。"

"小课堂"走进社区增干劲

双塘街道丽景社区是思南县最大的集中安置点，自2017年6月以来，社区已安置了过去散落山区的2014户8731个居民。过去，这些居民住在闭塞的大山里，通电不通水，到集镇要几个小时。如今，安置点道路通达，屋舍俨然，公寓、商铺、学校、日间照料中心一应俱全，山里人过上了城里人的日子。

2019年开学后，常熟市第三批支教老师持续发力，坚持利用周末休息时间赶到丽景社区开设"周末小课堂"，用爱心为社区的不同群体量身打造不同课程。这些课程有面向孩子的音乐课堂、文明礼仪和趣味英语，还有专门面向妇女群体的电商创业等。

"在这里，常熟老师给我们上了很多课，尤其是创业课，让我们山里的妇女开了眼界，这对我们的帮助很大。"丽景社区妇女主任安树蓉说。思南县很多20岁到40岁的务农妇女，过去生完孩子就在家，没有就业技能也没有收入，常熟老师的创业课仿佛及时雨，让更多妇女能够打破常规思维。"虽然她们现在离创业还有一段距离，但总有一天能够通过提升自己来实现脱贫致富。"

丽景社区也处处留下了常熟社会各界的爱心帮扶印记——投入800万元江苏对口帮扶资金的丽景幼儿园刚刚落成，工作组就牵线常熟大义幼儿园与之签约结对；便民中心服务大厅内，LED屏上滚动发布着常熟及思南就业岗位信息。

社区内"常思青春书屋"，由共青团常熟市委、常熟市青年联合会、青年志愿者协会、青年企业家协会等团体联合捐建，是居民们"家门口"的图书馆……

对于常熟爱心人士来说，脱贫摘帽不是最终目标，让思南的老老小小日子好起来，才是大家共同的心愿。

（文／一民　陈竞之　陈燕）

医疗卫生

关山万重筑防线

时序更替，华章日新。2020年5月8日，对口帮扶碧江社区卫生机构的医疗专家抵达铜仁，由此翻开昆碧医疗组团协作新篇章，实现市、镇、社区医疗扶贫协作全覆盖。

东西携手，助力脱贫。进入新时代，先富起来的江苏省昆山市对口帮扶碧江区，组建"碧江区工作组"驻点碧江区，倾情倾力协作帮扶。

碧江"所需"，昆山"所能"。2017年以来，碧江区工作组主动作为，链接碧江所需、昆山所能，构建多元协作帮扶机制，创造"七结对"的好做法、好经验，为碧江脱贫攻坚助力，为碧江区全面小康添彩。

没有人民健康，就没有全面小康。昆碧扶贫协作，山与水的真情对话，激起绚丽浪花。在"组团式"医疗帮扶机制的推动下，昆山医技专家跨山越水，驻点碧江做好"传、帮、带"，打造人才队伍，推动学科建设，助力碧江筑牢群众"健康防线"。

输血：昆才赴碧援医

李彩霞博士擅长妇科肿瘤治疗，王禹科长擅长腹部CT治疗，王艳医生主要从事血管外科介入治疗……

2020年5月8日，又一批来自昆山的医疗专家抵达碧江区中医医院，接过前期驻点专家的接力棒，开展3—6个月的援医服务。他们将为医院的发展注入人才与智力支持。

在21世纪，人才最宝贵！倾力帮扶，昆山不吝人才输出。2016年以来，昆山共选派42名医疗专家驻点碧江帮扶，涉及妇科、肛肠等科室。

倾力帮扶，有心血也有感人故事——

李彩霞博士驻点帮扶，丈夫在上海教书，8岁的大女儿及咿呀学语的小女儿均由公公婆婆照顾。白天，她往返碧江区中医医院、妇幼保健院两院，会诊、查房……晚上，带着疲惫回到驻地，通过微信视频或图片，检查女儿作业。

倾力帮扶，有汗水也有仁心仁术——

贫困群众钟某右肾结石20余年，大如鸽蛋，若再拖延，右肾功能或会丧失。2018年，昆山支援碧江区中医医院专家王骏用经皮肾镜微创手术，为钟某取出结石，解除病痛。

64岁的李军（化名）从高处坠落，颅骨骨折并伴左额叶脑出血，硬膜下出血。危急时刻，昆山支援碧江区中医医院专家王文华对患者实施开颅手术及精心治疗，患者康复……

专家驻点守望相助，提升医疗服务质量，让患者享受优质医疗服务。据介绍，驻点帮扶以来，昆山医疗帮扶团队多次参与下乡义诊，组织专家免挂号费义诊，为群众提供安全、方便、优质的医疗服务。

造血：培育人才队伍

授人以鱼，更要授人以渔。昆碧携手，派专家团队驻点帮扶，不仅情系当下，更着眼未来，为碧江打造一支带不走的人才队伍。"输血""造血"并举。专家通过看门诊、教学查房、手术示教等方式做好"传、帮、带"，倾囊相授诊疗技术。

患者阿珍（化名）身患混合痔，实施手术难度高，稍有不慎，将引发

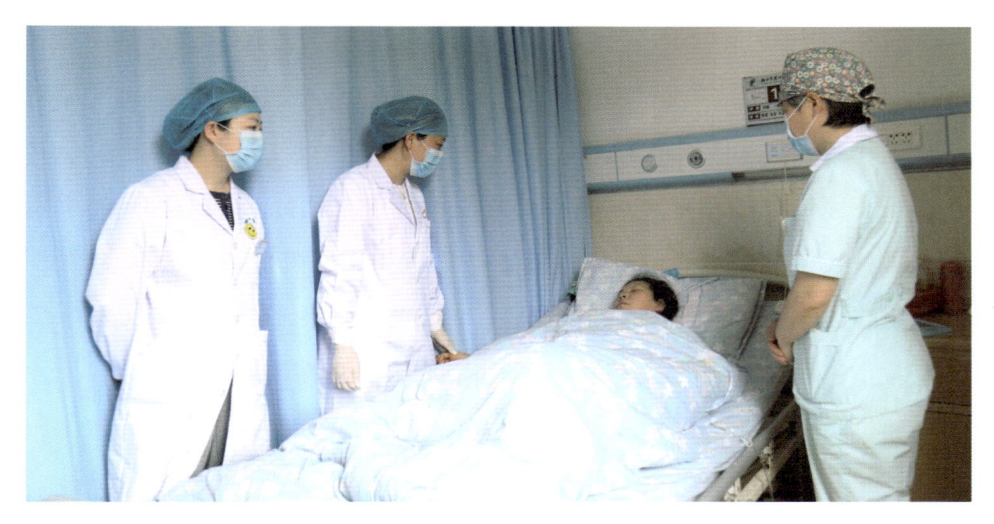

李彩霞博士（左二）在碧江区中医医院查房（郭进/摄）

严重并发症。昆山市中医医院挂职碧江区中医医院副院长、肛肠专家吴诗成接到该病例报告后，在碧江区中医医院开展了新手术混合痔TST术，不仅解除了患者痛苦，还通过"传、帮、带"填补医院肛肠科该项技术的空白。

通过医疗专家驻点传、帮、带，昆山市中医医院为碧江区中医医院填补10余项技术空白，涉及消化、普外、康复、妇产、肛肠、放射、超声等科室。

"请进来"更要"送出去"。截至2020年，昆山市中医医院已接收碧江的进修人员20余人次，多名青年医生成长为技术骨干。

碧江区中医医院骨科医生黄三廷通过培训，掌握了腰椎融合、微创等技法，填补医院骨科技术空白，成长为骨科骨干医生。

人才"造血"强筋壮骨，打造带不走的人才队伍。通过专家驻点传帮带及送到昆山市中医医院培训，昆山为碧江区中医医院培养了一批技术过硬的医疗技术人才，推动了碧江区中医医院的整体发展。

提挡加速：结对帮扶全覆盖

2018年，通过二级甲等医院复评；2019年，通过三级乙等医院复评；2020

年，纳入三级中医院管理。短短三年时间内，碧江区为何取得如此佳绩？

回拨时钟。2018年，昆山市中医医院与碧江区中医医院签订的《结对帮扶创建三级共建协议书》，为碧江区中医医院建设注入发展内涵。

在专家团队的帮扶下，完成了宫腔镜下手术治疗、脑外科开颅手术等，填补10多项技术空白。2019年，碧江区中医医院成功申报4项省级课题，为碧江区中医医院带来新的突破。碧江区中医医院产科、康复科、急诊急救正在争创市级重点专科。肛肠科、脾胃科正在重点打造。

通过学科建设、人才培训、技术移植，提升了医院的整体治疗水平，提高了社会效益和经济效益，满足了群众日益增长的医疗需求。2018年，碧江区中医医院门诊量257015人次；2019年达到了313231人次。

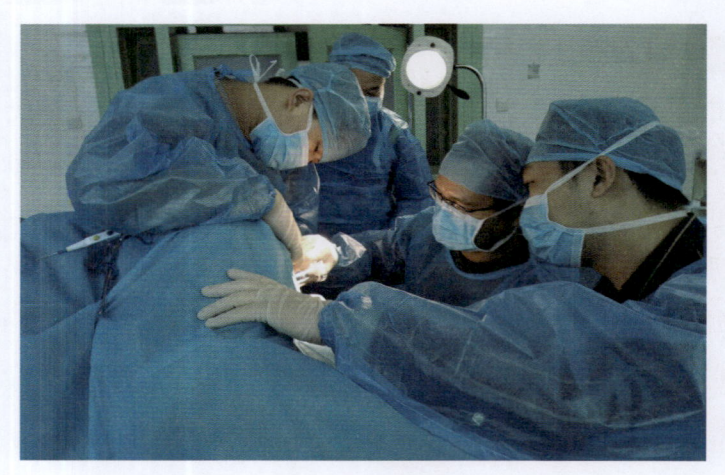

吴诗成（右二）在手术教学（吴诗成／供图）

持之以恒，久久为功。不久前，昆山市卫健委与碧江区卫健局签订了以乡镇卫生院结对全覆盖和组团式医疗帮扶为主要内容的东西部扶贫协作协议。昆山市15家乡镇卫生院和社区服务中心实现结对。

当前，昆碧两地共有16家医疗单位结对全覆盖。

（文／郭　进　刘煜妤）

千里驰援为一人

2018年端午前夕，苏州吴中人民医院援德帮扶专家、院长助理刘娟接到一份来自值班医生的紧急报告——德江县28岁孕妇强某，突然出现寒战、胸闷、气急、面色苍白、口唇发绀，病情十分危急。

刘娟第一时间赶到抢救现场，通过查看患者临床表现，结合发病情况，考虑羊水栓塞，病情危重，随时有生命危险，立即启动羊水栓塞应急预案。随后，刘娟医师带领德江县妇幼保健院10余名医护人员，展开一场与时间赛跑的生死较量，成功将患者从死亡线上抢救回来。

同年6月，德江一位20岁的年轻孕妈妈，因头位待产，胎儿脐带绕颈两周，需要终止妊娠。孕妈妈十分渴望自然分娩，为了帮助其实现自然分娩的愿望，在刘娟的指导下，召集产科医务人员进行了认真的术前讨论，并施行了水囊引产术，平产分娩一男婴，母子平安。该例手术的成功填补了德江县妇幼保健院水囊引产术的空白。

2019年8月，在德江县人民医院新生儿科一位何姓的28周早产婴儿，通过精心治疗得到了康复出院，并健康成长。这一事例在当地被传为佳话。

……

这是苏州市吴中区对口帮扶德江县医疗领域，有效提升德江医疗服务水平的有力例证。

在近年来的脱贫攻坚中，苏州市吴中区与德江县在东西部协作过程中从资金、人才、技术等方面形成全方位、立体式帮扶格局，全力助推德江决战决胜脱贫攻坚。

苏州市中西医结合医院、吴中区人民医院分别与德江县人民医院、德江县妇幼保健院形成对口结对帮扶，先后选派刘娟、王镇、朱寅、侯芳等新生儿科、骨科、妇科专家到德江开展技术传导、学科建设和队伍培育等帮扶工作。

王镇作为新生儿科专家，来到德江人民医院后把江苏省先进的治疗理念还有管理流程带到德江县人民医院，还带着该科室进行脐动静脉置管术、早产儿护理等研究学习，极大地促进了该科室对于新生儿的医疗救治水平和医疗服务能力。

2019年6月10日，在王镇的指导下，新生儿科成功完成省内县级医院首例经细管肺表面活性物质注入技术。何姓的28周早产婴儿也是在王镇的指导下很快得到康复的。

德江县人民医院新生儿科副主任刚翠萍坦诚地说："如果没有苏州市中西医结合医院派王镇老师坐镇，我们对这个病情也就很难下手，可能就是另外一个结果了。"

苏州市吴中区帮扶医生朱寅（朱寅／供图）

王镇作为对口帮扶的选派专家，压力不小，他说："我们还准备下一步在我们周边地区及黔东北地区开展多中心的调查研究，这个调查研究主要是针对产妇和新生儿优生优育的一个检查项目，指导孕妇和新生儿提高新生儿医疗质量，提高我们对孕产妇的医疗质量。"

在德江县人民医院骨科，与王镇同批选派过来的骨科专家朱寅，正组织医生在病房为一位患病的老人检查恢复情况，他一边分析病情一边与医生分享积累的经验。德江县人民医院副院长苏俊说："自朱寅来到骨科后，就率先在全市启动无痛病房建设，加强人才队伍培养，助推了我们医院医疗服务能力水平的较大提升。"

截至2020年，吴中区与德江县在医疗对口帮扶方面，已先后选派18位专家进行面对面帮扶、手把手传教，为德江建成黔东北医疗健康中心贡献了技术力量。

（文／田勇　冯胜彦　袁臣）

永不撤离的医疗队

"借苏州大学附属第一医院帮扶契机，县人民医院开设省内首家县级脑卒中防治中心，引进腹腔镜微创等先进医疗技术，医疗服务水平一年一个新台阶。"2020年5月11日，石阡县卫生健康局副局长陈广珠说。借东西部扶贫东风，石阡培养了37名医疗骨干，县人民医院成为全省第九家三级综合医院，县内很多疑难杂症患者不再舍近求远外出就医。

近年来，医院的普外科、儿科、骨科成功升级为市级重点专科，神经外科、心血管内科、神经内科、中医科成为重点建设专科；开创多项首例手术；县域内外转率同比下降10%，县域内住院就诊率达到90%。石阡医疗水平得到全面提升，让当地群众在家门口就能享受到三甲医院的医疗服务，托起了群众的"健康梦"。

根据石阡县人民医院的发展需要和百姓看病的需求，按照"自觉自愿""缺什么补什么""优中选优"的原则，苏州大学附属第一医院每三个月派一轮政治可靠、作风优良、技术过硬、合作默契的多学科专家团队到石阡开展驻点帮扶工作。

同时，通过"传、帮、带"的方式，两家医院把人才培养作为核心。根据临床科室发展需求，采取"请进来、送出去"的方式，大力培养专业技术人才，把专家请进来点对点、科对科地进行指导，通过远程会诊、教学查房、技术帮扶、疑难病例会诊、手术示教、学术讲座等形式为受援医院传授先进技术理念；受援医院派出技术骨干及中层干部到苏州大学附属第一医院"充电"学习。

为此，石阡县政府出台了《石阡县东西部协作考核实施细则》，推动帮扶工作的开展，医院成立了东西部协作医疗对口帮扶领导小组，设置对口支援办公室，由专人负责具体办公，专人负责后勤保障工作，为专家提供优质、高效的后勤服务，让帮扶团队在医院工作舒心、生活放心。

针对石阡县群众易发、多发病种和医疗学科建设整体滞后的实际，苏州大学附属第一医院相关专家与石阡县人民医院进行深度协作，指导并帮助石阡县人民医院建设医疗重点专科。

石阡县抢抓机遇，坚持把人才培养作为重中之重，着力用好、用足苏州大学附属第一医院医疗帮扶资源，增强"造血"功能。石阡县人民医院与苏州大学附属第一医院采取"管理+医疗"的帮扶形式，根据临床科室发展需求和病人需求，采取"请进来、送出去"的方式，把苏州大学附属第一医院的相关医疗专家"请进来"，同时将石阡县本地医生"送出去"，充分利用对口医疗资源，学习先进医疗技术。

刘建刚博士是苏州大学附属第一医院派到石阡县人民医院的首批医疗专家，作为神经外科医生的他在医疗帮扶工作中，"领衔"完成10多台手术，为患者解除了病痛；实地传授临床经验，"手把手"教医生手术

苏州帮扶医生正在给石阡县医务人员进行医疗相关培训（吴昌辉／摄）

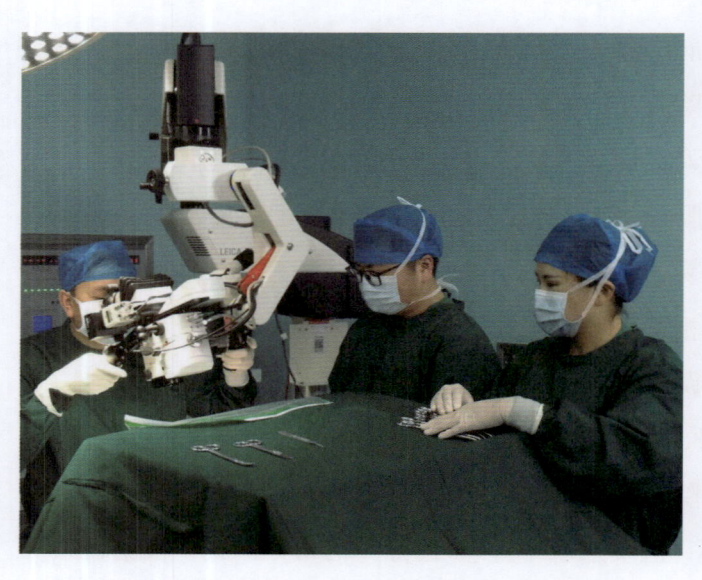

苏州帮扶医生在石阡县人民医院进行手术（吴昌辉/摄）

操作，并且通过办讲座、搞培训等形式，竭尽全力为石阡县培育优质医疗人才，助力石阡县建设自己的优质医疗团队。

苏黔帮扶工作还在继续，白衣天使们把苏州的"博习精神"带到石阡，用医者大爱温暖了这座城市，努力为使"精准扶贫"下的老百姓健康脱贫，打造出一支"永不撤离的医疗队伍"，助力石阡医疗水平持续提升。

（文/吴昌辉　熊燕）

细节之处见真功

"发现一例早癌，挽救一条生命，拯救一个家庭。"松桃自治县人民医院，苏州大学附属第二医院副主任医师、硕士研究生导师殷国建带着青年医生在做胃镜实操。

殷国建是我国著名胰腺病专家王兴鹏教授的得意门生，自驻点帮扶以来，不仅为松桃人民医院的青年医生传道授业解惑，更在两个月内查出了5例早癌。

2019年6月，殷国建被选派前往松桃自治县人民医院，即在自身最擅长的胰腺炎领域展开医疗结对帮扶工作。

"大家听到肿瘤都觉得很可怕，其实早期肿瘤根治率达99%。"殷国建说。他刚到岗，便立即对松桃自治县人民医院内患者展开基础普查，并及时发现几例食道癌和消化道肿瘤的患者。

在这个过程中，殷国建发现东西部医院确实存在相应差距，例如对疾病的预防和早期筛查意识不强，这让殷国建确定帮扶工作的开展方向，他说："我在松桃的时间毕竟有限，我思考的是如何在有限的时间里，帮助更多的医生，让他们去治疗更多的病人。"

"医生应该具备科研思维。"殷国建在苏州工作时，本就是研究生导师，这让他在工作中十分注重培养人才，注重培养他们的思维能力。"科研思维，就是要推翻基础，怀疑一切。"殷国建入院帮扶后，松桃自治县人民医院青年医生李参明一直全程跟班学习，在殷国建的启发下受益匪浅，在平时工作中学会将数据收集和临床经验两者结合，思维能力得到很大提升。

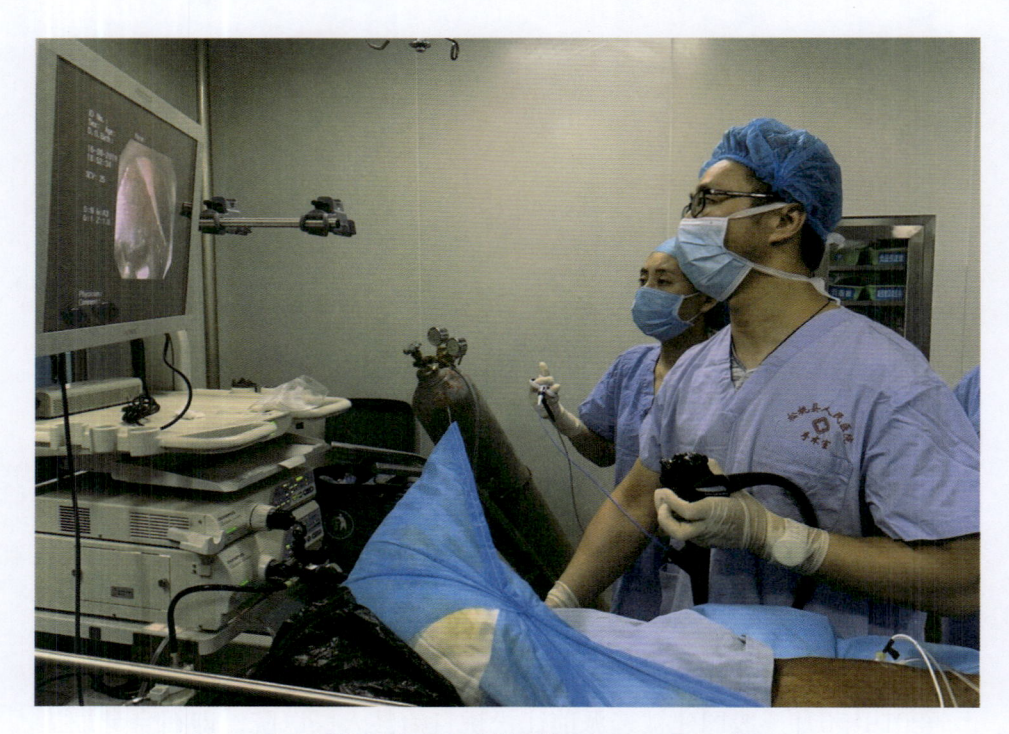

殷国建带着青年医生在做胃镜实操（白春霞/供图）

"不仅如此，殷国建老师教导我们医者细节之处见真章，平时手术操作应当规范流程，感觉又回到了学校，一切从最基础开始。"同为青年医生的王崇洪高兴地说。工作之余，殷国建还定期召开例会，用PPT讲解等方式分享苏州病例，传授发现早癌的知识系统。

殷国建赴松桃帮扶，只是东西部结对帮扶的一个细节。

苏州市医疗专家利用自身专业优势，在对口帮扶工作过程中，开展疑难病诊治、新技术应用，指导临床科室查房、教学、会诊及病例讨论、手术示教等方法，进行专业技术指导。结合实际采取多种形式、多种渠道，系统地对临床医师进行理论培训和技术指导，在科室质量体系建立上提出了建设性意见，带来了新的观念。不仅让患者在家门口就享受到医学专家的优质服务，而且乡镇医务人员专业技能也得到培训指导与提高。

苏州市医疗专家对松桃医共体内多家乡镇卫生院医务人员开展了专业

技能知识培训，如规范病历书写、典型病例分析、常见病多发病的诊治以及常规技能操作等，为乡镇卫生院业务发展起到了积极的促进作用，实现从"输血"帮扶向"造血"帮扶的转变，切实推动了松桃卫生健康服务能力的整体提升。

"组团式"医疗技术扶贫，为人才培训建立"绿色通道"。松桃卫生系统与苏州工业园区签订县、乡两级医疗机构结对帮扶全覆盖协议。截至2020年，苏州赴松桃医疗专家参加会诊及疑难病例讨论、出具影像报告、手术示教、典型病例分析、常见病多发病的诊治培训近7000余例（次），不仅让患者在家门口享受到医学专家优质服务，更提升了松桃基层卫生技术服务的质量。

（文／白春霞）

不仅能医，还要医好

2020年，江苏省张家港市在精准扶贫协作攻克沿河自治县深度堡垒中，率先在全国县域卫健系统实现县级医院、乡镇卫生院、公共卫生单位"三个全覆盖"结对帮扶，张家港11家医疗卫生单位与沿河24家医疗卫生单位通过"一对一""一对多""多对一"方式开展帮扶。

如以张家港第一人民医院为牵头单位对沿河自治县人民医院实施"组团式"帮扶。张家港市红十字会为沿河红十字会开展应急救护培训，提供精准帮扶和指导，帮助沿河开展3场应急救护培训，共培训200人；关爱沿河留守儿童，举办心理健康知识讲座2场，覆盖小学生约250人。

义诊进山，解群众之所急所困

"我能听到声音了！我的耳朵治好了！"2020年初的一个周末，沿河自治县黑水镇新群村卫生室里挤满了群众，村里一老奶奶激动不已。

由于村里卫生院医疗设备条件有限，去县城的山路崎岖，子女又长期在外地打工，此前，老奶奶的病情已经拖了很久，她自己都快要放弃治疗了。

当得知县里来了张家港的专家进村义诊后，这天一早，老人就赶到村卫生室的就诊处排队。当张家港市中医医院的耳鼻喉科医生褚云峰用带来的耳内窥镜把她耳道深部的耵聍取出后，她含着泪水这才突然喊了起来。

"我们深感自身的压力和责任，竭尽全力为他们提供力所能及的帮助。"在这次义诊活动中，张家港的医生们充分发挥自己的专业所长为老百姓服务。

每次下乡义诊看到卫生室里挤满了老百姓，看到他们那热切的期盼时，张家港的医生们没有时间休息片刻，一直在忙碌地进行义诊活动。对于医疗条件相对较好的张家港来说，眼前这大山里的医疗资源是多么稀缺，老百姓看一次病是多么不容易。

2019年，张家港派出15名医生赴沿河开展医疗帮扶，安排6名医生到沿河进行短期义诊，开展了小针刀疗法、关节整复技术、盆底功能障碍性疾病的康复治疗等18项新技术，填补了沿河相关领域的技术空白。

关爱贫困群众，享受优质医疗

"医生，我孙子晚上睡觉时一直打鼾，张口呼吸，现在经常出现憋气现象，到底是怎么啦？"黑水镇新群村卫生室开展义诊当天，一位老大爷带着6岁的小孙子走过来就对张家港的医生们无助地说。

褚云峰让小朋友把嘴巴张开，拿起压舌板轻轻一压，看到小朋友的扁桃体三度肥大。考虑是扁桃体和腺样体肥大引起的儿童鼾症，需要赶紧进行手术治疗，如果治疗不及时，会导致儿童面容的改变，就是医学上的"腺样体面容"，严重的还会引起儿童生长发育迟滞，比如智

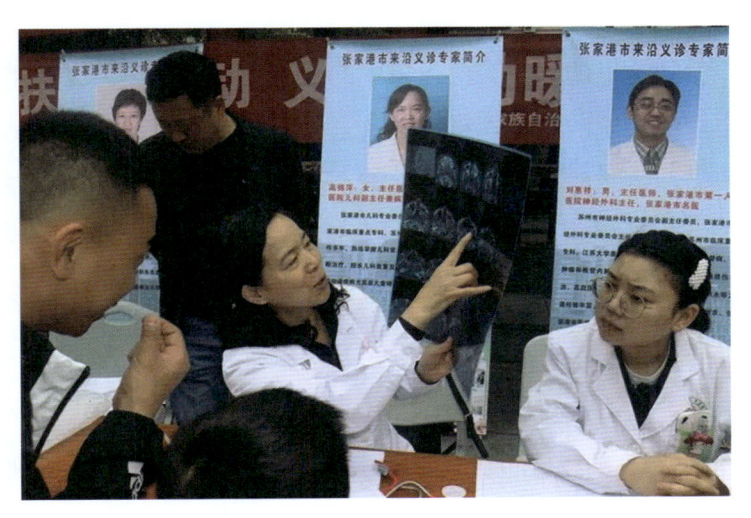

张家港市第一人民医院医生来沿河开展义诊活动（杨国军/摄）

力、身高等发育迟缓。

山里很多老年人以为小孩子睡眠打鼾是睡得"熟"、睡得"香"的表现，耽误了儿童治疗的最佳时期，这也是山村留守儿童面临的健康问题。

通过义诊活动，贫困群众在家门口就能享受到基本医疗和基本公共卫生服务，让群众切切实实地享受到优质医疗，感受到帮扶成效。对医院建立良好公共关系，提升医院形象和知名度意义重大。

工作半年来，褚云峰通过师带徒的形式收了两位徒弟，并克服2020年的疫情影响，带领他俩为科室开展了新技术10余项，填补了沿河自治县人民医院五官科的多项空白，开展了首例鼻内窥镜下难治性鼻出血双极电凝止血术、内镜下+支撑喉镜下喉部新生物射频切除术、低温等离子在鼻腔手术中的使用、鼻内窥镜下鼻腔鼻窦手术、鼓膜穿刺及置换术、耳内镜下外耳道新生物切除术……顺利完成各类手术120余台，门诊、急诊1700余人次，举行讲座10余次，培训120余人次，多次下乡进行义诊及扶贫帮扶工作。

技术在提升，医生信心足

"初到沿河，看到这里的条件，比想象中的要困难很多……"2019年11月初，张家港市中医医院的耳鼻喉科医生褚云峰，来到沿河自治县人民医院五官科，开始为期一年的东西部扶贫，第一天他在自己的日记中这样写道。

沿河自治县医院五官科是刚成立不久的科室，科里的医生也才出去学习不久，很多技术还是不成熟的。科里医生学习回来后，也尝试着运用一些新技术。

但是由于技术不成熟，经验也欠缺，一旦出现并发症，就不能得到很好的处理，患者就只能急诊转运到上级医院进一步治疗，所以并发症反复出现后，这里的医生胆子就越来越小了，学习回来的技术也就放在一边了，病人也不信任了。

褚云峰和其他医生来沿河后，意料之中的事情，很快就发生了。

"褚老师，有个急诊病人鼻腔大出血，已经快休克了，需要你赶紧去医院抢救一下，我已经在你公寓的楼下。"一天半夜，县医院五官科主任打电话给褚云峰，电话里面清晰地传来气喘吁吁的声音。

褚云峰匆忙穿上衣服，赶到楼下，便已看见患者家属亲自开着车过来接他，脸上的泪痕还没有擦干。上车后，主任焦急地介绍着患者的病情。

"请不要着急，类似的病情我们见过很多，我一定会尽我的全力抢救病人。"褚云峰安抚道。

很快到了医院，看见病人的脸色已经煞白，脉率很快，初步评估患者是失血过多导致的休克早期，需要紧急抢救。在手术室迅速打开静脉通道，补液，静脉注射用药，同时鼻腔通过"鼻内窥镜下双极电凝烧灼止血术"后，患者的病情很快得到了控制。

患者的家属和科室医生终于松了一口气。其实只要技术运用恰当，很多患者还是可以得到有效救治的。经过半年的技术指导，沿河自治县人民医院耳鼻喉科方面的技术在逐步提升，医生也更有了信心。

（文／施平）

远程医疗搭起生命桥

"我们院子宫瘢痕切口妊娠治疗技术还有待进一步提高，通过远程医疗会诊，向苏州市第九人民医院请求帮助，他们在诊疗常规、风险评估等方面提供了有效参考意见，特殊疑难病例通过远程会诊的方式快速得到解决。"2020年6月4日下午3点，铜仁市印江自治县人民医院，一场特别的会诊在紧张地进行。苏州市第九人民医院妇科、新生儿科、儿科的三名医生先后与印江自治县人民医院相关科室的医生，通过吴江区卫健委自建的多学科远程会诊平台进行"隔空把脉"。

当天，该县人民医院与苏州市吴江区卫健委远程会诊平台开通远程医疗通道，并进行首次远程会诊，实现了线上医疗援黔，实现吴江对印江的"教育医疗组团式帮扶工作"创新举措，让印江自治县域患者在最短的时间内享受到高水准医疗服务。

印江自治县人民医院把棘手的三个疑难病例和苏州市第九人民医院医生一起讨论，帅兴莉便是其中一名患者。24岁的帅兴莉怀有一个月身孕，被临床诊断为子宫瘢痕切口妊娠、重复性瘢痕子宫。

"如果不及时治疗，可能造成大出血，严重者可导致子宫切除的危险。"该院妇产科主任杨素蓉说。远程医疗通道开通后，她即以这个病例向吴江区第一人民医院副主任医师茅惠群请求帮助。

2017年3月，茅惠群被派往印江自治县人民医院进行医疗帮扶。帮扶过程中，她运用自身丰富的临床经验为患者消除病魔。同时，她把吴江区一院的优质护理模式引入到印江。

"通过远程会诊，茅医师在子宫瘢痕切口妊娠治疗方面给我们提供了专业的指导意见，患者得到有效治疗后，病情稳定。"杨素蓉感激地说。

远程医疗设备能够流畅并清晰地传输所有的视觉、听觉相关的电子信号，它有别于传统的视频聊天，能实现与联盟医院专家"零距离"实时互动交流，进行手术指导和病例讨论等工作。

"'两江'开通远程医疗通道，建立远程医疗协作，开展远程会诊、远程诊断、远程病理和远程培训等业务，旨在满足东部优质医疗资源对接西部的迫切需要，最大限度地全面推动印江医疗服务能力的整体提升，为巩固提升印江脱贫攻坚成果提供强有力的健康保障！"吴江区医疗帮扶队队长、县人民医院挂职副院长夏正介绍开通远程医疗通道的初衷。

苏州市第九人民医院的医生激动地说："通过远程会诊能够帮助到印江患者，我们感到十分开心。以前我们是人过去，现在他们通过互联网把疑难病例传过来，大家一起探讨交流，高效又便捷。对我们而言，远程会

印江自治县人民医院通过远程设备与苏州市第九人民医院实现远程医疗会诊（蔡茜/供图）

诊不仅有助于把帮扶工作做得更好，也是一次我们自我学习的机会。"

"两江"首次通过远程会诊的方式，以"互联网+医疗"的创新模式，进一步加强两地医疗合作，给印江患者提供了高水平的医疗技术服务保障。

（文／蔡茜）

苏州医生带来光明希望

2018年5月下旬，又一项来自苏州的医疗救助基金在贵州铜仁江口县落地。从2017年10月至2020年，已有"看见吴中"公益基金、爱家眼科基金、眼外伤基金——三项针对眼科疾病的救助基金从江南水乡"飞到"云贵高原上。此次，带着来自苏州爱心企业吴中集团、隆力奇等的资助，苏大附属理想眼科医院以自身专业优势，为黔东百姓带来光明的希望，也将通过对口帮扶，帮助当地医院提升眼科诊疗的技术和水平，让铜仁的老百姓享受到和苏州百姓一样的高质量医疗服务。

"我看见了！我真的看见了！"2017年10月25日，苏州医生为贵州铜仁角膜白斑患者进行角膜移植，第二天拆除纱布后，久违光明的符丁文抑制不住激动的心情喊了起来，"感谢苏州医生，让我重见光明！"帮助符丁文重见光明的是来自苏州的"看见吴中"公益项目。该项目由苏州吴中集团发起成立，委托苏大附属理想眼科医院实施，帮扶需要进行角膜移植手术的贫困眼疾患者。铜仁作为苏州的对口帮扶对象，当地百姓也能共享这份来自苏州企业的爱心救助。根据"看见吴中"公益项目走进铜仁的帮扶协议，"看见吴中"基金会在未来4年内，每年资助铜仁市30例符合条件的贫困家庭眼疾患者实施眼角膜移植手术。

在铜仁人民医院，不少眼疾患者都需要角膜移植。签约当天，来自苏州的眼科医生就在铜仁人民医院为首批6名来自贫困家庭的眼疾患者先后实施了眼角膜移植手术。37岁的符丁文来自贵州省松桃自治县，2016年底被确诊为角膜白斑。幸运的是，来自苏州的医生和救助基金为他带来了复

苏州医生为铜仁患者成功实施眼角膜移植手术（江苏省对口帮扶贵州省铜仁市工作队／供图）

明的希望。与符丁文一样幸运并且重获光明的还有5名患者，他们都是因为角膜白斑导致失明或濒临失明。截至2020年，"看见吴中"公益基金项目活动已全额援助9名铜仁角膜病患者。

2018年5月，又有两项来自苏州的眼科公益基金项目落地铜仁，将针对贫困的斜弱视儿童和眼外伤患者开展救助。5月14日，在农工党苏州市委的带领下，苏大附属理想眼科医院的医疗团队携手隆力奇·爱家眼科慈善基金会来到铜仁市中医院。隆力奇·爱家眼科慈善基金于2012年3月成立，重点救助贫困的斜弱视儿童，希望让斜弱视这个通常不受关注的群体中的贫困孩子，有机会拥有一双清澈美丽的眼睛。截至2020年，已完成142例贫困孩子的眼科治疗。这次隆力奇·爱家眼科基金来到铜仁，也希望帮助当地患有斜弱视的儿童。

在苏州，斜弱视儿童通常在幼儿期就被发现，能及时进行诊断、治疗。但在铜仁当地，由于诊疗技术和关注意识的缺乏，不少孩子往往错过在低龄段发现病情并治疗的最佳时机。2018年5月14日，公益项目正式启动后，来自苏州的眼科医生前往铜仁市第十五小学开展青少年斜弱视现场筛查，在对三年级两个班级100多个孩子的筛查中，就发现有几个孩子存在斜弱视方面的问题，医生建议老师和家长尽快安排孩子进行治疗，因为再过两年，孩子年龄超过12岁再矫正就难以恢复到正常水平。10天后，5月24日上午，苏州市姑苏区—铜仁市江口县人大常委会帮扶共建座谈会在江口县进行，两地帮扶交流工作将进一步加强。此次共建为当地百姓带来了又一项眼科救助基金——理想国际眼外伤救助基金，该基金由苏大附属理想眼科医院与国际眼外伤协会等联合成立，可为贫困眼外伤患者提供经济救助，并推广以眼内窥镜为主的眼外伤诊疗技术和理念。成立近3年，已有55名眼外伤内窥镜手术患者获得资助。苏大附属理想眼科医院负责人黄俊伟告诉记者，铜仁地区的眼外伤患者或转诊医生都可以提出申请，患者到苏州接受治疗，可减免部分或全额医疗费用。

苏大附属理想眼科医院与江口县人民医院签订了对口帮扶协议，选定眼科为重点帮扶学科，制定眼科人才培养计划，江口推荐当地眼科技术骨干到苏州学习进修，通过强化人才培训，促进当地眼科诊疗水平提升。

（文／张甜甜　何金玲）

吴门医派落地黔东

"许医生,感谢你为我做手术,我现在终于可以睡个安稳觉了,以前我走路也痛,睡觉也痛,做手术后,顿时轻松多了。"2017年10月13日,江口县人民医院外二科病房患者卫仙花对前来查房的许耀峰医生说道。

"同时,我还要感谢党的政策好,不仅让苏州市的大专家到我们这里,给我治病,而且给我治病住院还不收钱。"卫仙花继续说道,言语里满是感激之情。

71岁的卫仙花,是江口县民和乡民和村的精准扶贫户,因家庭困难,2015年时出现腿痛一直没重视,直到得知精准扶贫户可以免费住院医治,才来到江口县人民医院治疗。

入院后,卫仙花被诊断为膝关节骨性关节炎晚期,因老人病情持续时间较久,且年龄较大,手术较复杂,苏州市中医医院对口帮扶江口县人民医院的许耀峰专家得知后,立即组织为老人实施了全髋置换手术。手术第二天,老人的腿便能活动了,痛感也减轻了不少,并康复出院。

江口县人民医院外二科主任舒继鹏说,实施像卫仙花老人这样的全髋置换手术大概需要医疗费3万—4万元,但由于卫仙花是精准扶贫户,她自己基本不用花什么钱就能把病治好,极大地解决了老百姓的就医负担。

按照党中央、国务院关于做好新形势下东西部扶贫协作和对口帮扶工作,坚决打赢脱贫攻坚战的决策部署,自2016年12月江口县人民医院与苏州市中医医院签订对口帮扶协议以来,苏州市中医医院的领导高度重视对口帮扶工作,根据江口县人民医院的实际情况多次来江口县召开会商会。

苏州是吴门医派的发祥地，苏州市中医医院又是吴门医派的集大成者，也是南京中医药大学教学医院、三级甲等中医院及全国示范中医医院，同时还是一所医疗、教学、科研相结合的综合性中医医院。

开展结对帮扶活动以来，苏州市中医医院院长、主任中医师、苏州市吴门医派研究院院长、南京中医药大学博士研究生导师、全国中医临床重点专科——脾胃病科学科带头人葛惠男，苏州市中医医院生殖医学科主任、主任中医师、博士研究生导师、国家中医药管理局重点专科建设项目——妇科学科带头人许小凤，苏州市中医医院国家中医临床重点专科——骨伤科主任及学科带头人、主任医师、博士生导师、江苏省中西结合学会骨伤科专业委员会主任委员姜宏三名专家便分别在江口县人民医院设立了3个吴门医派杂病流派传承工作室，3位专家定期到江口县人民医院作指导。苏州市中医医院还长期派驻3—5名专家到江口县人民医院开展"造血式"帮扶。帮扶专家通过开展临床工作、教学查房、手术示教、专题讲座、远程会诊，江口县人民医院派员一对一跟师，选派人员到苏州市中医医院轮训等方式，提高该院的诊疗技术和服务水平。开诊以来，该院群众就诊量激增，专家们的医疗技术得到了就医群众的一致好评。

2017年8月26日，葛惠男带领该院脾胃科、妇科、骨伤科、中医药师、中医护理等10名知名专家在江口县人民医院开展了"中医江苏行、健康你我他"大型义诊活动。活动当天，受名医效应影响，周边的群众纷纷慕名而来。当日，为群众义诊200余人次，让当地老百姓在家门口就享受到了名医专家的医治。

"2017年是《中华人民共和国中医药法》正式实施之年，为了贯彻落实好中医药法，坚持中西医并重，我市借用苏州市中医医院帮扶优势，明确将江口县人民医院作为全国综合医院中医药工作示范单位来打造。苏州市中医医院驻点帮扶以来，在医院管理、中医药技术服务方面给予了很多帮助，促进了该院中医药业务能力的快速提升，示范创建工作已通过国家级专家评审。"铜仁市卫生计生委党组成员、副主任熊明说道。

走进江口县人民医院中医相关科室,室内墙上到处悬挂张贴着中医养生、中医治未病、中医药适宜技术等宣传展板、画册,浓厚的中医文化气息扑面而来。

"这位患者的胡子需要刮一下,注意,要这样轻轻地刮。"走进该院中医科5床病房,苏州市中医医院派驻的中医护理专家胡史珍正在做护理查房示范。每日查房教学是帮扶专家的必修课之一。

据中医科护士长介绍,帮扶专家胡史珍不仅带来了专业的中医护理知识,还在打造科室中医文化及管理方面给予了大量指导和帮助,为了增添科室的文化气息,她还从苏州带来了两块具有中医特色的牌匾悬挂在科室墙上。

"2017年初,我们申报创建全国综合医院中医药示范单位时,曾组织专家团体进行自查自评,才得到了69分,通过后面几个月帮扶专家来指导,我们派出团队外出参观学习后,在7月份再次通过自查自评,得分提

苏州专家在江口进行康复技术培训(江苏省对口帮扶贵州省铜仁市工作队／供图)

高到了154分。"江口县人民医院院长田光云说。

"江口县人民医院的中医药文化氛围浓厚，医院对中医药业务重点发展方向和目标明确，尤其在打造中医康复特色科室、提升中医药科室地位等方面亮点频现。并且积极协调苏州市中医医院专家来帮扶指导，使中医业务能力得到了迅速提升，影响力不断得到增强。"2017年10月13日，国家中医药管理局全国综合医院中医药示范单位评审专家组组长赵勇在评审反馈会上对该院的中医工作给予了高度评价。

授人以鱼，不如授人以渔。为了真正把吴门医派的精髓留在黔东大地，让帮扶的种子落地、开花、结果，使国粹中医在铜仁大放异彩，苏州市中医医院还采取师带徒的形式，安排9名具有较高学术造诣的中医专家每人在江口县人民医院收两名徒弟，建立起长期的帮带关系，并在2019年5月举行了简朴而隆重的吴门医派拜师仪式，这也是吴门医派历史上首次在贵州招徒。2000多年发展传承的吴门医派，乘着"对口支援的东风"，在江口县的大地上大放异彩。

（文／朱琴）

喝彩，医路黔行

乌江之滨、群山环抱下的思南县，山清水秀，风景宜人，可也因群山穿城、有水相隔，医疗技术发展受到了一定的制约。自2013年常思结对以来，迄今常熟市共派出7批共77名医务人员赴思南开展帮扶工作。

2020年8月18日，在常熟市第三个中国医师节主题活动上，2020年常熟"大爱仁医·最美医师"评比结果揭晓，常熟第7批援思医疗队的石轶、王鹰两名医生荣获"最美临床医师"殊荣。

为医路黔行队员喝彩的背后，是常熟一批批援思医疗专家付出的"N

常熟市第一人民医院与思南县民族中医院远程会诊系统正式启动
（江苏省对口帮扶贵州省铜仁市工作队／供图）

次方"。2017年以来,常熟医疗队累计帮助思南医院规范医疗管理流程150多个,引进医疗新技术100余项,成功实施危重病患手术500余台次,填补当地医疗技术"空白"42项,创下当地医疗技术"首例"38项,留下了一支"带不走"的医疗队。

3个多月前,来思南援医的常熟市第一人民医院泌尿外科专家石轶副主任到思南县民族中医院不久,就开展了多项高难度微创手术。他指导完成的20多例手术大多是三级以上手术,但绝大多数都是采用微创手术完成的。他说:"只有小创伤,没有小手术。爱伤观念是从医的第一课,外科医生每一台手术都要尽量减少患者的痛苦。"

贵州作为一个生育率高的省份,盆腔部位疾病尤为高发。来自常熟市第一人民医院超声科的薛琼花副主任医师手把手教会科室年轻医师怎样打切面,怎样测量,带出了一支超声诊断的"专家队",患者门诊量日均达300多人次。

"如果你们乡镇发现有发热病人,大家可以通过这个远程医疗系统,直接连线专家组进行会诊。"2020年8月11日下午,常思两地举办了远程医疗信息化平台全覆盖启动仪式,并举行基层医疗机构急诊急救技能培训,常熟市第一人民医院副院长叶宏伟进行了心肺复苏授课,常熟市医疗急救中心急救培训导师同步进行操作演示,来自常思两地卫健系统的医务人员近500多人参加了此次视频培训活动。

截至2020年8月,思南县人民医院、县民族中医院,与常熟市三家市级医疗机构实现了远程诊疗的互通互连,共成功施行远程诊疗40余病例,为思南医疗健康事业发展做出了积极贡献。2020年平台再次升级,逐步实现帮扶医院与受援医院远程医疗服务关系全覆盖,支援受援双方能够开展常态化的远程医疗技术咨询和远程会诊服务。这标志着在东西部扶贫协作中开创先河的常思"互联网+医疗"帮扶模式取得了重要成果。

"远程诊疗将成为常熟专家顾问团与思南医护人员之间、结对医院之间日常医疗协作的交流平台。"思南县工作组组长、思南县委常委、副县长王晓东说，"远程医疗平台实现全覆盖后，将利用5G网络通信技术，从多方面实现远程专科扶持，为思南带去最新的'互联网+医疗'技术革命，与思南共享最前沿的医疗技术服务。"

线上全覆盖培训，线下多领域互动。围绕"2+5"重点科室，常熟医疗队帮扶思南县人民医院重点建设重症监护室、急诊中心两大中心，合作建设5个临床专科，帮助思南职校建立了护理专业实训基地。

8月12—15日，为深化中医院结对帮扶，常熟市卫健委组织"名中医思南行"活动，选派常熟第一、第二届名中医张小龙、何炜、邵晨东、金鸥阳等专家走进思南县民族中医院开展专家义诊活动，弘扬苏州吴门医派，将常熟中医先进理念和技术传授给思南同行。

"常熟市卫健系统是苏州对口帮扶铜仁地区中选派人员最强、帮扶医院最多、互动领域最广、创新成果最丰的医疗帮扶力量。"8月17日，在第三个中国医师节到来之际，思南县委书记刘云成一行专程来到常熟市新区医院，看望思南在常熟跟岗学习的医生和实习的职校护理专业学生，表达思南人民对常熟对口帮扶医院的感激之情。

（文／章桂生　陈剑）

人物事迹

一生难以磨灭的记忆

扶贫是一生难以磨灭的记忆，也是一笔宝贵的精神财富，能够参与一次已是人生大幸。我却有幸两次投身这项事业：从江苏省南北挂钩合作到全国东西部扶贫协作。

时光倒回2007年4月。江苏省委确定苏州和宿迁结对开展南北挂钩合作，我受命作为苏州首批援宿干部到苏北欠发达地区宿迁市宿豫区挂任区委副书记，从此开始了三年零一个月的第一段扶贫历程。

三年里，我积极促进南北产业转移，推动张家港26个产业项目落户宿豫，张家港市企业累计在宿豫建办项目82个，投资总额32亿元。宿豫区全部16个乡镇和张家港市的8个镇建立了结对挂钩关系，14个村、2家企业对宿豫区16个经济薄弱村进行结对重点帮扶，帮助建设标准型厂房1.5万多平方米，引进项目11个，吸纳当地600多名贫困劳动力就业。江苏省首家南北金融合作的张家港农商行宿豫支行开业，宿迁市最早获批的全省南北挂钩合作共建的张家港宿豫工业园区渐成气象，开南北挂钩县级文化领域交流合作先河，宿豫张家港实验小学综合改革成效显著，南北平安创建合作经验在全省得到推广……本人也获评江苏省南北挂钩合作先进个人。这段"累并快乐着"的岁月，充满了艰辛和挑战，也收获了内心的坚定和丰满。

明月白露，光阴往来。十年后的2017年10月，作为江苏省对口帮扶贵州省铜仁市工作队首批队员年龄最大的一位，我再次踏上扶贫征途，挂任沿河自治县委常委、副县长，开启了在贵州省沿河土家族自治县的全国东西部扶贫协作对口帮扶四年挂职扶贫岁月。

那一年，我51岁。五十知天命，很多人对我再次出征感到不解，也有人劝我，"老陈，你已经为扶贫事业作出了贡献和牺牲，这岁数了，别再去了"。组织上征求我意见，让再跟家人商量一下后做决定。我作为一名共产党员，阅历比较丰富，又有南北合作挂钩扶贫工作的经验，毫不犹豫就一口答应了。

踏上沿河大地的那一刻，还是惊诧于典型山区沿河的贫困程度。这个地处武陵山集中连片特困地区的革命老区县，是贵州省14个深度贫困县之一、铜仁市唯一的深度贫困县。2014年全县共有建档立卡贫困人口173304人，贫困发生率28.28%，贫困程度之深超出想象。在我来之前的2016年底，全县还有贫困人口80487人，贫困村230个（其中50个深度贫困村），贫困发生率13.13%。这可真是一块难啃的深度贫困"硬骨头"！

说了算，定了干，样样工作争第一，这才是"张家港精神"！要干，就先从建立东西部扶贫协作对口帮扶机制开始吧。很快，在两地党委、政府的大力支持下，市县、乡镇、园区、村村、村企五个层面全面结对帮扶的"五位一体"扶贫协作新模式在全国率先探索出来。此后，率先在全国县域实现乡镇双向结对全覆盖，率先在全国县域教育系统实现各个乡镇、各类学校、各个学段"三个全覆盖"结对帮扶；率先在全国县域卫健系统实现县级医院、乡镇卫生院、公共卫生单位"三个全覆盖"结对帮扶；率先在全国县域建立包括易地扶贫搬迁安置点在内的24小时新时代文明实践驿站体系，实现深度贫困村、未出列贫困村结对帮扶全覆盖；全国首创东西部扶贫协作劳务协作驿站——"两江家园"劳务协作驿站，设立贵州省内东西部扶贫协作首家村级"就业服务站"……我本人也被贵州省委表彰为"全省脱贫攻坚优秀共产党员"。

面对这些创举，似乎应感到自豪，但我心头却深知，更艰难的路还在后面。今年（2020年）是决战决胜脱贫攻坚收官之年。沿河是全国挂牌督战的52个贫困县之一，武陵山集中连片特困地区唯一未摘帽的片区县，铜仁市唯一的未摘帽贫困县。全国2707个未出列贫困村中铜仁市有22个，都在沿河。沿河也是江苏省对口帮扶支援地区中唯一未摘帽的贫困县，可谓脱贫攻坚最后的"堡垒"。

年初，新冠肺炎疫情突如其来。1月21日，妻子因此前髌骨粉碎性骨折，刚刚手术取下钢钉，每两天需要换一次药，过段时间还要去医院拆线。可是，形势逼人，哪里等得起！2月4日，妻子到岳父家中生活，我在江苏省对口帮扶贵州省铜仁市工作队和10个区县工作组中第一个奔赴沿河疫情防控和脱贫攻坚前线。

脱贫攻坚，资金投入是保障。2020年，江苏东西部扶贫协作对口帮扶

陈世海（左一）走访慰问沿河自治县沙子街道岩门村贫困群众
（江苏省对口帮扶贵州省铜仁市工作队／供图）

张家港市级以上财政资金达2.51亿元，相当于沿河2019年度公共财政预算收入的六成，投向产业类、基础设施类、教育类等106个项目。这些资金到底有没有用到实处？3月24日开始，连续5天行程1000多公里崎岖山路，走遍沿河22个乡镇（街道）；"五一"假期又连续4天行程1050公里，途经黔渝2省市5县，走遍沿河未脱贫出列的22个贫困村，走山寨、看项目、问民生。大家说我用"铁脚板"跑出了脱贫攻坚的"加速度"，我知道，时间不等人，必须一鼓作气才能把决战决胜的红旗插上深度贫困最后的"堡垒"，确保沿河自治县所有贫困人口在6月底实现"两不愁三保障"目标，到年底实现高质量脱贫。

走过南北东西，时光荏苒，但初心不改，使命不变。在我人生的坐标系上，宿豫、沿河，永远是我最清晰的记忆、最深情的牵挂。

（文／陈世海　系张家港市政协党组成员、副主席，江苏省对口帮扶贵州省铜仁市工作队沿河土家族自治县工作组组长，挂职任中共沿河土家族自治县委常委，县人民政府党组成员、副县长）

赤子丹心昆碧间

2020年6月3日,碧江的夜晚,风清月白,奔波劳累一天的孙道寻,埋首案牍,梳理当天调研产业素材时,不由得心潮澎湃,写下诗作——

时代春风入黔来,万物待兴百花开;
脱贫攻坚推进快,民生幸福处处在;
东西协作心澎湃,产业发展绘未来;
兄弟携手正精彩……

诗,质朴无华,却饱含援碧深情——

2017年,昆山与碧江结下帮扶情,孙道寻从江南鱼米之乡,一路逆行,赴碧江区挂职区委常委、副区长,在脱贫战场书写党员的初心与使命担当。

挂职以来,孙道寻带领昆山市对口帮扶碧江工作组,架起昆碧扶贫协作桥梁,用好用活昆山力量,推出两地部门、园区、乡镇、村村、家庭、村企、社会帮扶"七结对",引来江南活水,助力碧江绽放脱贫之花。2018年,碧江区脱贫;2019年底,贫困发生率实现"清零"。

守初心　远赴碧江担使命

2017年10月,一纸《东西部扶贫协作助推脱贫攻坚合作协议》,昆山与碧江结下帮扶"对子"。

2017年10月，经过层层选拔，时年36岁、熟悉农村、富有开创精神的昆山市张浦镇镇长孙道寻，被确定为援碧江干部，挂职碧江区委常委、副区长。

丹桂飘香时，孙道寻离开江南鱼米之乡，与家人一别千里，深入武陵山脉腹地——碧江。碧江，凝聚千年光阴，因山水阻隔，碧江也贫困了千年。

人生地不熟，初到碧江的孙道寻，便感到不适应：语言不适应，特别绕；饮食不适应，特别辣；气候不适应，特别湿……

但这些，对孙道寻而言，均不是难事，更不存在困难与挑战。

困难与挑战，是如何尽快找到两地的结合点、切入点、共赢点与立足点，用好用活昆山的帮扶力量，助力碧江脱贫攻坚。在困难挫折中不忘初心使命。面对困难与挑战，无所畏惧，一往无前。抵达碧江的第二天，孙道寻放下行囊，奔赴各个乡镇。

白天奔走于乡野、穿行于阡陌；晚上埋首于案牍，汇总材料，总结思路。短短一个月，他走遍碧江区13个乡镇（街道），写下厚厚的两本笔记，而鞋也磨破了。

他的愿景，是链接碧江所需与昆山所能，为碧江脱贫攻坚助力，东西部携手奔小康。

"敢于争第一、勇于创唯一"是新昆山精神。骨子里流淌两个"一"因子的孙道寻，不负众望，不负重托，砥砺奋进中，推动昆山碧江两地"七结对"，打造了东部扶贫协作样板。

搭桥梁　引江南水润脱贫花

2020年6月3日，坝黄镇高坝田村蓝莓基地，蓝莓树上结下喜人果实。

基地管理人员杨腊毛说："孙道寻副区长引来东西部扶贫金，打造了蓝莓基地，让村民就业脱贫，他为村民做了好事啊。"

金杯银杯，不如群众的口碑。一句"他为村民做了好事"道出了干群同心及鱼水情深，也道出了孙道寻的帮扶情怀。

他，在东西差距中推动融合发展，在因地制宜中寻找工作契合点，推动两地打好"项目、感情、组合"三张牌，推出"七结对"经验，让群众受益。

乡镇"项目"结对。昆山所辖的8个镇和旅游度假区与碧江9个乡镇实现双向结对全覆盖，争取三年结对资金1200多万元。

贫困村"全面"结对。立足昆山各村的发展优势，结合碧江农村的实际，推动昆山8个经济强村与碧江8个深度贫困村建立结对帮扶关系，实现深度贫困村结对全覆盖。

孙道寻下村调研走访
（江苏省对口帮扶贵州省铜仁市工作队／供图）

借助民政、群团等力量，鼓励商会、协会等社会力量。2018年，孙道寻着手开展家庭结对工作，并于当年成功推动了220户昆山家庭结对帮扶碧江220户贫困家庭子女，阻断贫困代际传递。

碧江区陈家寨村民杨通发和老伴年过70岁，与3个孙女相依为命。经孙道寻牵线搭桥，昆山支伟其、陈莉夫妇与杨通发家结成帮扶对子。夫妇俩在经济上时常接济杨家，还给予孩子父母般的关爱。

值得一提的是，2019年7月，在上半年推动社会力量结对碧江130户贫困户的基础上，昆山市开展1024名党员干部与碧江788户贫困家庭结对活动，助推碧江贫困群众"清零"举措，为"敢于争第一、勇于创唯一"的新昆山精神写下生动注脚。

道不尽的心潮澎湃，数不尽的感人故事。孙道寻来到碧江工作后，推动两地高层互访不断加深,推动了扶贫项目落地碧江,建立起"点对点、点对面、一对多、多对一、点对线、线对面"的结对关系,形成多元化、多层次、多领域的精准扶贫格局,争取各类帮扶资金达1.7124亿元。

2019年《昆山碧江"七结对"》获评第二届中国优秀扶贫案例,并入选在广西召开的全国携手奔小康培训会典型案例;《昆山·碧江着力打好"三张牌"深入推进东西扶贫协作》工作经验入选在四川召开的全国携手奔小康培训班案例。

畅渠道　助推碧货出大山

"孙道寻挂职又挂心",这是碧江区干部的评价;"孙道寻是贴心人",这是群众的看法。

挂职以来,孙道寻奔波的步伐不止,走农家进坝区;思考不停,想方设法真帮实扶,为民解忧。

孙道寻在查看碧江区坝黄镇高坝田村蓝莓树苗长势
(江苏省对口帮扶贵州省铜仁市工作队/供图)

2019年,接近年关,孙道寻接到消息:"白水贡米滞销,群众发愁。"白水贡米产于碧江区滑石乡,质好品优,每斤大米销价6元至19.8元不等。大米滞销,关乎群众的钱袋子,关系脱贫攻坚,关系碧江全面小康大局。

"不能让农民白辛苦……"孙道寻带着大米样品,赶回昆山市。那段时间,他开车带大米样品,奔走于各企业、各商会、各粮油经销商。当起"白水贡米"推销员。15天时间卖出了3.5万斤白水大米，解了群众燃眉之急。

当推销员卖"白水贡米"，只是孙道寻畅通渠道，通过线上线下融合发展，持续推进农产品产销对接，拓宽销售渠道，做实消费扶贫的缩影。

在整个商业生态链中，"销"是最为关键的一环。为了让碧江的山货走得出，走得远。孙道寻通过采取"大数据+产业+电商+市场"的模式，整合网络平台，把农产品收购到平台进行销售，有效破解了农业产品生产前端和市场销售后端脱节的产销难题。

在昆山，在孙道寻的倡导下建成了"昆碧乐比邻"东西协作展销中心，设置农产品展销、文化旅游展示和产业招商宣传功能，推销碧江农产品近50种。三年来，碧江到东部城市举办农产品展销会7次，推销白水大米、羊肚菌、中药材等特色产品，实现销售4亿元。

倾情帮扶，孙道寻不遗余力。2020年初，新冠肺炎疫情期间，为了推进复工复产，解决群众就业增收的问题，孙道寻收集了昆山用工信息，协调两地部门，完善输送环节，通过包机、包专列的形式，将碧江759名务工人员输送到昆山就业，解决了贫困户就业脱贫的问题，也缓解了昆山"用工荒"的问题。

对群众真帮实扶，对群众用真心实意，孙道寻换来与老百姓的"心连心"，群众遇到他时，总会发出邀请："到我家搞顿饭（到我家吃顿饭）。"

这也成为他甜蜜的烦恼，只能婉拒。

赤子丹心在昆碧。挂职两年多来，孙道寻对碧江从陌生到熟悉，从熟悉到融入，如今，他的口头语变成了"我们碧江……"

（文／郭进　刘煜妤）

别人拿不走的财富

"刚开完会,下午还有个会,明天还得下乡。"常熟对口帮扶思南工作组组长王晓东说,"帮扶工作可不是纸上谈兵,得多思考,多去现场。"

"王县长总是这样,不是准备下乡,就是在下乡的路上。"同行挂职思南县政府办副主任陈剑打趣道。事实上,王晓东也是这样做的。

2017年4月,时任常熟市尚湖镇党委书记的王晓东被委派到贵州省铜仁市思南县任县委常委、副县长,接过了东西部扶贫工作的"接力棒"。三年间,足迹遍布思南各个乡镇。

初到思南,王晓东就一头扎了进去,看资料、下基层,调查摸底了解情况,熟悉民风民俗,主动融入当地生活。

来思南之前,王晓东干劲十足,信心满满。心想:"常熟尚湖镇有140多家货架企业,产品占据国内半壁江山,把苏南经验'移植'过来做好资源对接,老乡们脱贫应该就会水到渠成。"

王晓东(右一)深入贫困村,到贫困户家中调研
(江苏省对口帮扶贵州省铜仁市工作队/供图)

可真到了思南,王晓东调研发现,思南的原材料、物流成本远高于常熟,加上当地没有完整的产业链,原来的

想法根本行不通。常常有一种"一拳打在棉花上"的无奈，千头万绪的工作却一时无法推进。

对口帮扶不是照搬照抄，只有帮到点上，才能拔掉穷根；扶到根上，才能摘掉穷帽。于是，王晓东重新思考，思南的优势在哪儿？短板是什么？看清形势，找准路径，产业才能真正立得住。

思南"高海拔、低纬度、寡日照、多云雾"，是种植白茶的好地方，但当地茶产业技术相对落后；而常熟茶企技术较为成熟，且消费市场巨大。

"东部地区有市场、技术、资金，而贵州有资源优势、生态优势、人力优势，我们的职责就是找到结合点，把两地紧紧联系在一起。"夜以继日的思考，王晓东有了思路。

随后，王晓东邀请常熟茶商到思南开展了为期一个月的考察，跑遍了大半个思南、翻过了无数座山。终于，有茶商决定扎根思南，成立公司并派驻技术团队、引进优良茶种。

经过考察，工作组一致决定在鹦鹉溪镇翟家坝村建设1023亩白茶基地。为了合理利用土地资源，增大种植面积，白茶基地需采用"梯改坡"的形式。谁曾想到，当资金、技术、人员全部到位时，将梯田改为坡地却成了一个难题——习惯了小农生产的翟家坝村民们并不同意。

想法有了，可不能半途而废。就这样，王晓东拉上村干部，开始挨家挨户做工作，讲解茶叶基地不仅能带来土地流转的租金，还能有就近就业的薪金和参与分红的股金。小小一株茶叶就能收获"三金"，通过算账，大家吃了"定心丸"。

有了生产，还要有流通，才能形成产、供、销完整的产业链，确保村级经济不断壮大。王晓东全力推行"黔货出山"，在想方设法打开常熟市场的同时逐步对外拓展，确保落地项目早日"开花结果"。同时，从常熟请来农业专家，江苏省科技厅又支持设立了农村科技服务超市。在多方的共同努力下，基地于2019年实现了春茶首采，产品全部销往东部，全村也依托白茶产业顺利实现脱贫。

随着白茶产业落地生根，当地找到了脱贫致富路。如今，村里设立了名优茶加工中心，春茶就地加工，大大压缩了生产成本。

"没有落后的群众，只有落后的干部。"王晓东说，"对口帮扶不能简单地照搬照抄，必须多思考、多谋划。产业发展更是如此，必须一头连着基地，一头连着市场，以市场为导向，用好我们的头脑、经验，才能真正帮老乡们土里寻金，建立可持续的发展路径。"

"对口帮扶这三年，是别人拿不走的财富。"话末，王晓东用这样一段简短的话语总结了帮扶路上的辛酸苦辣。

（文／潘佳本）

"松桃是我的第二故乡"

2019年7月1日，赵启亮在贵州省脱贫攻坚"七一"表彰会上，从省委书记手中接过沉甸甸的优秀共产党员奖章后，内心非常激动。

赵启亮作为苏州工业园区经济发展委员会的对口副主任，2017年4月5日，积极响应国家东西部扶贫协作号召，主动报名赴松桃苗族自治县挂职锻炼，任中共松桃苗族自治县委常委、县人民政府副县长一职，开展帮扶工作。

抵达松桃后，他克服饮食及气候差异，迅速展开调查研究，走部门、串乡镇，深入田间地头，和松桃当地干部、群众交心谈心，探寻贫困原因，梳理脱贫思路，谋划脱贫举措。在前后方的大力支持下，充分联结两地资源，倾尽全力落实各项帮扶措施，在产业合作、劳务协作、卫生教育、技术支持、文旅交流、结对共建等方面取得明显成效，用实际行动诠释了一名优秀共产党员心系苗乡贫困群众的高尚情怀。

来自苏州工业园区的赵启亮，深知一个地方的发展必须要有好的理念。苏州工业园区成功的秘诀在于园区经验，即以"借鉴、创新、圆融、共赢"为基本内涵。在工作推进中，赵启亮将苏州工业园区好的做法与松桃的实际相结合，大胆实践。

挂职以来，松桃与苏州工业园区先后在松桃经济开发区和大坪场镇农业园区开展合作共建。在园区开发建设上，倡导先规划后建设，先地下后地上的规划建设理念；在项目引进与服务上，灌输亲商服务理念，切实做好一站式、代办式、保姆式服务。赵启亮发自内心地感慨："只要企业发展了，地方就会发展，农民就能增收，脱贫就有望。"

在赵启亮看来，亲商服务是"园区经验"的重要内涵，是园区开发建设取得巨大成就的重要法宝。两年多来，赵启亮牵头召开的项目选址现场会、企业服务联席会、项目评审专题会达几十次，走访企业上百次，亲商服务理念逐步深入人心。

在松桃经济开发区，办公室主任张永峰说："自赵副县长来到松桃后，一直关心支持我们开发区的工作，特别是把苏州工业园区的成功经验传授到园区的管理层，使园区面貌大有改观。"

两年多来，赵启亮先后到重庆、湖南、广东、福建、江苏、山东等10多个省市考察洽谈项目，引进了服装、石材加工、电子产品、种养殖、文化旅游开发等一批项目，总投资超百亿元。

"不用外出打工，现在在家门口就能挣钱了，多亏了赵副县长给我们村引进房屋立面改造项目和旅游商品加工车间，让我们这些农村妇女既能在家照顾老人孩子，还能靠刺绣挣钱。"龙菊花高兴地说。

赵启亮（前排左一）代表松桃自治县与同程旅游签订旅游战略投资协议
（江苏省对口帮扶贵州省铜仁市工作队／供图）

在盘石镇响水洞村的苗绣基地，几十名苗族妇女正在赶制苗绣。55岁的龙菊花现在是一名刺绣能手，过去却是村里有名的贫困户。脱贫的经历让响水洞村民感激于心。

响水洞村是赵启亮一直关心的贫困村，产业基础薄弱，但旅游资源丰富。通过协调帮扶资金500万元帮助实现房屋外立面改造，使该村的人居环境焕然一新。

为让村民吃上"旅游饭"，两年多来，他积极争项目、跑资金，为桃花源乡村旅游、苗妹子农业观光园、马安村乡村旅游、大坪场镇农业园区以及苗王城等景区争取各种资源，吸引大量游客到松旅游，有力地助推了村民增收。

仅2018年，赵启亮赴对口帮扶城市开展招商引资工作4次，接待对口帮扶城市来松考察12次，成功与17家企业签订投资合作协议，投资总额达14.025亿元，其中产业合作项目4个，投资总额7.3亿元。

赵启亮表示，松桃是他的第二故乡，他将牢记嘱托，奋发有为，不辱使命。他坚信在东西部的共同努力下，松桃一定会按期打赢脱贫攻坚战，松桃的明天也会更加美好。

（文／黄前生　侯桂平）

"老百姓的事情就是我的事情"

"杨区长为我们村的发展出谋划策，争取资金修建老年文化活动中心，修复了产业路，扶持我们的产业发展，他是能为我们办实事的好领导，我们村的村民都非常感谢他。"龙田村村民杨深彬的话代表了当地很多贫困户的心声。而他口中所说的杨区长是苏州高新区对口帮扶干部，贵州省铜仁市万山区委常委、副区长（援外）杨亮。自2017年挂职铜仁市万山区委常委、副区长以来，杨亮一心扑在扶贫工作上，不断创新思路，所分管的东西部扶贫协作工作实现新突破，助推万山区在2018年顺利通过国家第三方评估，以优异的成绩实现脱贫摘帽。在2018年铜仁市东西部扶贫协作年度考核中，万山区名列全市第一名，他本人也被评为"贵州省脱贫攻坚优秀共产党员"。

"乡亲们就是我的亲人，老百姓的事情就是我的事情。"杨亮是这么说的，更是这么做的。自2017年11月挂职以来，杨亮就深入贫困村调研，为贫困村解决实际问题。在蹲点驻守龙田村期间，他与百姓同吃同住。当地条件较为艰苦，酷暑难耐，几天才能洗一次澡，且蚊虫叮咬厉害，待了几天杨亮就全身红肿，但他却毫无怨言，全身心带领全村百姓投入到脱贫攻坚工作中去。同时，杨亮积极协调项目资金近100万元，投入龙田村标准化蔬菜大棚建设，新建村级文化活动中心，改善人居环境，村民幸福感显著提升，赢得了当地村民的一致赞誉。

而对另一个贫困村瓦田村，杨亮也倾注了大量心血。"瓦田村中一条槽，早吃苞谷夜吃苕；漂亮姑娘往外跑，留下光棍几十条。"这首民谣曾是瓦田村的真实写照。瓦田村离万山区政府车程90分钟，山高水深，全村共443户1736人，共有贫困户152户529人，是典型的人多地少贫困村。这样的地方该如何实现脱贫？经过调研，杨亮发现瓦田村盛产葡萄，但当地雨水多，种植成本高，每亩成本要达2000余元。更糟糕的是，露天葡萄形状不佳、采收周期短、产量小、价格低，一年辛苦下来却赚不了钱。为此，他特意请来专家开出"处方"，为葡萄园披上"雨衣"。在大面积地为葡萄园搭建改良大棚时，却遇到了资金瓶颈。

为了解决这个问题，杨亮四处奔波，最终争取到东西部扶贫协作资金400万元。改造后，瓦田村实现了葡萄品质、产量、效益三提升。2018年，瓦田村葡萄产量300余万斤，销售额300余万元，产业红利惠及全村百姓，人均增收1600元。2019年总产量500万斤，产值1000万元。2020年，杨亮又"乘胜追击"，适时争取匹配项目资金50万元，修建酒厂，扩大产能，掘洞窖藏，提升品质，进一步提升了葡萄的附加值。全村2019年脱贫贫困户18户27人，2019年底全部实现脱贫。

由于地处山区，物流运输成为万山区农产品销售的最大障碍。面对这一现状，杨亮深入调研，主动作为，创新思路，通过"互联网+"的模式助推"黔货出山"。线上，充分利用万山区电商生态城、苏州高新区食行生鲜、苏州银行等网上APP全力助推；线下，采取在苏州南环桥批发市场开设万山农产品批发部，加大苏州农发集团等企业、高新区工会系统的采购力度，助推铜仁农产品进驻苏州商场、超市等措施，引导工会系统等主动参与消费扶贫，通过农贸市场、企业超市，展销批发，稳定销售终端。同时，立足长远，争取到苏州高新区国企——苏高新集团的大力支持，投资1.5亿元在万山经开区建设占地70亩的苏高新集团·食行生鲜农产品供应链中心。实现农产品收购、分拣、检测、包装、冷链配送等于一体的全产业链构建，成为当地片区"黔货出山"的重要集散地。通过构建线上、线下联动的"消费扶贫"形式，2020年万山区已外销农特产品价值达

1.5742亿余元，惠及7344名贫困人口，精准带动贫困群众增收脱贫。

与此同时，杨亮又积极奔走为产业脱贫持续引来"活水"。在他的推动下，落户铜仁市万山区的东部企业达13家、投资7.16亿元。其中，来自苏州高新区的国资投资项目3个，金额达5.1亿元，分别为投资1.1亿元的牙溪旅游综合体项目；投资2.5亿元的"苏州·铜仁大厦"精品旅游酒店项目和投资1.5亿元的现代农业物流供应链基地项目。这些项目将极大地促进当地消费升级及百姓就业增收。"杨区长视野开阔，思想解放，作为一个挂职领导，在万山的干部群众中有较高的威信，他推动并引进了诸多社会资本投资万山、发展万山，并带动贫困人口就业或者参与分红，在百姓中的口碑极高。"万山区扶贫开发办公室杨芷若表示。

在杨亮的带领下，苏州高新区和铜仁市万山区的东西部对口扶贫协作工作成为全国脱贫攻坚工作的亮点，万山区11个镇（街道）、37个贫困村（含3个深度贫困村），2020年脱贫户551户。在2018年11月举办的"全

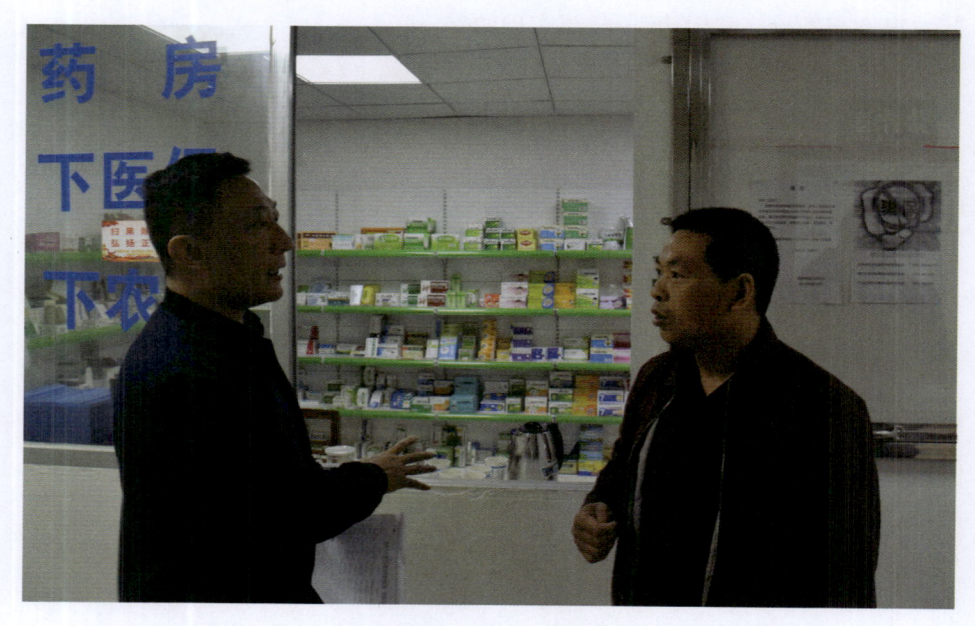

杨亮（左一）在城南驿社区卫生服务站向居民了解情况
（江苏省对口帮扶贵州省铜仁市工作队／供图）

国携手奔小康"培训班和2019年6月份举办的"全国东西部扶贫协作培训班"上做典型交流，2019年8月，在"全国携手奔小康"培训班上做典型发言。2019年11月，国家发改委在苏州高新区举行全国消费扶贫市长论坛，会上发布了全国消费扶贫典型案例，苏州高新区以"黔货进苏"助力铜仁市万山区消费扶贫入选典型案例。

  扶贫之路漫漫，杨亮无怨无悔，倾注了全部精力。但对于家庭，杨亮觉得亏欠了很多。2019年11月，即将中考的女儿给他写来了一封信："亲爱的爸爸，过几天我就要参加中考了，本来你说要回来陪我的，可是你不回来了。我不怪你，我知道你在帮助贵州山区的老百姓，事情一定很多，很辛苦。我会好好考试，请你放心。爸爸，你是干有意义的大事，我为你骄傲，等你胜利归来，我和妈妈一定到机场接你。"女儿的懂事和乖巧让杨亮在愧疚的同时也让他更加坚信了自己的选择。

（文／夏燕燕）

别有韵味在心头

深山还是深山,村子还是原来的村子,唯一不同的是:村里蜿蜒盘旋的柏油路直通山顶,新修建的几栋精品民宿在阳光的照耀下格外醒目,侗韵园内不时飘来阵阵酒香……

这是太仓·玉屏共同打造的深度贫困村"五位一体、立体帮扶"样板——大湾村的新景象。昔日的大湾交通落后,村里没有像样的产业,通过东西部扶贫协作,如今却成了乡村旅游的最佳之地。跨越1600公里的东西部扶贫协作干部姜超,见证了这一发展奇迹。

姜超一边忙着审核深度贫困村"五位一体、立体帮扶"样板文化墙,一边说:"针对贫困村的发展痛点,通过党的建设、文化建设、乡村治理、产业致富、生态环境五个方面实施精准帮扶,玉屏成为铜仁市2018年首批脱贫摘帽的县,实现全县44个贫困村6280户22501人稳定脱贫,贫困发生率由17%下降到0。"

位于武陵山深处的贵州省铜仁市玉屏侗族自治县,由于地处云贵高原向湘西丘陵倾斜的过渡地带,山多田少、地形复杂,特色农业产业难以集约发展;群众缺少一技之长,"等、靠、要"思想严重;工业企业规模不够大,产业发展面不够宽,抗风险能力相对薄弱,发展陷入困境。

2016年,中央东西部扶贫协作一声号令,跨越1600公里,江南丝竹发源地江苏太仓牵手箫笛之乡铜仁玉屏,在深度互动中攻坚"精准扶贫",演绎了一曲荡气回肠的扶贫协奏曲。

"打这样的仗,就要派最能打的人。"2017年10月,时任江苏省太仓市璜泾镇党委书记的姜超，作为扶贫干部远赴千里之外的玉屏，深入开展"精准帮扶"。

把心沉下去是姜超的帮扶秘诀。刚到玉屏，姜超就身体力行、走村串户，俯下身来认真倾听贫困户的需求，用实际行动把扶贫政策落实、落细，深入思考"太仓有什么、玉屏做什么"，研究确定玉屏借力太仓产业发展、劳务协作、人才培养等各领域协作的工作清单。

深化产业合作，着力激发群众内生动力。自2017年开展扶贫协作以来，针对玉屏产业带动能力欠缺，着眼于东部发达地区带动性强、示范性强的企业和项目，姜超深入开展招商推介活动，先后促成了苏州矽美仕、伟建实业（苏州）、上海孙桥溢佳农业、宿联中国精品民宿、锦超衬衫等企业落户玉屏。

同时，结合玉屏黄桃、生猪、油茶、食用菌四大扶贫产业规模小、布局散、配套差、见效慢的痛点，加大技术、资金、人力的支持，精准抓住生产、流通、消费三个环节，建成面向太仓市农产品直供基地2050亩，实现玉屏农特产品销售金额1.5932亿元。2019年已向太仓等东部地区销售玉

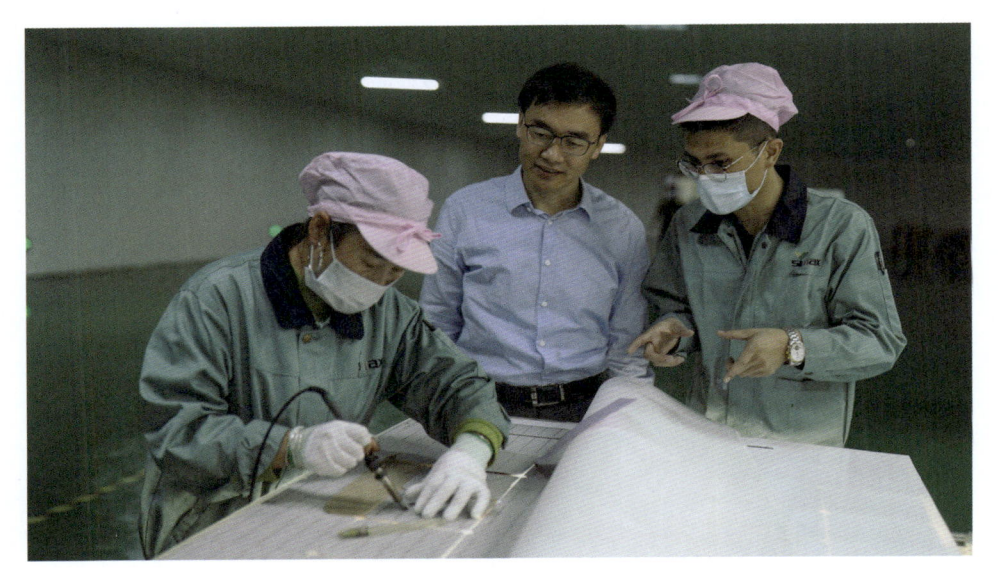

姜超（中）深入东西部扶贫协作企业调研（胡攀学／摄）

屏黄桃、油茶等特色农产品981.65万元，打破了"玉货出山难"的困境。

扩大劳务协作，积极拓展就业空间。为满足群众的务工需求，在贵州率先建成太仓·玉屏人力资源市场，开展常态化的求职咨询与劳务输出，实现了两地用工需求与务工需求的精准对接，补齐了玉屏劳务输出短板。

面对玉屏基础薄弱乡村中农村移民劳动力、镇区半劳力、弱劳力村民创业就业没有载体的情况，创新开办"扶贫车间""微工厂"，使玉屏群众实现家门口就业。

加快人才培养，持续强化智力支持。带着开放的眼光，姜超深知人才交流的重要性。在卫生领域，突出紧缺医疗人才支医帮扶，强化重点科室建设；在教育领域，深化双向挂职、"一对一结对"，借力提升师资力量；在农业领域，做精"订单农业"，实现市场无缝对接。率先引进太仓市教育管理团队，组建玉屏侗族自治县第一中学，开展"组团式"帮扶，实现太仓办学理念、管理制度、师资力量在玉屏的"复制粘贴"，使教学质量实现大幅跃升。

同心掬得满庭芳。这几年，玉屏的脱贫攻坚事业，发生了实实在在的变化。农村人均年纯收入达到了12835元，很多山区贫困村民过上了做梦都梦不到的生活，踏上了奔小康的征程。在这场不能输的脱贫攻坚战中，有千千万万个姜超见证、参与了这一场时代的变迁。

穿玉屏而过的㵲阳河水汇入长江，在江尾海头的太仓奔流入海，悠远连线的两城在新时代又缔结了一段扶贫共富的传奇佳话。

姜超（右二）走访慰问贫困群众（胡攀学／摄）

未来，江南丝竹的发源地太仓，享誉中外的箫笛之乡玉屏，"琴瑟和鸣"，协作共赢，共同打造高质量的东西部扶贫协作新样板。姜超铿锵的言语间，无不体现扶贫协作的澎湃激情。

（文／葛永智）

此生甘做扶贫人

印江地处武陵山集中连片特困地区，1986年被确定为省级贫困县，1994年被确定为国家"八七"扶贫攻坚计划重点县，2001年被确定为国家新阶段扶贫开发重点县。2014年，全县共识别贫困村203个（深度贫困村28个），建档立卡贫困群众25877户101159人，贫困发生率为25.08%。

2017年10月，根据国务院东西部扶贫协作部署，沈健民毅然决然地赴贵州省铜仁市印江自治县开展帮扶，挂任印江自治县委常委、县人民政府副县长，与印江立下四年之约。到任后，主要分管东西部扶贫协作工作，协助分管经开区、工业商务、招商引资工作。在印江，沈健民始终把脱贫攻坚重任记在心里、扛在肩上，围绕东西部扶贫协作目标任务，全力以赴抓落实，心系印江群众谋福祉，为印江脱贫攻坚整县摘帽作出了重要贡献，荣获"贵州省脱贫攻坚优秀共产党员"荣誉称号。

甘当"两江""双面胶"

一个在长江头的城市——印江，一个在长江尾的城市——吴江，相隔1600多公里，因东西部扶贫协作结亲，两地间镇（区）结对，村企牵手，公益组织助资助物，使得扶贫协作工作逐步走向了全社会参与，凝聚了助力印江剩余贫困人口"清零"，携手同步小康的强大合力，这离不开江苏省对口帮扶贵州省铜仁市工作队印江土家族苗族自治县工作组组长沈健民和他所带领的帮扶团队。

挂职以来，沈健民发挥"双面胶"的作用，致力推动两地党委、政府和社会各界交流。一方面邀请吴江区各界赴印江考察对接，另一方面率领、促成印江团队赴吴江区对接考察，为两地间广泛深入交流牵线搭桥。到2020年6月，对接两地成功召开12次党政联席会议，促成两地各领域互访交流达337批3000余人次。达成了产业、劳务、教育及医疗组团式帮扶等120余项合作协议，极大地推动了东西部扶贫协作工作的开展，两地间呈现出交流越来越频繁、合作越来越广泛、感情越来越深厚、成效越来越显著的局面。

精心勾勒"双面绣"

作为主抓东西协作的具体负责人，沈健民联结前后、沟通左右，精心勾勒两地扶贫协作"双面绣"，建立了从区县、部门到乡镇、村紧密联动的工作专班。两年间，累计争取各级各类帮扶资金8000余万元，聚焦产业发展、易地扶贫搬迁安置点教育医疗配套设施建设、深度贫困村，制定资金使用和管理办法，充分发挥帮扶资金的效率，精准投入使用，把有限的资金用在刀刃上，确保帮扶资金见实效，贫困群众得实惠。

在印江的最初两年间，沈健民致力于为贫困村解决实际问题，足迹踏遍了印江自治县17个乡镇（街道）120多个村，积极考虑扶贫开发工作的新思路、新举措。他说，要坚持把产业发展作为巩固脱贫成果、带动群众增收的关键，抓住吴江优势产业和市场空间助推印江农村产业革命，从农业、工业、旅游业三个领域加强两地合作。他一方面对接两地成功共建印江·吴江"两江"产业园1个，通过多次组织印江招商团队赴吴江，加大商源对接力度，瞄准印江生态优、环境美等资源禀赋，选择东部城市有优势、能发展的企业到印江考察投资，实现吴江企业转移、印江产业发展的双赢目标。截至2019年，已有13家东部企业落户印江，入住"两江"园区企业7家。另一方面鼓励企业主动出击，推动"印货出山"，开设了梵净山茶苏州推广中心旗舰店、江南荟萃等6个"印货出山"专卖店或专柜。沈健民还为扩大"书法之乡·养生印江"的品牌影响力，多次赴江苏省开展旅游推介活动，完成与吴江区开展乡村旅游合作项目，实现江苏籍来印旅游2000人次以上。

"我们要围绕劳务协作重点难点，加强两地沟通协作、创新工作，借助市场化力量精准对接供需，努力实现满足企业用工需求与贫困群众劳动致富的双赢。"沈健民是这样说的，也是这样做的。他围绕"就业脱贫"目标，建立"政府主导、市场运作、部门联动、多元投入"培训机制，对接对口帮扶城市，精准做好人岗匹配，不断增加印江自治县贫困户就近就业、省内就业及其他地区稳定就业人数。

沈健民坚持把人才交流作为服务脱贫攻坚、着眼长远发展的基础工程，聚焦印江所需、吴江所能，突出务实、管用，做好双向交流、挂职培养，提升综合水平。他推动两地间人才交流从党政干部培训到以教师、医生和农技专家等为主的人才赴印江支援或赴吴江学习。沈健民积极对接"两江"围绕党政领导干部、党务工作者、就业培训、农村致富带头人等各类专业技术人才进行交流，并累计举行培训69期3667余人次。

沈健民（左二）赴紫薇镇调研产业项目
（江苏省对口帮扶贵州省铜仁市工作队／供图）

值得一提的是，围绕贵州省铜仁市教育、医疗"组团式"帮扶打造1个示范点的要求，沈健民创新帮扶模式，与团队自加压力，各打造1个。从2019年到2020年6月，先后组织47

名医疗专家赴印江开展支医工作，同时先后选派2批专家赴印江自治县人民医院开展三级创建内审工作，输出医疗技术3个项目；组织吴江33名教师到印江开展1—12个月的支教活动，先后有196名教师到印江交流，在送教印江的同时，积极联系选拔354名印江优秀教师赴吴江跟岗学习；组织12名吴江农技人才赴印江支农，在各自专业上传、帮、带，为印江民生事业及环境保护提供了有力保障。

决战疫情"指挥员"

在2020年新冠肺炎疫情防控期间，沈健民心系印江群众生命安全和身体健康，积极协调，第一时间向印江捐赠一批医用口罩，应贵阳将军山公共救治中心建设等要求，他和工作组一同发挥属地办公优势，吴江党政主要领导亲自到企业现场办公，调度吴江企业在防疫措施到位的前提下火速复工复产，实现应急抗疫物资材料全部顺利发往贵州，为贵阳公共卫生救治中心将军山院区、思南负压隔离病房改造按时建成投用提供了强有力的保障。

2月14日，达到返印的防控要求后，他第一时间奔赴帮扶岗位。而此时，印江的许多返乡农民工被困在家里，工作没了着落，这其中很多还是建档立卡贫困户。沈健民开始深思，如何让这样的家庭尽快解决就业问题、避免致贫返贫？他通过多方沟通、充分调研后，组织召开印江东西部劳务协作推进会、"送雁行动"调度会统筹安排，有序组织开展劳务输出，全力安排部署交通运输服务保障工作，协调人社、交通、卫健等部门，采取"点对点"的方式，组织专人、专车、专列提供全程"保姆式"的服务，保障务工人员安全出行，做好外出务工人员返岗就业的服务工作。

来自贵州省印江自治县的田海英乘坐免费专车，经历25小时的路程后，踏上了苏州市吴江区的土地。下了车，她直接来到峻凌电子（苏州）

有限公司上班。在这里,她每月可以拿到5000多元的工资。"这下,弟弟妹妹读书的费用可以解决了!由于父亲身体不好,全家只能靠妈妈打零工挣点钱,家里的经济负担重得很。以后,只要我认真工作,家里肯定会好起来的。"田海英说。在复工复产的关键阶段,沈健民和工作人员一起组织了6批次421名印江务工人员抵达吴江,走进企业生产一线。在此特殊时期既做好疫情防控又及时支持企业复工复产,更加保障了困难群众有稳定的收入来源。

做好群众"贴心人"

沈健民到印江挂职后,始终把贫困群众冷暖记在心上。一方面,积极联系贫困村,为其发展谋出路。2018年,沈健民同志主动联系印江木黄镇脱贫攻坚工作,担任副指挥长,联系了11个村。期间,他一有时间便下乡入村,对乡镇、村的"两错一漏""三率一度""一户一档"等相关工作情况进行详细了解和解决存在的问题。

另一方面,结对贫困户送温暖。沈健民与后河村5户困难群众结对,坚持每月走访,带着感情、带着责任,到群众家中了解情况和困难,细心查看贫困户"两不愁三保障"等保障是否到位,把脱贫攻坚惠民政策带到群众家里去。在"七一"前夕,走访慰问困难老党员,为他们送去慰问金;在冬季严寒时节,为贫困户换上御寒新棉被,并与贫困户同吃"连心饭",让贫困户真切感受到党和政府的温暖。

沈健民始终践行着习近平新时代中国特色社会主义思想,把东西部扶贫协作工作当作一种责任、一种担当,更是一种情怀;在印江自治县顺利通过铜仁市、贵州省检查验收和代表贵州省接受国务院扶贫办第三方复查评估中,贡献了突出的力量;在2018年的成效考核和2019年两次抽检中,印江自治县脱贫攻坚工作得到省、市充分肯定。他始终坚持把"甘做扶贫人、终事扶贫业"的个人梦想融入中国梦，个人的追求融入党的事业之中，全力打造"两江之情""吴印良品"品牌，为印江全面决胜脱贫攻坚、推进乡村振兴，实现更高质量发展贡献着自己的力量！

（文／江苏省对口帮扶贵州省铜仁市工作队印江自治县工作组）

深耕梵净山下的那片热土

2020年6月的江口，又迎来了一年一度的洪涝灾害多发期。6月29日傍晚至30日凌晨，江口出现强降水天气，全县出现2场特大暴雨、5场大暴雨，县城公路积水严重，车辆无法行驶。

6月29日晚上10点，祝郡正在指导对接2020年东西部协作项目现场考察及近年来协作成果总结宣传。突然，急促的电话响起，"祝县长，您的车是不是还在单位地下车库？要抱歉地报告一下，由于阶段性降雨量过大，车库淹进了很多水，车辆全部被泡在里面了，目前也没有应急抢救的办法。"

"没事的，这么大的雨，可以理解的，停在车库里大家遭遇都是一样的，不必过多考虑，你们忙你们的，之后我再自己联系保险公司处理，谢谢你！"祝郡平静地回复了电话，又开始继续看手中的资料。

第二天，忙着接待考察的祝郡不时收到江口朋友和同事的信息，大家都关心确认他的车是不是在车库，他统一回复"感谢关心，车是小事，昨晚那么大的雨，造成很多损失，你们都在参与救灾很辛苦，注意安全，感恩！"

感恩，是祝郡参与东西部扶贫协作援派挂职以来最常说的。2017年10月，时任苏州市姑苏区平江街道党工委书记的祝郡，坚决响应组织号召，作为江苏省对口帮扶贵州省铜仁市江口县工作组组长，跨越1500公里，从粉墙黛瓦、小桥流水的姑苏，来到青山绿水、亟待发展的江口，参与到东西部扶贫协作的伟大事业中。

对口帮扶有政策更要有结对、有交流

位于梵净山脚下的贵州省铜仁市江口县，2018年顺利完成"脱贫摘帽"，实现了零漏评、零错退，群众认可度达99.05%，位列贵州全省当年14个退出县第一名。"这份成果和荣誉的背后，是江口广大干部群众的艰苦努力换来的，这种担当和苦干实干的精神，我们要好好学习，我们也要以实干的态度做好东西部协作工作，要真正牵好线、搭好桥、办实事。"每次工作组及"三支"专家人才工作交流会上，祝郡都会提这样一项要求。

2017年10月以来，在姑苏区的大力支持和祝郡的协调对接下，姑苏区8个街道及3家国资公司，与江口县10个乡镇（街道）完成双向结对；姑苏区8个社区（股份合作社）与江口县8个贫困村建立结对帮扶关系；姑苏区14家爱心企业与江口县14个深度贫困村建立结对帮扶关系；姑苏区4个社会组织与江口县4个深度贫困村建立结对帮扶关系；姑苏区21所中小学幼儿园与江口县35所中小学幼儿园建立结对帮扶关系；姑苏区10个社区卫生服务中心与江口县10个乡镇（街道）卫生院建立结对帮扶关系；苏州市中医医院分别与江口县人民医院、江口县中医医院建立结对帮扶关系；等等。

"结对搭建的是桥梁，帮扶需要实打实开展活动。"这是祝郡经常说的。姑苏区情况与苏州其他兄弟版块有差异，比如，姑苏区没有区级医院，苏州市中医医院结对帮扶江口县人民医院以后，祝郡多次与苏州市中医医院对接交流，既感谢该院对东西部扶贫协作工作的支持，也希望能够发挥苏州市中医医院吴门医派深厚的医疗文化底蕴和医疗资源优势，真正帮助江口医疗水平的提升。近年来，在苏州市中医医院的帮扶支持下，江口县人民医院重症医学、急诊、骨伤、临床护理等科室在高新医疗技术开展、学科建设发展、流程制度规范等方面取得了长足的进步，开设了3个吴门医派专家传承工作室，接收了20余名苏州市中医医院挂职帮扶专家，派遣了30余名业务骨干赴苏州市中医医院进修学习，开展了苏州专家义诊10余场，等等。

互动协作有想法更要有思路、有做法

帮扶协作，一定要把江口所需与姑苏所能结合起来。怎么做？这是祝郡一直思考的。

"抓好党建促脱贫攻坚，是贫困地区脱贫致富的重要经验，群众对此深有感触，帮钱帮物，不如帮助建个好支部。"在学习习近平总书记重要论述的时候，祝郡找到了协作的一个好点子——党建联建。在他的直接推动下，2019年，姑苏区国资党工委先后安排7名先锋党员派驻凯德街道黑岩村开展联建帮扶活动，率先探索东西部党建联建，嫁接融合苏州"海棠花红""行动支部"等党建理念，共同打造"2345"党建联建模式，试点创建了"花红黑岩"党建品牌，为探索脱贫出列地区东西部深度协作共建提供了"黑岩样本"。

如今，"花红黑岩"不仅是叫得响的党建品牌，也是黑岩出品的注册商标。在党建联建的引领下，黑岩村探索乡村振兴中的东西部协作，将黑岩生产、黑岩制造的产品统一注册为"花红黑岩"商标，涵盖"楠乡系列"香囊、刮痧板等文创产品，以及百香果、红心猕猴桃、山竹笋等特色农产品，相关产品已经与姑苏国资集团、雷允上、瀛黔农业发展公司等达成销售协议，真正实现"支部引领好、集体带动好、产品销路好"，切实让贫困群众受益增收。

姑苏历史文化深厚，文旅文创资源丰富，这样的资源怎么运用好来帮助江口？在工作中，祝郡发

祝郡（右二）在凯德街道凯市村调研冷水鱼养殖基地
（江苏省对口帮扶贵州省铜仁市工作队／供图）

现，中国土家第一村——云舍村，自然环境很好，也有不少外地游客观光，但业态层次并不高。吃，只有农家乐；住，只有一些标准不一的小民宿。怎么办？祝郡随即联系苏州文旅集团，为江口文旅与苏州文旅牵上线，请他们一起谋划，做个精品出来，带动业态提升。

2019年5月，两地文旅达成合作协议，在云舍村打造了一家"苏州标准"的精品民宿。当年9月，借鉴花间堂·探花府、姑苏小院等建设运营模式的"云舍·姑苏小院"项目正式启动，苏州设计、苏州施工、苏州运营的模式在云舍引起了不小的震动。2020年3月，云舍·姑苏小院正式开业，在建设规划上融入苏州模式、整体环境上融合苏州元素、运营管理上体现苏州标准的"小院"不负期待，成为云舍网红打卡地，这个只有11间客房的"微酒店"平均入住率超60%，节假日更是一房难求。

"小院模式就是实实在在的产业协作，把好模式、好经验带过来，才能真正融合发展。"祝郡说道。

乡村振兴有蓝图更要有规划、有路径

如今，梵净山下的江口，已经站在脱贫攻坚与乡村振兴的交汇点上。姑苏江口因结对而结缘，这份帮扶之缘怎么延续、怎么长久？祝郡已经在谋划了。

在帮扶结对上，姑苏区的部门单位与江口县的部门单位正在有序对接，继续谋划着结对帮扶的事宜，延续着当年"一纸协议"的协作之情。在产业协作上，书香酒店集团已经与江口达成合作协议，建立江口书香府邸酒店；苏州文旅集团已经再度深度考察云舍村，计划打造"云舍·姑苏小院2.0"；苏州农业职业技术学院已经和县农村农业局达成合作协议，建立花卉培育基地和学生实训基地……在社会帮扶上，江口防贫预警资金池已经是祝郡力推的帮扶平台，他希望更多的社会力量长久地关注江口、支持江口。

"姑苏到江口,跨越1500多公里,我会在这里工作1400多个日夜,把工作时间的十分之一留在江口。这是一份缘分,也是一份感恩,江口将是我记忆最为深刻的故乡,我会一直做好姑苏和江口的桥梁,为江口的发展作出应有的贡献。"祝郡说。

(文／陈先冬)

情系深山"战贫人"

2017年10月30日,对于时任江苏省相城高新区(筹)管委会主任、黄埭镇镇长朱建荣来说,是一个特别难忘的日子。这一天,他将告别生活了四十多年的故土和同事,到一个从未去过的贫困地区铜仁市石阡县挂职任县委常委、副县长,主抓东西部扶贫协作工作。挂职两年多以来,朱建荣把挂职当任职,一步一脚印,走遍了石阡的山山水水,访问了一户又一户的贫困群众,用真情帮扶书写了一名东部挂职干部的为民情怀。当地干部群众纷纷赞誉,这是一个不可多得的苏州好干部。

系民情、解民意,在调研中寻找脱贫答案

石阡位于贵州省铜仁市西北部,土地面积2173平方千米,辖19个乡镇(街道)、311个行政村(社区),总人口46万人,仡佬族、侗族、苗族等17个少数民族占总人口的74%,是武陵山集中连片贫困地区。2017年底,全县贫困人口15243户54292人,贫困发生率达9.54%,是全国592个国家级贫困县之一,也是贵州省66个贫困县之一,脱贫攻坚任务十分繁重。

对于未知的事业,朱建荣没有半点犹豫,组织调令一下,他立即告别家人赶赴石阡。从东部地区到贫困山区,无论是工作环境还是生活条件,都有很大的差别,特别是农村扶贫第一线工作特别辛苦。朱建荣刚到石阡

时，县政府办的同事考虑到他来自东部发达地区，工作和生活都不习惯，准备为他购置好一点的生活用品，在生活上予以特殊照顾，但都被他拒绝了。他说，我来石阡是扶贫的，你们要把我当成石阡人，决不能给县里面增添负担。

在接下来的1个月时间，朱建荣一口气跑遍了石阡19个乡镇街道和29个深度贫困村，全面了解石阡贫困情况，对风土人情、产业发展、群众需求等都做了详实的记录。"老乡，身体好不好？家里的收成怎么样？你们村有什么产业？"每到一户村民家中，朱建荣都用夹带着吴语味的普通话与群众拉家常。刚开始的时候，很多群众听不懂他在讲什么，他就放慢语速，尝试着用石阡话与他们交流。石阡山高路陡，一些山路当地人走都害怕，他克服身体上和心理上的困难，硬是走了过来。短短1个月的时间，他就学会了石阡话，吃惯了石阡菜，成为一位地地道道的石阡干部。

扛职责、搭桥梁，在脱贫攻坚中注入相城智慧

相城区对口支援帮扶石阡的最终目标就是助力石阡打赢脱贫攻坚战，这是朱建荣同志在石阡从未忘记的初心和使命。通过对石阡的了解，他对"石阡所需"有了较为深刻的认识，石阡基础设施建设落后，资金严重缺乏，甚至没有像样的产业，一些贫困村的群众人均年收入还不足1000元。相城的资源优势有哪些？如何来帮助

朱建荣（前左二）到石阡县龙井乡开展帮扶活动
（江苏省对口帮扶贵州省铜仁市工作队／供图）

石阡脱贫摘帽？他一直在思考。

　　针对这些难题，他积极向相城区领导汇报石阡情况，提出帮扶建议，在他的努力奔走下，两年多来，相城、石阡双方党政领导率团互访11次，相关部门交流156次，签订帮扶协议120个。积极促成了相城12个镇（街道）、29个村（社区）和2个社会组织与石阡12个（含深度贫困村的乡镇）街道、35个行政村结对全覆盖，相城区41所学校、12所医院与石阡50所乡镇中小学、23所乡镇卫生院结对全覆盖，并引进了120名教师、医生、农业专家来石阡开展支医、支教、支农帮扶工作，在教育和医疗系统试推行"组团式"帮扶。两地联合举办了多次家政护工、种养殖、农艺工等培训班，培训人员967人；7场招聘会586名求职者与苏州企业达成就业意向；输送了259名贫困户到江苏实现稳定就业。同时，他更是利用相城区干部的便利身份，通过各种渠道直接采购或帮助采购石阡农特产品6680余万元，直接惠及19个乡镇（街道），助推60个贫困村脱贫。另外，在他的不懈努力下，相城社会各界爱心捐款、捐物1066万元用于学校、贫困村建设和贫困户脱贫。他用实际行动诠释了什么叫在阡为阡、为阡帮阡的思想境界。

抓产业、保民生，在产业协作中突破增收渠道

　　石阡作为武陵山区贫困县之一，土地贫瘠、产出低效，要脱贫必须得有资金支持。在朱建荣的努力争取下，2年多时间，相城区共在石阡实施项目87个，落实帮扶资金达1.2亿元，为助力石阡脱贫摘帽作出了积极的贡献。在脱贫攻坚的关键时期，抓产业既要考虑到产业的长期带动，更要兼顾产业的短期效益，如何做到两全其美？为破解这个难题，他决定以大带小，实施1个大项目作为示范引领，实施一些中小项目，迅速带动群众增收、补齐短板。说干就干，通过认真选址，充分结合本庄镇黎坪村的地

理优势，建设一个总投资3200万元的相城·石阡共建农业产业示范园。

本庄镇黎坪村共建产业园实施土地流转985亩，通过种植苏州优质树种白桦、蓝莓、枇杷、美国红枫等，利益联结本庄镇10个村600名建档立卡贫困人口。两年来共发放土地流转资金64万元，发放分红资金15万元，共惠及建档立卡贫困户53户258人、一般户197户797人，直接带动当地群众务工3000余人次，发放劳务工资85万余元。

黎坪村建档立卡贫困户宋祖翠说道："原来我们村种植的是高粱和玉米等农作物，一年下来挣不到几个钱。现在有了园区，既可以打工，又可以分红，相比原来，真的是太好了！园区不仅给我们带来了收益，更改变了我们的生活。"

如今的相城·石阡共建产业园绿树成荫、瓜果飘香，呈现出勃勃生机，前来购买水果的游客更是络绎不绝。2020年是该项目建成的第一年，仅初挂果的枇杷已为园区带来15万元的收入；初挂果的蓝莓可实现收益20万元左右；园区中作为观赏和售卖的美国红枫、欧洲白桦等景观植物2020年可出售，将为园区创收200余万元；待猕猴桃、蓝莓、枇杷小苗整体挂果过后，每年仅水果销售额就可突破260万元，园区经济成为致富的发动机，将为巩固脱贫成果、助推乡村振兴提供强有力的力量。通过实施一系列项目，石阡受益贫困群众达到5万余人，有力地助推了石阡脱贫出列。

系百姓、战脱贫，在精准帮扶中厚积为民情怀

2018年初，石阡县决战决胜脱贫攻坚战役全面打响。按照县委安排，县级领导要挂帅乡镇前线脱贫攻坚指挥部任指挥长。由于考虑到朱建荣同志作为外地挂职干部，驻村工作很辛苦，便未安排该项工作。他得知这一情况后，主动请缨到全县人口最多的龙井乡任前线指挥长。该乡位于石阡县西北部，乡政府驻地距石阡县城19公里，辖23个村166个村民组，总人

口28128人，共有7个贫困村，建档立卡贫困户878户3140人，贫困发生率高达10.66%。全乡基础设施建设十分落后，211.78公里村组公路未通车，人均年纯收入不足3000元。

面对如此严峻的考验，朱建荣同志未曾退缩，一心扎进龙井脱贫攻坚工作，开启了日走访、夜调度的紧张而有序的"暴走"模式，对这个村适合发展什么产业、那户人家存在什么短板逐一研判，并协调县、乡两级合力解决。2018年，他在龙井乡召开了162场大小会议研究脱贫攻坚工作，投入东西部扶贫资金900万，解决了全乡安全饮水问题；投入东西部扶贫资金150万元实施进寨路建设，彻底实现了组组通；实施危房改造723户、"三改一维一化"4690户，动员288户跨区域搬迁，解决群众安全住房问题；落实了2017—2018学年度、2018—2019学年度贫困学生省教育精准资助共计2301人、753.33万元，杜绝了学生因家庭贫困而上不起学的现象发生；兑现了贫困户患病住院1281人次，发生医疗总费用630.6541万元，补偿金额591.4896万元，报销比例达到90%以上的政策；实现脱贫户人均纯收入4200元，"两不愁三保障"的问题得到彻底解决。

走千家，才能略知百家之情；进万户，才能稍解十家之困。为了更好地深入群众、靠近群众，而又不给乡镇添加负担，他克服饮食习惯的不同，吃住在龙井，并从苏州购买了一辆二手车行驶在龙井的23个村落之间。短短的1个月，他已能熟练地在山区公路和羊肠小道上驾驶，以至于当地群众看见一辆苏州牌照的轿车，就知道是那位有外地口音、说"石阡话"的副县长来了。

他除了担任指挥长，还主动承担了3户贫困户的帮扶任务，每次经过都会到贫困户家中坐一坐、拉拉家常，逢年过节慰问时，总是少不了他的身影。

满延贵，系龙井乡关口坪村大塘组村民，家庭人口7人，两个大学在读生、两个高中在读生、两位70岁以上老人，家庭主要经济来源靠儿媳妇进城务工，在关口坪村属于情况最差、帮扶难度最大的一户。得知情况的他，主动承担了该户的帮扶职责，利用午休时间驾车到该户进行交流座谈，得知他的儿子因突发病症过世后，只能靠儿媳微薄的收入和政府救济勉强生活，加之大孙女即将毕业且工作尚未落实，而其他两个孙子、孙女眼看就要读大学了，满延贵老人心力交瘁。面对该户存在的困难，他一边细心开导老人，为他们讲解教育扶贫政策，精打细算所有教育资助和政府各类补助，清算学费，一边了解其大孙女所学专业和就业方向，并马上向乡政府所在地幼儿园联系其毕业后的就业事项，同时将该户拿到乡级研判会研判，制定详细的帮扶措施。该户已于2019年底脱贫。

每当远远地看见苏州牌照的车经过门前时，满延贵都会站出来看一看是否是朱县长，如果是的话，不管"三七二十一"，都要拉着他进屋喝口茶、吃口饭再走。类似的情况很多，这不过是朱建荣在龙井乡开展脱贫攻坚工作的一个缩影。

2019年4月，石阡县整县脱贫摘帽。他任前线指挥长的龙井乡也顺利通过国家第三方考核，按时脱贫摘帽，该乡驻村干部得知这一好消息，纷纷流下了激动的泪水。一年的脱贫攻坚决战，朱建荣早已把自己融入这一方热土，和当地干部群众结下了深厚的友谊。苏州好干部的名声传遍了石阡大地……

时光荏苒，岁月如梭。转眼两年的挂职时间已满，朱建荣已然从之前一个说着普通话的沿海干部变成了彻彻底底的"石阡人"。他常说，石阡是我的第二故乡，有幸全程参与西部贫困地区的脱贫攻坚，是我一生最宝贵的财富，我将铭记于心！

（文／石阡县政府网站）

年过半百践初心

2017年10月，时任吴中区木渎镇人大主席，已年过半百的李向上，积极响应国家东西部扶贫协作战略的号召，在党和人民最需要他的时候，毅然决然克服困难，勇挑重担，告别家人，不远千里，奔赴黔东北大地，在深山的脱贫路上，践行党员干部的初心与使命。

挂职近三年，李向上用真心、真情、真干扛起脱贫攻坚的责任担当，用辛劳和汗水浇灌出贫困群众的幸福之花，用实际行动诠释一名共产党员的初心使命。

走过千山万水，只为奔赴脱贫攻坚战场

金秋十月，丹桂飘香。李向上作别江南水乡的"小桥流水人家"，来到脱贫攻坚战正酣的德江县挂任县委常委、副县长，主抓东西部扶贫协作工作。

德江县地处贵州省东北部、铜仁市西部，全县面积2072平方千米，总人口56万人，地处于我国14个集中连片特困地区之一的武陵山区腹地，是贵州省50个扶贫开发工作重点县之一。2014年初，全县有建档立卡贫困人口29412户108274人，贫困村174个，贫困发生率23.3%。

从东部平原到贫困山区，无论是工作环境还是生活条件，都有很大的差别，特别是脱贫攻坚一线的工作条件格外艰苦。生于农村、长于农村的李向上，来到德江后发挥吃苦耐劳的品质，将一个个难关克服。

"来到德江挂职，是义不容辞、责无旁贷的政治任务，也是参与脱贫攻坚的难得机会，虽然工作内容有所变化，但通过不断地学着干、干着学、边学边干、不断探索，还是很快就适应了新的角色。"李向上说，"接到挂职任务的那一刻起，自己就积极准备行装出发，一到德江就迅速进入工作状态，适应新的工作环境。"

说干就干，绝不耽误。已年过半百的李向上来到德江后，迅速投入，用不到3个月的时间，走遍全县22个乡镇（街道）以及东西部扶贫协作项目的所有建设地点，全面了解德江的贫困情况，对风土人情、产业发展、群众需求也做了详细记录。

说尽千言万语，只为牵线搭桥汇聚各方力量

吴中区的资源优势有哪些？如何利用吴中区的优势帮助德江脱贫摘帽？这是李向上初到德江一直在思考的问题。

针对这些难题，他多次调研，并积极做好吴中—德江的双向汇报工作，提出帮扶建议。在他的努力下，吴中区和德江县签订了两地深化东西部扶贫协作助推脱贫攻坚"1+5"合作框架协议和《吴中区·德江县东西部扶贫协作产业园共建框架协议》，全面推进了两地乡镇结对、村企结对、社会各级帮扶工作的开展，实现了德江县12个乡镇、77个深度贫困村与吴中区街道（乡镇）及村企结对全覆盖。

李向上（右一）调研钱家乡肉牛养殖基地
（江苏省对口帮扶贵州省铜仁市工作队／供图）

同时，以加强人才交流为根本点，积极开展"智力帮

扶"。充分发挥吴中区人才密集优势，广泛开展干部人才挂职、交流、培训活动，切实提升德江县干部人才的业务技能和专业素养。

截至2020年，已选派112名中小学校校长、骨干教师，14名产科、儿科医生到吴中区挂职锻炼和跟岗学习。在苏州市开办中青班2期96人、人大班1期35人、国土班1期48人，在苏州市开展农村致富带头人培训2期146人。充分发挥人才帮扶优势，开展吴中区专业人才到德江交流学习活动，人才带动效果明显。

积极引导社会各界力量参与扶贫，扎实开展"携手奔小康"行动。在区县、乡镇、村居精准对接帮扶的基础上，扩大至学校、医院间的行业结对帮扶，实现吴中区乡镇、医院单向结对帮扶全覆盖，完成德江县77个深度贫困村、66所中心小学（幼儿园）与吴中区村、校结对全覆盖，实现了四级帮扶覆盖。积极引导东部社会各界开展各类公益帮扶活动，大力开展社会帮扶活动，累计筹集捐赠资金306万余元。

想尽千方百计，只为群众脱贫致富奔小康

"发展产业才是让群众稳定脱贫的根本之策。"在李向上看来，发展产业不仅能让百姓长期稳定脱贫，也能让吴中区的定点扶贫工作有力可施。

在调研中，李向上发现潮砥镇的脐橙产业是一个长效产业，不仅能够带动当地群众增收，还能有助于农业产业结构调整，只是在销售这一块不尽人意。

于是李向上积极对接，通过发动吴中区机关和事业单位职工，订购脐橙等农特产品，给发展脐橙产业的果农吃下一颗"定心丸"，德江的脐橙产业规模也由最初的一两千亩变成了如今的上万亩。

在大力推进"德货出山""消费扶贫"等工作中，李向上积极帮助农民拓展销路、打开市场，累计向吴中区销售了脐橙、黑木耳、天麻、牛肉干、蜂蜜等农副产品共计约1273万元。

为拓宽德江群众的增收渠道，结合两地的实际需求，李向上还以加强劳务协作为着力点，持续深化两地人力资源部门对接，大力开展劳务输出工作。

两地联合开展了8期共计600人的烹饪、家政技能培训，举办两场东西部劳务协作专场招聘会，组织吴中区30多家企业到德江开展现场招聘，提供就业岗位2886个，共输送242名劳动人员到江苏省务工，其中建档立卡贫困户158人。建成扶贫车间16个，带动建档立卡贫困户就业567人。

为助推两地产业合作发展不断深化，李向上紧紧抓住政策机遇，协调用好1.5亿元项目资金。其中投入资金3868万元，建成桶井乡同心社区、稳坪镇、煎茶镇新场社区3个食用菌项目，1600万元新建合兴镇鸟坪蔬菜基地，400万元新建楠木园易地搬迁点第七幼儿园，1450万元新建楠木园易地扶贫搬迁安置点第八中学，3850万补齐77个深度贫困村短板项目。有效利用区、镇、村帮扶资金1432万元在德江县10个乡镇实施或入股天麻、食用菌、核桃、养蜂和补短板等10个项目，东西协作项目覆盖贫困户55628户。

"我很荣幸，能够为德江县的脱贫攻坚贡献自己的微薄力量。"李向上说，"我将继续用心、用情、用力为老百姓做实事，与德江县广大干部群众一起，为如期高质量打赢脱贫攻坚战奋斗不止、战斗不息。"

（文／张星星）

所爱千里隔不断

吴中与德江，一个是"江南水乡"，一个是"西部山区"，两地相隔1600多公里，存在着饮食习惯、地方语言、气候环境、民俗文化、地域特质等诸多差异。

2018年6月，徐勇（苏州市学科带头人、中小学高级教师）怀着对教育的执着，肩负吴中教育人的嘱托，来到贵州省铜仁市德江县第二小学支教，挂职副校长，工作为期一年。

在新的环境，他克服困难，扮演好新角色，积极与学校领导沟通、与同行教师交流，用情、用心、用力开展教育教学各项活动，赢得了学校师生的一致认可。

勇于担当，做好吴中帮扶团队带头人

2019年的援贵对口教育帮扶工作以"组团"的形式进行，徐勇6月份的任务是了解帮扶学校的教育教学真实情况，以利于下学期"组团式"帮扶全体成员进驻后顺利开展工作。

在此期间，他不仅主动与学校校级领导交流工作，和教育、教学分管领导深入交流工作情况，同时加强对学校教育教学常规工作的观察，通过看听说问，徐勇对支教学校教育教学工作的开展情况有了较清晰的把握。

8月30日，苏州教育"组团式"帮扶全体成员到达德江，按计划进驻各帮扶学校。由于此次来贵州一共有10位帮扶教师，人数较多。在前方工作队领导的指导下，徐勇主动担起主要责任，统筹安排和协调各帮扶教师的工作和生活。

在吴中—德江教育"组团式"帮扶工作座谈会上，德江县第二小学对"组团式"帮扶工作提出了期望：围绕课题研究、开展好学校综合实践活动、开展好阅读课教学活动、集体备课等课题进行，最大限度地发挥帮扶教师的特长，留下最宝贵的经验。

吴中—德江教育"组团式"帮扶全体成员本着"德江所需，吴中所能"精神，积极融入受援学校，运用吴中先进的教育理念参与学校管理工作，提升受援学校管理水平、办学质量。

学科骨干教师利用自身的专业优势，推进受援学校课堂教学改革，提升教育教学质量。仅10月份，吴中—德江教育"组团式"帮扶教师在各自受援学校共上公开展示课11节，开展讲座9次，共听课168节。

在教研、科研方面与受援学校做了充分的交流，获得了老师们的欢迎。高标准地达到了德江县第二小学的期望。

苏州市学科带头人、吴中区吴中实验小学高级教师徐勇（第二排右二）挂职德江县第二小学副校长（徐勇／供图）

快速融入，主动转换角色

　　来到德江县第二小学后，徐勇主动协助德江县第二小学校长开展管理工作，深度参与学校各项活动。

　　在学校举行的六年级毕业班工作会议上，徐勇根据学校实际情况，提出了多项快速提升毕业班教学质量的建议，供六年级毕业班教师参考。

　　在校领导的支持下，徐勇设计了"鲜花送老师"活动，与学校其他领导一起，在2019年教师节那天，与学生一道，在校门口迎接教师，献上鲜花，送去教师节祝福。活动取得了很好的效果，不仅给老师们送来了惊喜，也促进了教师对教师职业幸福感的认同。

　　2020年，新冠肺炎疫情给学校教学工作带来了众多困扰，相对于发达地区的学校，德江县第二小学在资源有限、保障条件不足的情况下更须付出加倍努力，才能符合开学标准。徐勇一方面把苏州学校疫情防控方面的相关经验作好介绍，以备参考；另一方面率先垂范，参与到防控第一线，每天为学生入校测量体温。在大家的努力下，德江县第二小学顺利开学，开始正常开展教育教学工作。

　　德江县脱贫攻坚任务艰巨，党支部号召党员、中层领导、全校教师对困难群众进行精准扶贫，协助政府打好扶贫攻坚这场战役。在扶贫捐款仪式上，徐勇老师积极捐款，为贫困家庭、学校帮扶工作贡献自己的一份绵薄之力。

　　作为一名教师，徐勇担任综合实践活动课，守住课堂，精益求精。德江县第二小学地处城南，新楼林立，每班学生人数达70人以上，况且教学参考资料有限，为了尽快了解教材意图，徐勇努力在网上找资料。大量的教学资料，保证了徐勇老师学科教学工作有条不紊地进行。

　　针对班级学生人数多，课外知识欠缺等实际情况，徐勇在日常教学中动脑筋，想了很多办法……抓住儿童都喜欢被表扬的特性，去发现学生的闪光点，及时给予表扬鼓励，同时采取奖励积分等多种办法，把学生引入教师所希望的轨道上来。经过徐勇的不懈努力，学生对综合实践学科的学习兴趣更加浓厚，学习也更加积极主动。

德江县贫困面积大、程度深，大部分学生家长迫于生活压力，外出打工，许多孩子成为留守儿童。为了深入了解学生生活情况，他和同事们利用周末时间进行家访，与家长深入交谈，指导家庭教育工作。

践行指导，全方位辐射

德江教育教学的信息相对匮乏，教师外出学习的机会相对较少。2019年10月，徐勇上公开展示课，德江县第二小学近半教师进行了观摩。

为了践行真实课堂的理念，徐勇老师的教学目标、教学素材力求贴近学生生活，由于徐勇老师选择的课题是"交通标志"，所以经常到路边去拍摄相关的图片，努力让教学与学生的生活对接，引导学生在自己熟悉的场景下学习。

徐勇传播先进教学理念（徐勇／供图）

除了课堂教学，为了开拓德江县第二小学教师们的教育视野，徐勇为该校全体教师们作了题为"浅谈校园文化"的讲座。进一步提高了该校教师开展教学反思的水平，改进了教学实践，推进了有效课堂。

徐勇主讲"教学反思——改革课堂教学的有效方式"专题讲座。并组织开展了德江县第二小学反思征文活动，并对部分优秀论文获奖者进行了颁奖。

2019年底，德江县教育局组织开展了课题申报活动，德江县第二小学的许多教师跃跃欲试，但苦于对课题研究方法知之甚少，压力很大。了解这一情况后，徐勇老师利用自己在教科研方面的多年经验，对即将上报的课题方案逐一指导。经专家评审，在德江县课题立项文件中，德江县第二小学在全县课题立项数位列前茅。

不仅如此，徐勇还走出校门，为德江县其他学校传经送宝。10月25日，德江县第二教研联盟第一次活动在德江县桥头小学举行，受教研联盟的邀请，徐勇老师在活动中为全体与会教师作了"聚焦核心素养，提高小学教学质量的对策"的讲座，结合生动的实例，从做一位深受学生欢迎的教师说起，建议教师向课堂40分钟要质量，同时正确对待后进生，用教师的爱来关心帮助学生，提高他们的学习成绩。

深入浅出的讲座，赢得了参加联盟活动教师们的热烈掌声。德江第二教研联盟第二次活动在堰塘乡完小举行，徐勇老师全程参与，听课、评课、听讲座。德江多所小学都留下了他的足迹。

牵线搭桥，领略吴中教育精致

根据德江县教师外出参观机会较少的实际情况，上学期，徐勇组织德江县第二小学12位教师赴苏州市吴中区东山实验小学参观交流，在东山实验小学，闻吸着"三学"教育探寻的味道，享受着高效课堂的学导相宜。

东山实验小学一流的办学理念，人性化的管理模式，深厚的文化底蕴，忘我的敬业精神都让参观教师受益匪浅。

在领导的支持下，徐勇老师联系了苏苑实验小学、碧波实验小学、吴中实验小学3所比较有特色的学校，引领德江二小老师们参观学习。

苏苑实验小学的阅读教学，使整个校园都飘满浓郁的书香气息；碧波实验小学的科技教育，激励着碧波学子探索科技；吴中实验小学的智慧教育，打造着"秀外慧中"的"六好"少年。通过交流，德江县第二小学参访老师们不虚此行，满载而归。

（文／田勇）

一个人的"三员"经历

根据党中央、国务院关于东西部扶贫协作部署，苏州吴江与印江结对帮扶。2018年10月，金福源赴印江开展农业技术对口支援工作。

来到印江后，他深入田间地头、走访企业开展农业产业技术指导，切实帮助农户解决了很多在产业发展过程中遇到的技术难题；深入挖掘印江特色优质农产品，协助农业企业赴苏州、吴江进行考察交流，参加农展会，做好产销对接，助力产业扶贫，加快了"印货出山"的步伐；深入乡镇进行农业产业发展调研，了解印江农业产业结构，对接吴江农业产业，助力农业转型升级。

来到印江后，在产销对接中，金福源制作完成了印江名特优农产品目录，该目录包括5大类20个产品，包括每个产品的详细介绍，每种产品的生产厂商和联系方式，他对每个目录中的产品都进行了实地考察。策划并协助拍摄了印江农产品宣传片一部，用短短一年时间帮助销售印江优质农产品近300万元，争取到20万元帮扶资金，协助农业企业考察交流，参加农展会5次，制定了一套规模蛋鸡标准化养殖技术并进行指导，完成了吴江—印江共建蚕桑产业园项目的前期选址和方案撰写。

特别是2019年3—7月，由于脱贫攻坚工作需要，印江农业农村局全体干部深入到村开展工作，单位出现短暂性"空档期"，他和支农小组临危受命，承担起了5个业务站所的工作，确保了工作的正常运转。

当好农产品推广员

他作为印江优质农产品的推广员，积极将印江农业企业推介给吴江农产品销售企业，积极与吴江各配送企业对接，已经与三港配送、江澜食品、食行生鲜等企业进行深度的合作，长期供货。2018年底至2019年初，吴江各机关单位采购印江农产品金额达121万元。

农产品展销会是推介印江、展示印江农产品的重要平台，他通过前期的深入走访调查，积极推荐既有贵州特色又能够让苏州市民接受的优质农产品，包括印龙食用菌（香菇、黑木耳）、铜鑫红薯粉、贵蕊和梵绿的茶叶、鼎牛牛肉干、夫子坝红香柚等。通过现场品尝和宣传，苏州、吴江的市民对印江丰富的自然资源和优良的自然环境有了进一步的了解，对印江农产品有了更全面的认识。两次农展会实现销售额达5万余元，农展会后各企事业单位订购额达300万元，达到了农展会的预期，获得了良好的农展会效应。

根据产品的销售情况和消费者反馈的建议，他将苏州、吴江市场的需求、口味、包装等要求及时反馈给印江农业企业，让产品更符合苏州市场的消费习惯，其中铜鑫红薯粉增加了300克小包装，鼎牛牛肉干原来的口味偏麻辣，现在已经开发出针对苏州口味的偏甜味牛肉干和香菇牛肉等产品，打入苏州市场。

印江冷水鲟鱼饲养环境优良（山泉水饲养），口味鲜美。他通过对印江四个鲟鱼养殖

金福源（左一）对当地农民进行技术指导
（江苏省对口帮扶贵州省铜仁市工作队 / 供图）

场的几次调研，成功将部分鲟鱼运送到吴江的餐桌，反响较好。虽然是一个从养殖场到餐桌的过程，但是说起来简单，做起来却很难，吴江市场的消费习惯是要鲜活，可是养殖场没有小批量长途鲜活运输的经验，他克服条件限制，通过前期试验保障鱼能存活24小时以上。他不断观察鱼的存活状态，凌晨2点、凌晨4点，每隔两个小时要去观察一次，看鱼是否还存活，令人高兴的是24小时后鱼还是鲜活的，试验成功了，他的心总算落地了。养殖场没有运输包装，他就从网上查阅资料，查看使用哪种包装、如何运输才能保证鱼的鲜活，并从网上采购包装进行运输。开始联系货运代理从铜仁空运到无锡，但到最后确定仓位的时候，货运代理提出，铜仁机场不提供货运服务，可是购鱼数量和时间都已经确定了，养殖户已经提前将鱼隔离并断料，时间紧急，他最后又通过印江汽车站联系到铜仁汽车站，从铜仁通过汽运，成功将鲟鱼运送至吴江。

为了确保农产品质量的可靠性和安全性，他深入农产品生产基地和加工车间实地考察，加强农产品标准化生产，对农产品的质量和安全进行检测和把关，使产销对接取得了农民增收、消费者满意的多方共赢效果。

印江自治县利用丰富的林地资源，发展林下生态鸡养殖，通过对印江林下生态鸡养殖的前期考察，对养殖场鸡棚舍建设、饲养过程、饲料来源等实地调研，他了解到印江林下鸡养殖周期长，以玉米和麦麸作为主要饲料，不添加任何添加剂，养殖品种优势明显，肉质紧实、鲜美，生态安全。但是如此高品质的林下鸡却销路不畅，养殖户比较着急。因此他将相关信息反馈至吴江，纳入工会福利采购清单中，同时他在筛选、宰杀、真空包装、冷藏运输等过程，全程跟踪，保证产品质量和安全。最终产品成功进入吴江市民餐桌，大家认为生态鸡口感有韧劲，味道鲜美，给予一致好评，为今后销售渠道的拓宽打下了坚实的基础。

当好农业产业调研员

印江的农业产业结构为"2+N"模式,"2"是食用菌和茶叶两大主导产业,"N"代表生态畜牧(渔业)、精品果蔬、中药材等。金福源通过对印江农业产业发展的调研,了解了印江农业产品的优势和特色,为拓宽农产品销售渠道,加快"印货出山"步伐提供了依据。

他积极参与印江农业产业结构调整的调查研究,通过下乡调查摸底,深入各村对全县农业产业结构调整、玉米调减情况进行了调查;深入走访农民合作社(村集体经济组织),对合作社的基本情况进行了摸底调查,对空壳社情况进行了分类和统计,并将全县976家合作社相关信息进行系统录入;实地调查核实了全县93家农业产业化龙头企业发展及利益联结情况。

为了加快印江农业产业结构调整步伐,带动特色农业产业提质增效,实现"造血式扶贫",巩固脱贫攻坚成效,吴江区政府、印江自治县政府、江苏华佳集团共建蚕桑农业产业园。他负责项目前期选址和方案的撰写,由于时间紧、任务重,必须在一周之内实地查看几个项目选址地。去朗溪镇白沙村实地调研,让他至今记忆犹新。白沙村平均海拔在1300米左右,是深度贫困村,可种植的连片土地基本位于山顶,山路蜿蜒崎岖。调研的那天下着雨,雾气较大,能见度不足10米,山路上一边是有多处滑坡的山体,时不时有一些小块岩石滑落,一边是悬崖,只能容一辆车通过,常常是45°爬坡然后又掉头继续爬坡。由于任务紧迫,只能冒雨前去。经过接近两个小时的车程,终于登上了山顶,他努力克服身体出现的些许不适应,继续着行程。在与白沙村的领导会合后,他对各个土地片区进行了实地考察,详细了解了当地的海拔、气候、土地和劳动力状况,探讨种桑养蚕规模化发展的可行性。

当好科技指导员

为推动农业技术人员精准对接农业产业需求，有效服务脱贫攻坚，金福源依托自身专业优势主要对茶叶、食用菌、生态畜牧等主导产业进行技术指导，促进农业产业健康发展。

从吴江来到一个相距1600多公里的县城，面对语言不通、地情不同、习俗有差异等陌生的情况，如何尽快融入当地环境，打开工作局面，成为他必须跨越的第一道难关。同时，他不断加强政治理论、脱贫攻坚政策、精准扶贫措施和乡村振兴战略等内容的学习，这一切都是为了更好、更快地融入当地、推动工作。

作为一名党员，也作为一名农业技术工作者，他发挥能吃苦、敢担当、讲奉献的精神，多次深入全县17个乡镇（街道），充分利用自己的专业特长，为当地的农业企业、合作社、种养殖农户解忧排难。

通过前期的调研发现，印江规模化蛋鸡养殖在育雏技术、科学免疫、疾病防控和粪污综合利用等方面有需要改进的地方。根据规模蛋鸡现代化养殖要求，结合印江的实际情况，金福源制定了一套规模蛋鸡标准化养殖技术，进行应用和推广，提高了印江规模蛋鸡饲养的经济效益。

心系农民，情系农村，为农业企业提供技术和服务，为印江农业发展献计献策，让党放心，让群众满意，是金福源同志的奋斗目标和追求。他以爱岗敬业的工作热情，献爱于印江，献技术于农民，服务于农民、农业企业，为印江农业产业发展，助力脱贫攻坚贡献了自己的力量，时刻体现着一名共产党员的先进性和真正本色。

（文／江苏省对口帮扶贵州省铜仁市工作队印江自治县工作组）

带着技术来扶贫

高峰村，所处位置地形陡峭，石漠化严重，全村3个村民组地理落差500多米。此前"石旮旯"、"十八弯"山路、严重缺水等是它留给外人的最深印象。村里561名群众，主要种植小麦、玉米和薯类农作物，全年靠天吃饭，耕地面积仅220亩，在开展"整村帮扶"以前，村集体经济收入一直为零。

2020年4月15日，刘灿光从善港村出发，到上海虹桥坐高铁，奔赴千里之外的高峰村，这是他第六次到沿河扶贫。

"今天早晨6点起床，依依惜别熟睡中的妻儿，这是2018年以来，第6次来高峰村扶贫，虽有不舍，但还是很期待：又可以去一线了，高峰村的果树产业园需要技术人员管理……"刘灿光在日记中这样写道。

6月的雨打在树叶上，像散落的精灵。位于高峰村山脚下的有机农业产业园，四周群山翠绿，鸟语花香。刘灿光和村里以黄廷英为代表的致富带头人，正在果棚里，埋头忙着管护："去年每亩地产的小番茄、辣椒、黄瓜等产值超1万元。"

"去年日本网纹甜瓜在高峰村种植成功，且比在张家港品质好。"刘灿光，"80后"，黝黑的脸上始终露出爽朗的笑容，"因为去年沿河天气好，昼夜温差大，瓜口感好，甜。"

技术培训每天都在高峰村山底有机农业产业园、山上茶园、生态养殖场不定时进行，而张家港农技人员刘灿光最擅长果蔬类。他的专业研究方向是果树的无核育种，2012年3月从同济大学研究生毕业后，刘灿光就被

善港村派驻高峰村农技人员刘灿光在有机农业产业园查看小番茄长势（施平/摄）

江苏省聘为大学生村干部，此后一直在农业一线工作，精通种植梨、桃、葡萄、无花果等15种水果，其中梨、葡萄拿过张家港市果品比赛一等奖。

两年来，刘灿光手把手培训出了37位高峰村农业技术骨干，即致富带头人。黄廷英就是其中之一，6月初，村民黄廷英正在园区查看小番茄长势，她已基本掌握园区水果种植与管护技术。"在善港村刘灿光技术员的指导下，我现在独自管护15个大棚，很多时候一个人忙不过来，就教村里的姐妹，一起帮忙管护这些'聚宝棚'。"

黄廷英年近六旬，3个孩子均成家。2018年，善港村援建起有机产业园，黄廷英就到园区务工，这位目不识丁的农村妇女，头脑灵活，学新东西快。由于不识字，刚开始，刘灿光帮她想了些记东西的"小妙招"，如大棚里的设备使用方法，上面一排两个按钮，左边表示外遮阳开关，就画个红色符号表示，右边的按钮表示卷膜1控2，往上扭，就用红色向上箭头标记……这样一看就懂。如今作为老员工，她还把西瓜、草莓等果蔬种植技术也教给村里的姐妹。2019年，姐妹杨秀珍在自家院里试种草莓成功。

"授人以鱼，不如授人以渔。"刘灿光在产业园里，俯身进行技术指导时坚定道，"近两年高峰村抓住东西部扶贫协作这一机遇，转观念、学技术，感恩奋进。"

"今年高峰村梨树长得好，梨树挂果较多。这次来沿河会一直驻守在高峰村，直到八九月瓜果飘香时，才放心回去。"2020年6月9日，刘灿光在小番茄蔬菜大棚里揩着汗水说道。

（文／施平）

既是"双面绣" 又是"双面胶"

对口帮扶铜仁，是党中央、国务院和江苏省委、省政府交给苏州的一项重要政治任务。2015—2016年，苏州对口帮扶铜仁前方工作队为苏铜扶贫协作打下了坚实基础。2017年4月以来，江苏省对口帮扶贵州省铜仁市工作队（以下简称"工作队"）前后35名队员从东到西跨越1500公里，奔赴祖国大西南脱贫攻坚的伟大战场。在苏州，他们是铜仁干部，总是想方设法地把苏州资本、技术、市场等方面的优势与铜仁资源、生态、劳动力等方面的优势相结合，以实现扬长补短、协作共赢；在铜仁，他们以"五加二""白加黑"的工作状态，冲在扶贫一线，展示着有精气神、干精细活的苏州干部形象，在第二故乡演绎着荡气回肠的扶贫协奏曲。在苏铜两地之间，工作队的干部是"双面绣"，又是紧密联系苏州与铜仁的"双面胶"。

2020年是全面建成小康社会的决战决胜之年。武陵山是他们的壮志，太湖水是他们的柔情！山山水水记录着他们在苏铜扶贫协作工作中的"双面绣"和"双面胶"的故事。

不忘初心聚起精神力量，展现苏州干部担当

2017年以来，工作队围绕组织领导、资金支持、人才支援、产业合作、消费扶贫、劳务协作、携手奔小康等扶贫协作工作重点，精准发力、持续用功，推动苏铜两地开展了全方位、多层次、宽领域的扶贫协作，有力地助推了铜仁脱贫攻坚。从2017—2019年，铜仁脱贫攻坚连战连捷，

下辖10个国家级贫困县（区）中，除深度贫困县沿河自治县计划2020年底脱贫出列外，其余9个区（县）已顺利摘帽，三年共有41.9万名建档立卡贫困人口成功脱贫，贫困发生率从2016年底的11.46%下降到2019年末的1.16%。2019年底，在国务院扶贫开发领导小组组织的东西部扶贫协作成效考核中，苏州与铜仁均被评为"好"等次。工作队连续两次被评为贵州省脱贫攻坚先进集体，工作队员中，获得省级荣誉称号的达25人次，市级达12人次。

2019年，工作队首批23名队员挂职期满。但考虑到苏铜扶贫协作工作的延续性、稳定性，工作队领队，铜仁市委常委、副市长查颖冬和工作队10个区（县）工作组组长及2名科级干部克服自身困难，毅然延长了两年挂职期。查颖冬说："我们要贯彻落实党中央和苏黔两省、苏铜两市关于东西部扶贫协作工作的决策部署，把苏州干部的激情燃烧起来，把干事创业的豪情和斗志带到脱贫攻坚工作中去，始终如一发挥好自身在苏铜扶贫协作工作中'双面绣''双面胶'的桥梁纽带作用，把组织要求、铜仁需求转化为自身追求，更加有力、有序、有效地助推铜仁打赢脱贫攻坚战，帮助更多铜仁乡亲早日过上好日子。"

铜仁市委常委、副市长查颖冬(左三）到玉屏实地调研东西部扶贫协作工作（江苏省对口帮扶贵州省铜仁市工作队／供图）

工作队员中，无论是从挂任铜仁市政府副秘书长、已到"知天命"年龄的谷易华，还是到挂任江口县扶贫办副主任的"90后"陈先冬，都极具奉献精神。

要干，就要样样工作争第一，这才是"张家港精神"！陈世海是一名扶贫"老兵"，对于扶贫协作工作的思路很清，落子也很准。

三年前，时年51岁的陈世海结束在宿迁的省内南北挂钩合作工作不久，就再次踏上扶贫征途，担任工作队沿河自治县工作组组长、沿河自治县委常委、副县长，开启了四年挂职扶贫岁月。很快，张家港与沿河全面建立东西部扶贫协作对口帮扶机制，市县、乡镇、园区、村村、村企五个层面全面结对帮扶的"五位一体"扶贫协作新模式在全国率先探索出来。虽然陈世海本人被贵州省委表彰为"全省脱贫攻坚优秀共产党员"，但他深知，更艰难的路还在后面。沿河是全国挂牌督战的52个贫困县之一，武陵山集中连片特困地区唯一未摘帽的片区县，铜仁市唯一的未摘帽贫困县，全国2707个未出列贫困村中铜仁市有22个，都在沿河。沿河也是江苏省对口帮扶支援地区中唯一未摘帽的贫困县，可谓全国脱贫攻坚最后的"堡垒"。

2020年初，新冠肺炎疫情突如其来，陈世海始终坚守并奋斗在沿河疫情防控和脱贫攻坚前线。2020年1月21日，妻子因髌骨粉碎性骨折手术取下钢钉，每两天需要换一次药，还要去医院拆线。但陈世海在2月4日就把妻子"寄"到岳父家中生活，赶赴沿河。临走前，他感叹了一句："形势逼人，工作哪能等得起啊！"

两地协作聚起机制力量，彻底脱贫拔掉穷根

扶贫协作是苏州对铜仁的承诺，更考验着可持续的建设能力。2020年以来，苏铜两地协作机制越趋成熟，援派干部揣着必胜信念，加入"混编旅"，冲在攻坚战一线，为百姓脱贫造福。

在苏州大后方，工作推进机制日趋完善。2020年1月，苏州市召开援派干部代表座谈会，时任江苏省委常委、苏州市委书记，现任贵州省委常委、副书记蓝绍敏勉励广大援派干部以更高的站位扛起"苏州担当"，高

质量完成脱贫攻坚和各项援建任务；2月，苏州市委常委会议部署2020年苏州市东西部扶贫协作工作；3月，苏州市委副书记、市长李亚平主持召开苏州市政府常务会议，审议通过了《2020年度苏州市东西部扶贫协作工作要点》和《苏州市开展消费扶贫行动的实施方案》；4月，苏州市委、市政府主要领导出席全市扶贫协作和对口支援工作会议……

在铜仁扶贫一线，工作队始终把握着一点：必须坚持系统化思维、规律性把握，将"输血"与"造血"相结合、当前与长远相结合、扶贫与扶志扶智相结合、对口支援与双向协作相结合、发挥好政府作用与充分激发社会各方力量参与相结合，不断对标找差、取经提升，才能建立机制、帮到点上，才能拔掉穷根，扶到根上。

"建立机制、帮到点上"，工作队思南县工作组组长、思南县委常委、副县长王晓东对这句话的体会最深。到铜仁前，曾任常熟市尚湖镇党委书记的他向记者介绍："三年前，我从家乡常熟到1500公里外的思南挂职，我信心十足，心想只要把经济社会发展的经验'移植'过来就行了。比如，常熟尚湖镇有140多家货架企业，产品占据国内半壁江山，引一些过来，老乡们脱贫应该就会水到渠成。可到了这里，我做调研才发现，思南的原材料、物流成本远高于常熟，加上当地没有完整产业链，我原来的想法根本行不通。"

有了这一经历，王晓东意识到，对口帮扶必须因地制宜，不是把产业简单移植。思南的优势在哪里？短板是什么？看清形势，找准路径，产业才能真正立得住。逐渐，在王晓东的脑海中，一个结合两地优势在思南发展茶产业的思路浮现了。思南"高海拔、低纬度、寡日照、多云雾"，这里非常适合种茶，但当地茶产业技术相对落后；与此同时，常熟茶叶消费市场巨大，且茶企技术较为成熟。随后，王晓东邀请常熟茶商到思南开展了为期一个月的考察，跑遍了大半个思南、翻过了无数座山。随着白茶产业项目落地，常熟茶商扎根思南，成立公司并派驻技术团队、引进优良茶种，思南找到了脱贫致富路，工作组帮扶真正实现了"授人以渔"。

精准对接聚起市场力量，搭建东西供需平台

强化产业协作、市场对接，就是抓住持续发展的"牛鼻子"。工作队围绕铜仁农林优势特色产业，推动苏州农业生产企业、物流企业、电商销售企业到铜仁共建农特产品直供基地。与之相应，工作队在铜仁各区（县）的10个工作组以政府推动加市场杠杆，撬动产业项目带动贫困人口效益，并在人力资源培训、用工补贴等方面制定优惠政策，给予用工企业有效支持，增强企业积极性。

玉屏自治县作为"中国油茶之乡""中国黄桃之乡"，但产业处于初创时期，存在规模小、布局散、见效慢的"痛点"，困扰着产业的持续发展。工作队玉屏自治县工作组通过实地考察、多方沟通、充分调研后，决定聚焦玉屏油茶、生猪养殖、黄桃、食用菌四大主导产业，以市场化运作为扶贫协作增效。

工作队玉屏自治县工作组组长、玉屏自治县委常委、副县长姜超积极探索山区特色农产品价值的实现方式，搭建"太仓·玉屏农特产品旗舰店"等购销对接平台，借助苏州、太仓展会平台，展示玉屏特色农业成果，"玉货出山"连年翻番，向太仓等地销售黄桃、油茶等特色农产品，带动当地大量贫困人口脱贫。同时，姜超带领工作组持续增强"玉屏茶油"地理保护标志产品、玉屏"皇桃"国家地理标志证明商标的品牌效应，从质量提升、品牌创建、文化包装、宣传推介、产品营销等环节入手，积极打造利益联结更加紧密的全产业链。

2020年初，突如其来的新冠肺炎疫情，造成了昆山缺工和碧江劳动力就业难问题。这两个"痛点"，成了碧江区委常委、副区长孙道寻推进两地劳务协作工作的切入点，他主动收集昆山大型企业的用工需求，通过包机、包专列、包专车的形式，向昆山输送碧江籍务工人员759人，其中建档立卡贫困户296人，有效解决了昆山企业招工难和碧江贫困户就业难的问题。

怎么将昆山与碧江的市场更加紧密地结合起来？作为一个在昆山"土生土长"的"80后"，孙道寻初到碧江，经历了气候、饮食、语言、交通等一系列不适应。他和工作组的同事们相互鼓励，带领招商和项目团队下乡走访，与当地百姓的感情越来越深。如今，他皮鞋西装穿得越来越少，球鞋和夹克穿得越来越多，与人聊起碧江时，总会说"我们碧江""我们那儿"……

随着电商带货的兴起，苏州市场刮起了铜仁风，梵净山茶苏州推广中心旗舰店、江南荟萃等6个"印货出山"专卖店或专柜逐渐为苏州市民所熟悉。工作队印江自治县工作组组长、印江自治县委常委、副县长沈健民说："我们加强两地沟通协作、创新工作，借助市场化力量精准对接供需。"在工作组的引导下，印江·吴江"两江"产业园鼓励印江企业主动出击，充分发挥帮扶资金的效率，精准投入使用，确保帮扶资金用在刀刃上，贫困群众得实惠。

同样，吴中区与德江县签订了两地深化东西部扶贫协作助推脱贫攻坚"1+5"合作框架协议和《吴中区·德江县东西部扶贫协作产业园共建框架协议》，积极引导市场力量参与扶贫。2017年10月，时任吴中区木渎镇人大主席的李向上挂职德江县委常委、副县长，定下的一个基本策略就是：鼓励吴中区的市场主体持续入黔，鼓励形成利益联结，全面推进两地乡镇结对、村企结对、社会各级帮扶工作开展，如今已经实现了德江县12个乡镇、77个深度贫困村与吴中区街道（乡镇）及村企结对全覆盖。

党建引领聚起组织力量，锤炼党性升华境界

组织力就是战斗力。2017年到铜仁伊始，工作队就成立了临时党支部，切实加强自身思想、组织、作风、制度建设，各区（县）工作组和苏州在铜支教、支医、支农队伍中的党员，成立扶贫协作行动支部，深入一

线、深入基层，在苦干实干中锤炼党性、增长才干、升华人生，推动苏铜扶贫协作工作继续走在前列。

苏铜扶贫协作工作的方向越明，贯彻落实的举措就越实。工作队石阡县工作组组长、石阡县委常委、副县长朱建荣介绍："工作组通过'头脑风暴'，不断顺着调研、走访情况钻下去，终于对'石阡所有所需'有了较为深刻的认识。"作为武陵山区贫困县之一，石阡土地贫瘠、产出低效，在脱贫攻坚的关键时期，抓产业既要考虑到产业的长期带动，也要兼顾产业的短期效益，如何做到两全其美？为破解这个难题，工作组迅速带动群众，充分结合本庄镇黎坪村的地理优势，引入相城区财政帮扶资金3200万元，建成了相城·石阡共建农业产业示范园，种植白桦、美国红枫、蓝莓、枇杷等优质树种。通过务工、分红等形式，石阡受益贫困群众达到5万余人，直接帮助石阡脱贫出列。

杨亮是苏州高新区干部，从2017年起挂职担任万山区委常委、副区长。前不久，即将中考的女儿给杨亮写来了一封信："亲爱的爸爸，你在

常思扶贫协作行动支部利用周末时间走进鹦鹉溪镇翟家坝村开展支部帮扶行动
（江苏省对口帮扶贵州省铜仁市工作队／供图）

帮助贵州山区的老百姓，我会好好考试，请你放心。"女儿的懂事让他更加坚信自己的选择。他率领工作组推出"互联网+黔货出山"模式，创新思路为贫困群众解决农产品销售难的实际问题。线上，万山区亿创电商、苏州食行生鲜、苏州银行等网络电商和APP全面发力；线下，推动苏州高新区投资2亿元在万山区建设了苏高新农产品供应链示范基地，顺利引进苏州鸿海集团等企业入驻，打造"黔货出山""铜货入苏"策源地和集散中心。2020年以来，万山区已在苏销售农特产品1.5742亿余元，惠及7344名贫困人口。

强化党建引领，工作队铸造双向联动"火车头"，把扶贫开发、东西部协作同基层组织建设有机结合，鼓励两地结对单位党组织开展党建联建。尤其是工作队和支教、支医、支农人才队伍发挥党员先锋模范作用，积极开展支部活动，服务基层一线、服务贫困群众。

挂职松桃自治县委常委、副县长的苏州工业园区干部赵启亮认为，对口帮扶的第一步是提升组织号召力，让受援群众从"旁观者"变"参与者"。在工作组的带动下，松桃"理"出了文明新风，群众从"争当贫困户"转变为"争当脱贫模范"，从"要我脱贫"转变为"我要脱贫"。

2019年，工作队江口县工作组组长、江口县委常委、副县长祝郡推动姑苏区与江口县率先探索东西部党建联建，在铜仁"民心党建"基础上，嫁接融合苏州"海棠花红""行动支部"等党建理念，共同探索已脱贫出列地区党建联建推动东西部深度协作，实现脱贫攻坚与乡村振兴的有效办法。他说："抓好党建促脱贫、促发展，是贫困地区脱贫致富的重要经验，群众对此深有感触——帮钱帮物，不如帮建个好支部。"

（文／高戬　张帅　李亚　陈林）

后 记

《从苏州到铜仁》是记录苏州帮扶铜仁工作的读本。

在脱贫攻坚这场战役中，东部先富地区帮助西部后富地区是一种有效而又被广泛使用的方法。苏州市是对口帮扶贵州省铜仁市的主要城市，为该地区的脱贫攻坚做了大量细致而又有益的工作。

编纂《从苏州到铜仁》是有着深远历史意义的工作。江苏省、贵州省的宣传部门也高度重视。作为承接这一任务的苏州市地方志办公室党组和班子领导，把编纂《从苏州到铜仁》这一著述作为一项政治任务来完成。苏州市地方志办公室党组书记、主任陈兴南先后召开十多次编纂研讨会议，理顺思路，设计大纲，分工落实，从组织领导、人才支援、资金支持、产业合作、劳务协作等诸多方面，把从苏州到铜仁的各类产业合作，增强扶贫协作新动能；创新就业扶贫，拓展扶贫协作新领域；扶志扶智并举，提升扶贫协作新层次；凝聚各方合力，增添扶贫协作新力量；记述了以"输血+造血"帮扶模式助力贵州铜仁产业发展；育产业、促就业、兴教育，让贫困地区孩子享受优质教育资源；积极探索"电商+非遗+扶贫"的新模式。苏州市地方志办公室副主任陈其弟还直接主持编纂工作，为该书作总述，宏观记述苏州帮扶铜仁的史实。苏州市地方志办公室编纂处、业务指导处全体人员通力合作，四易其稿，反复修改，并与江苏省对口帮扶贵州省铜仁市工作队、江苏人民出版社等加强沟通，圆满完成了这本《从苏州到铜仁》的纪实性作品。

编纂《从苏州到铜仁》是记录苏州帮扶铜仁脱贫攻坚情况和先进事迹

的纪实性作品，离不开长期以来为苏州帮助铜仁而辛勤采访的一线记者朋友，在此要感谢苏州新闻界、铜仁新闻界，以及各类媒体的资料提供和有力支持，这为本书的编纂结集起了重要作用。

编纂《从苏州到铜仁》不仅介绍了近几年来苏州对口帮扶铜仁所取得的成绩和做法，还分析总结了其中的典型经验。同时，也介绍了苏州对口帮扶铜仁所涌现出来的先进事迹和动人故事，对推动东西部扶贫协作有着积极意义。

由于时间仓促，资料掌握不全，或许还有许多事迹没有录入，恳请读者朋友提出宝贵意见。

编　者

2020年12月